Viola Veloce

# Meurtres à la pause-déjeuner

*Traduit de l'italien par Fanchita Gonzalez Batlle*



LIANA LEVI piccolo

Titre original : *Omicidi in pausa pranzo*


ISBN : 978-2-86746-828-5

www.lianalevi.fr

*Un jour d'hiver – la neige tombait dans une lumière grisâtre – K. se tenait à son bureau ; il était déjà extrêmement fatigué malgré l'heure matinale. Pour se délivrer des petits employés il avait dit au domestique, sous prétexte d'un gros ouvrage, de ne laisser entrer personne. Mais, au lieu de travailler, il se retournait sur son siège et remuait les objets de sa table, finalement il allongea machinalement son bras sur le bureau et resta là sans mouvement, la tête basse.*

Franz Kafka, *Le Procès*

## La mort attend dans les toilettes

Où est passé mon badge ? Après avoir pointé, ce matin, je croyais l'avoir rangé avec mes stylos, mais il n'y est pas. L'horloge indique midi trente et une, je suis déjà en retard. Je déplace les papiers sur ma table, je soulève ma calculatrice, le clavier de mon ordinateur. Je cherche dans les poches de ma doudoune, rien, je fouille nerveusement dans mon sac. Des chewing-gums centenaires, trois paquets de Kleenex entamés, un porte-cartes, mon portable, des tickets du supermarché… enfin le voilà, mes doigts touchent le plastique rigide de la carte magnétique. Je l'empoigne et je descends l'escalier en courant.

Paolo m'attend déjà devant les portes tournantes pour la pause-déjeuner. Il a son regard agacé des jours où je ne suis pas parfaitement à l'heure. Il tient à ce que je n'aie pas une seconde de retard sur l'inéluctable midi trente qu'il a fixé comme « l'heure idéale » pour sortir déjeuner parce qu'il n'y a pas encore trop de monde. Et je veux lui faire plaisir puisque à présent je n'aime aller au bistrot qu'avec lui.

Son humeur sérieuse et méditative convient parfaitement à la mienne, plus que sombre ces derniers temps. Je ne pourrais pas supporter les conversations insouciantes des collègues à propos de leurs maris, alors que j'apprécie beaucoup les longues conférences de Paolo sur les essais historiques qu'il lit : il peut me raconter un siècle entier de guerres de la papauté sans que j'aie à dire un mot. Je mâche et j'acquiesce, heureuse de ne pas devoir parler de chaussures, de fringues, d'enfants ou, justement, de mari.

Pour me punir de mon retard, Paolo m'accueille avec une grimace puis il passe vite son badge sur le scanner et file ; il a peur de ne plus trouver de table libre au bistrot où nous allons tous les jours. Deux salles tristounettes, des photos jaunies de sandwichs sur les murs, et un menu du jour prétentieux sur un tableau noir qui trône à l'entrée, auquel tout le monde jette un coup d'œil avant de commander l'éternelle côtelette en plastique, accompagnée de salade mixte, qui est devenue l'ordinaire de l'employé milanais.

Pendant que je lorgne moi aussi sur le tableau noir, Marinella Sereni – qui est assise en face de moi au bureau – s'approche en compagnie du moustachu avec lequel je la vois régulièrement dans ce bistrot.

« Qu'est-ce qu'il y a de bon aujourd'hui ? » lui demande-t-elle. Il est aussi incolore qu'un fantôme et insipide au point de supporter tous les jours la compagnie de Sereni à la pause-déjeuner.

Ma collègue de bureau est vraiment un intolérable poids mort, elle ne peut parler que des recettes répugnantes qu'elle fait avaler tous les soirs à son fils et du fait qu'elle est impatiente de partir en vacances dans la maison qu'elle et son mari ont achetée il y a deux ans en Romagne, au milieu des marais à moustiques.

Personne n'a plus envie d'écouter ses histoires sur ses modestes entreprises culinaires et sa maisonnette romagnole, sauf, semble-t-il, le malheureux à moustache, qui doit être plus malchanceux qu'elle s'il ne réussit pas à trouver de meilleure compagnie pour déjeuner.

Je vois Sereni plisser ses yeux de myope en direction du tableau noir pour vérifier s'il y a vraiment des fusillis à la jardinière et des escalopes. Son dada est le « pari-menu » :

telle une Sybille des fourneaux, elle aime deviner les plats du jour. Elle pense être entrée dans la tête du cuisinier et avoir découvert les biorythmes obscurs qui règlent le cycle des menus, le temps du steak au romarin ou celui où le chef a décidé de décongeler du merlu. Et tous les matins à onze heures, ponctuelle comme la mort, elle annonce sa prophétie.

L'oracle avait prévu aujourd'hui fusillis et escalopes, mais je l'entends bougonner : « Mince, je me suis trompée : ils ont fait du risotto au potiron et des cuisses de poulet ! » Puis elle entre, irritée, docilement suivie de son collègue ectoplasme.

Dans la cohue je parviens à l'apercevoir une dernière fois en train de mordre dans un croque-monsieur caoutchouteux. La colère l'a sans doute fait renoncer au menu du jour.

De mon côté je commande le menu complet et je m'assois avec Paolo pour un déjeuner assaisonné de ses bavardages calmes afin de ne pas gâcher le plus beau moment de la journée, celui où le seul effort volontaire consiste à mâcher.

Le serveur met une éternité à nous apporter l'addition et une fois dehors Paolo m'oblige à courir pour le suivre : l'horaire du retour est planifié lui aussi et nous devons récupérer les deux minutes que nous venons de perdre. Quand je remonte à mon bureau le souffle court, j'enlève ma doudoune et je m'écroule sur mon siège rembourré où je vais devoir encore passer quatre heures à faire mon travail assommant dans le service le plus soporifique du monde, Planification et Contrôle. J'y ai été engagée il y a dix ans, et je m'en échapperais aujourd'hui si je ne redoutais pas de perdre à jamais mon fantastique CDI auquel plus personne n'a droit.

Je peux encore prendre des congés sans solde et rester chez moi quand j'ai la grippe sans l'angoisse d'être licenciée à la fin de mon contrat comme il arrive aux consultants en contrat précaire. Bien sûr, il y a des jours où je me jetterais du toit de la cathédrale à l'idée de devoir passer encore trente ans à ce poste, mais au moins je suis sûre que je le ferais l'estomac plein et non pas vide, comme ces jeunes qui travaillent chez nous en contrat de projet renouvelé d'année en année, si tout va bien…

Tout étourdie je garde les yeux fixés quelques secondes sur les photos qui défilent sur l'économiseur d'écran de mon PC et je me lève. Je prends l'étui où je mets dentifrice et brosse. Je me dirige d'un pas traînant vers ce que Paolo et moi appelons nos « commodités », parce que les toilettes sont restées telles qu'elles étaient lors de la création de l'entreprise il y a une quarantaine d'années : pleines de petites armoires déglinguées portant des étiquettes au nom d'anciennes employées – Antonia, Marina, Giovanna – sûrement déjà à la retraite. Je ne sais pas si quelqu'un a encore la clé de ces armoires préhistoriques, inutilisées depuis Dieu sait quand.

Je pose l'étui sur un des lavabos. Je fais sortir du tube un peu de pâte blanche, je m'apprête à mettre la brosse dans ma bouche, et en levant les yeux vers le miroir je vois le reflet de deux pieds abandonnés dépassant sous une des portes de toilettes, qui chez nous comme à Sing Sing ont un jour en haut et en bas. Déconcertée, je me demande ce que ces pieds font là, normalement ils sont rattachés à des jambes en position verticale. Quelque chose ne va pas. Brosse à dents à la main je m'approche.

On dirait les pieds de Marinella Sereni. Je reconnais les escarpins marron qu'elle porte aujourd'hui, assortis comme toujours à une jupe plissée beige et un chemisier à petites fleurs roses.

Elle pourrait avoir eu un malaise, s'être évanouie… j'ouvre instinctivement la porte. Par terre, le dos sur le carrelage gris et la tête près de la cuvette, c'est bien Sereni.

Elle a les yeux exorbités et un énorme nœud de corde blanche autour du cou.

Dieu du ciel, elle est morte, raide morte !

Un fluide glacial inonde mes veines. Je sens mes mains et ma tête devenir aussi froides que si mon cœur allait s'arrêter, congelé par la peur. Seuls mes yeux fonctionnent encore et je regarde fixement, ahurie, la jupe beige de Marinella, parfaitement tirée sur ses jambes. Elle a les bras sur la poitrine, une main sur l'autre, comme si l'assassin avait remis de l'ordre avant de sortir. Le cadavre de Sereni a l'air déjà prêt à être mis en bière : il ne manque plus que les cierges et les couronnes de fleurs.

Au bout de je ne sais combien de secondes je réussis à hurler : « Il y a un mort, il y a un mort, au secours ! », presque sans savoir ce que je suis en train de dire. Et je m'enfuis en continuant à crier.

Mais personne ne semble m'entendre... Bien sûr, ils sont encore tous dehors en train de déjeuner. Et maintenant ? Je me remets à crier dans le couloir ou je monte au quatrième prévenir Vernini, notre directeur ? Mais il est interdit d'entrer dans son bureau sans rendez-vous. Cette fois, tout de même, il s'agit d'une mort ; il comprendra pourquoi j'ai violé la règle !

Je ne peux pas attendre que l'ascenseur arrive – il s'est arrêté je ne sais où – et je file dans l'escalier. Je grimpe les trois étages en un éclair. La porte de Vernini est fermée, comme toujours. Je reprends mon souffle, j'attends que mon cœur retrouve un rythme raisonnable. Je frappe deux coups discrets.

Laura, la secrétaire, ne répond pas. Le directeur a fait installer sa table dans une espèce d'antichambre qu'il faut traverser pour arriver au bureau impérial où il s'enferme des journées entières. Laura est la seule à avoir le droit de frapper à sa porte, pendant que le malheureux convoqué pour un entretien attend debout la permission d'entrer.

Je reste quelques secondes à guetter des bruits. Rien. Laura n'est peut-être pas revenue de sa pause-déjeuner. Je m'oblige à abaisser la poignée. J'entre à pas feutrés dans la petite pièce déserte et je tape deux coups légers à la porte du directeur.

Le bruit de mes phalanges sur le bois ne provoque aucune réaction. Merde ! Il doit être sorti lui aussi. Pas le moindre murmure en provenance de la pièce, et moi de plus en plus agitée. Je ne sais si c'est à cause de sa taille – un mètre quatre-vingt-dix – et de son bouc à la Méphisto, à présent grisonnant, mais si je rencontre Vernini dans l'escalier, une panique pure et primitive m'envahit et me paralyse. Alors comment trouver le courage de lui dire que dans les toilettes des dames il y a le cadavre de Sereni ?

Soudain la porte s'ouvre toute grande. Le directeur me regarde alarmé. Il est effrayé par l'intrusion dans son sanctuaire d'une employée qui n'a pas demandé de rendez-vous à Laura.

« Que faites-vous ici, Zanardelli ? souffle-t-il en s'approchant de moi comme pour me gifler, qui vous a permis d'entrer ? »

Je n'arrive pas à lui répondre tant je suis pétrifiée par son apparition. Je reste une seconde le souffle coupé avant d'émettre une sorte de cri étranglé : « Marinella Sereni est morte… »

Il me regarde comme si je venais de lui annoncer le retour de l'Atlantide au large des Colonnes d'Hercule. « Que dites-vous ? »

Je réponds d'une voix suppliante : « C'est la vérité, j'ai vu son cadavre dans les toilettes du premier étage ! Elle avait une corde autour du cou… il faut appeler la police ! »

Alors Vernini m'attrape le bras sans un mot et fonce vers l'ascenseur. Nous y entrons ensemble comme si nous étions menottés, Vernini appuie brutalement sur le bouton du premier et quand les portes s'ouvrent il me pousse dehors sans me lâcher. Quand nous arrivons devant les toilettes je me précipite, j'ouvre grande la porte et je montre le cadavre de Marinella.

Je m'exclame fièrement: «Qu'est-ce que vous dites de ça?», comme si j'étais presque contente que quelqu'un l'ait tuée.

Vernini blêmit, on dirait qu'il va s'évanouir. Il se met à psalmodier: «Pourquoi moi, pourquoi moi...», puis, dans un geste de complicité totalement imprévisible, il me pose la main sur l'épaule et gémit: «D'abord le tribunal annule la cession du centre d'appels, et maintenant je trouve un cadavre dans les toilettes: je suis fini!»

Je crois être victime d'une hallucination auditive. Comment se peut-il que devant un cadavre Vernini parvienne à parler de nos collègues du centre d'appels?

Il y a un an, il a procédé à une cession de branche pour les expédier dans un entrepôt perdu, au milieu de la plaine du Pô, alors que nous restions à Milan. Mais eux, au lieu d'accepter leur funeste destin, sont allés en justice pour demander l'annulation de la cession, attendu qu'ils continuaient de répondre aux mêmes appels qu'avant. Une vingtaine de syndicalistes ont ensuite campé avec tentes et grands drapeaux rouges sous les fenêtres du siège de Milan, jusqu'au jour où le juge a condamné le directeur à les réintégrer tous et à payer les frais de justice de la «partie adverse», comme les appelait Vernini avec une répugnance mal dissimulée.

Sa réaction n'en reste pas moins injustifiée. Qu'est-ce qu'il envisage? Enrouler le cadavre de Sereni dans un tapis et le descendre par l'escalier de service pour ensuite le jeter dans une benne à ordures, afin d'éviter une autre série de réunions syndicales, cette fois-ci sur la sécurité des employés dans les toilettes de l'entreprise ?

Je ne sais pas ce qui lui passe par la tête, mais il est probablement en train de chercher une « solution ». Sans doute découper Sereni en petits morceaux pour s'en débarrasser dans la cuvette des toilettes. Et en faire autant avec moi pour n'avoir pas de témoin de ses pratiques « antisyndicales ».

« Monsieur, je suis désolée de ce qui vous arrive, mais nous devrions peut-être appeler la police. » Je sous-entends que la corde autour du cou de Sereni est un plus grand drame pour lui que pour la malheureuse qui vient de mourir.

Vernini semble se ressaisir. « Vous avez raison, Zanardelli, mais il faut d'abord évacuer le bâtiment, pour que personne ne touche à rien ou ne puisse entrer dans les toilettes. Vous savez quoi ? Nous allons déclencher l'alarme incendie, ainsi tout le monde quittera les bureaux pendant que je téléphonerai à la police ! »

Il me pousse dehors et prend son portable. Il compose un numéro et tonne : « Ici Vernini, déclenchez l'alarme incendie et faites évacuer les bureaux ! Du calme, ce n'est qu'un exercice, je vous expliquerai ! »

Une demi-seconde plus tard nous entendons les haut-parleurs annoncer l'ordre d'évacuation. « Vous êtes priés de quitter le bâtiment, dirigez-vous vers les sorties de secours. »

Mais on ne voit encore personne dans les couloirs. Seul Luigi Randazzo, le responsable de notre étage en cas d'incendie, sort d'un bureau l'air mécontent.

« Encore un exercice ? demande-t-il. Le dernier date de quinze jours ! »

Il a suivi une formation de pompier l'année dernière, et à chaque fausse alerte c'est à lui de convaincre ses collègues de se plier aux instructions, même si tous savent qu'il s'agit du stupide exercice habituel, tandis qu'il enfile à contrecœur un gilet phosphorescent pour faire le tour de l'étage et dire en agitant les bras: « Descendez, s'il vous plaît, sortez... »

Mais cette fois le directeur semble sérieux. « Allez-y, Randazzo, dépêchez-vous, faites-les tous sortir et rassemblez-les devant l'entrée ! »

De plus en plus agacé, Luigi insiste. « Mais pourquoi maintenant ? N'est-ce pas préférable le matin ? »

Vernini le foudroie du regard. « Mettez ce fichu gilet et faites ce que je vous dis ! Sortez vous aussi, Mlle Zanardelli, je vous appellerai plus tard. »

Luigi tire son gilet orange d'une armoire et entame son chemin de croix: « Allons, sortez, je vous prie... »

Ils ne sont que trois ou quatre à passer une tête hors de leur bureau et à le suivre avec réticence, pendant que je cours prendre ma doudoune et mon sac pour sortir avec eux. Les collègues disséminés dans les bistrots du quartier ne vont plus tarder à arriver devant la porte vitrée du bâtiment. Deux ou trois essaient d'entrer, mais elle est fermée à clé. Nous partageons dix minutes d'un silence tendu, puis un type que je connais de vue se met à haranguer la foule: « Ça nous coupe la digestion un froid pareil ! Marre de ces pitreries d'exercices d'évacuation ! »

Je me tiens un peu à l'écart. J'ai devant les yeux le visage de Sereni, blafarde et éteinte, avec cette horrible corde autour du cou. Que peut avoir fait Marinella pour que quelqu'un l'étrangle ? Elle avait peut-être une vie secrète, dont personne ne savait rien. Mais je ne parviens pas à croire qu'elle ait pu avoir un amant. C'était déjà difficile de penser qu'elle était mariée: ce genre de femme ne pouvait pas avoir une double vie ! Elle se lavait les cheveux une fois par semaine, le dimanche, comme elle le racontait toujours, et à partir du jeudi, quand ils étaient déjà un peu sales, elle les attachait en une affreuse queue graisseuse de castor...

J'entends mes collègues ronchonner, mais je ne comprends pas ce qu'ils disent. C'est comme si je regardais tout de l'extérieur. Je ne me rappelle plus quand, j'ai lu un article sur ceux qui ont frôlé la mort: noyés réanimés, opérés du cœur après un infarctus. Ils disent s'être détachés de leur corps et avoir vu d'en haut les médecins s'activer avec le défibrillateur tandis qu'eux-mêmes étaient parfaitement calmes. Tout à fait ça: je n'éprouve plus rien, je voltige moi aussi sans rien ressentir. Vernini se chargera de communiquer la mauvaise nouvelle. Au fond, Sereni était une de ses « ressources », comme il aime nous appeler, et c'est à lui d'annoncer la perte de la ressource qui en ce moment jouit déjà du Repos éternel.

Quelques minutes plus tard arrivent deux voitures de police toutes sirènes hurlantes. Elles freinent de façon spectaculaire devant nous, les policiers sautent à terre et courent vers l'entrée. Vernini leur ouvre vite la porte pour les laisser passer et la referme aussitôt.

Une espèce de « ohhh... » de surprise parcourt la foule des employés, et quelqu'un me touche l'épaule. J'entends une voix dire: « Qu'est-ce que tu as? Tu es blanche comme un linge! »

Je mets une ou deux secondes à relier la voix de Paolo et son visage, comme si ma vue était déconnectée de mon ouïe. Je n'arrive pas à faire vraiment la mise au point, enfin son visage souriant apparaît derrière le brouillard d'indifférence dans lequel je suis plongée.

Je me sens tout de suite plus sereine. Être avec lui c'est comme prendre une dose de Valium, mais assaisonnée de logique. Paolo travaille dans l'entreprise depuis dix ans, nous avons été engagés presque en même temps. Au début il me paraissait bizarre, avec ses diplômes de maths et sa pédanterie d'informaticien qui transforme la vie en lignes de code.

Il n'éprouve pas d'émotions, contrairement à tout le monde. Les émotions, lui, il les programme. Il décide quand c'est le moment d'être amoureux – de sa fiancée – ou de bien aimer une fille comme moi, qui apprécie sa compagnie et écoute sans rien dire ses cours sur le Moyen Âge. Mon compagnon de bistrot calcule tout et n'est jamais imprévisible, ni déprimé, ni même simplement de mauvaise humeur. Quand nous sommes ensemble je me sens comme si nous faisions une balade en voilier un jour ensoleillé sur une mer calme.

Paolo est programmateur et il a mis au point plus de la moitié des systèmes informatiques que nous utilisons. Il réussit à tout mettre en équations et les résout avec style en deux temps trois mouvements. Il serait capable de vous dire en trois minutes dans combien d'années vous pouvez amortir l'achat de votre lave-linge si vous êtes deux, trois ou quatre personnes dans la famille. Et le jour du Jugement dernier il mettrait au point un modèle statistique pour prédire la sentence avec une marge d'erreur de zéro virgule zéro un pour cent.

Mais il a le défaut d'allier à ses calculs abstrus un bon sens qui frôle souvent la banalité la plus déconcertante. Comme en ce moment. Il me dit tranquillement : « Il s'est sans doute passé quelque chose… »

Je voudrais lui raconter ce que j'ai vu dans les toilettes, mais je me sens encore tout engourdie, et je n'ai aucune envie d'être celle qui bouleversera son monde parfait en lui annonçant une mort imprévisible et nullement planifiée.

L'esplanade se remplit lentement. Maintenant seulement je m'aperçois à quel point je connais peu mes collègues, qui bavardent à voix basse par petits groupes. Ils se ressemblent tous : les hommes en parka grise, la tête rentrée dans les épaules à cause du froid de janvier, et les femmes un peu plus colorées, mais guère joyeuses, elles non plus, de rester dehors par moins trois.

L'attente est finalement interrompue par le directeur qui apparaît à la porte et annonce : « Mlle Francesca Zanardelli, et elle seule, est priée d'entrer ! »

Paolo me regarde les yeux écarquillés, mais comme à présent je connais sa façon de raisonner je le rassure : « Ne t'inquiète pas, le seul délit que j'ai commis c'est quand, il y a un mois, j'ai pris trois mandarines au bistrot au lieu des deux du menu. »

Je me dirige vers l'entrée, tous s'écartent, surpris ; les eaux de la mer Rouge s'ouvrent devant moi. Dans le hall, le directeur est en compagnie de deux policiers. Il me présente sans cérémonie : « Voici Mlle Zanardelli. »

Le policier le plus âgé s'adresse à moi presque gentiment : « Bonjour, je suis l'inspecteur Lattanzi », puis il demande à Vernini : « Alors c'est elle qui a découvert le corps de la victime ? » Le mot « victime » a pour effet de m'arracher à ma torpeur. « Mais je ne l'ai pas tuée, ce n'est pas moi... »

Il me regarde perplexe et je comprends qu'en me présentant de cette manière je suis au-dessus de tout soupçon.

« Ne vous inquiétez pas, mademoiselle, si le tueur était toujours le témoin qui trouve le cadavre, nous autres policiers n'aurions plus rien à faire », me répond l'inspecteur ; pendant ce temps, l'autre policier regarde autour de lui d'un air agressif comme s'il voulait débusquer une bande de dangereux assassins cachés derrière les photocopieuses et les portemanteaux.

Le directeur, inexplicablement courtois, cherche lui aussi à me rassurer : « Zanardelli, ils veulent seulement avoir une conversation avec vous parce que vous êtes la première à avoir vu le corps de la pauvre Marinella. Venez, allons nous asseoir dans mon bureau, nous serons plus tranquilles. »

Lattanzi se tourne alors vers son collègue. « C'est moi qui parlerai avec le témoin, toi, surveille que personne n'entre dans les toilettes avant l'arrivée de l'équipe scientifique. » L'autre obéit et s'en va. Nous prenons l'ascenseur en silence. Le directeur a une tête d'enterrement. Que veut-il prouver avec son histoire de « pauvre Marinella » ? Il y a un quart d'heure il ne se préoccupait que de sa stupide carrière, et maintenant il fait semblant d'être désolé que quelqu'un ait tué Sereni. Il veut un mouchoir pour essuyer ses larmes devant la police ?

« Asseyez-vous donc, Zanardelli », dit-il quand nous sommes dans son bureau. Il m'indique une chaise tapissée de velours. Lattanzi s'installe à côté de moi, et Vernini, sérieux comme un pape, s'enfonce dans son énorme fauteuil de cuir fatigué, conquis il y a douze ans quand il a été nommé directeur général. Il regarde autour de lui et contemple un instant son ficus benjamina adoré, qui désormais ressemble plutôt au haricot magique, parce qu'après deux lustres de soins maniaques de la part de sa secrétaire il touche presque le plafond. Puis il déclare froidement : « Vous pouvez interroger le témoin ! », comme le juge dans une des émissions télévisées qui passent l'après-midi à deux heures.

« Alors, Mlle Zanardelli, commence l'inspecteur avec un sourire rassurant de père de famille qui contraste avec son ceinturon et son pistolet à peine dissimulés par son ventre de quinquagénaire. Pouvez-vous nous raconter ce que vous avez vu en entrant dans les toilettes ? »

Je bafouille une phrase décousue : « J'allais me laver les dents quand j'ai remarqué les pieds de Mme Sereni qui dépassaient d'un des cabinets… »

Lattanzi m'interrompt : « Comment avez-vous compris que c'étaient ceux de votre collègue ?

– Eh bien, Mme Sereni avait une drôle de manie : elle assortissait toujours ses chaussures à ses vêtements de la même manière. Si elle mettait sa jupe beige, vous pouviez être sûr qu'elle portait aussi son chemisier à fleurs et ses escarpins marron. Bref, une fixation, et comme elle était assise en face de moi je connaissais par cœur ses habitudes vestimentaires… » Parler me calme un peu et je parviens même à poser une question à l'inspecteur : « Mais comment on a pu la tuer dans les toilettes ? Et si quelqu'un était entré à ce moment-là ? L'assassin a dû être très rapide, je ne pensais pas que c'était si facile d'étrangler quelqu'un ! »

Il perd aussitôt son air doux et devient soupçonneux. « Pourquoi dites-vous que ç'a été facile de la tuer ? »

Je cherche à me justifier : « Je ne sais pas… si quelqu'un essayait de m'étrangler, j'imagine que je le frapperais, que je me défendrais. Mme Sereni, elle, n'avait même pas un accroc à son chemisier, tout était tellement à sa place…

– Et c'est ce qui vous fait croire que c'est facile d'étrangler quelqu'un, comme vous dites ? »

Je balbutie une autre ânerie : « Facile n'est peut-être pas le mot juste, mais je pense que Mme Sereni connaissait l'assassin puisqu'elle ne s'est pas défendue… »

L'inspecteur retrouve son sourire mielleux : « Mademoiselle, laissez de côté vos suppositions et parlez-moi de votre collègue… vous avait-elle jamais fait des confidences ? Parlé de sa vie privée peut-être ? Dites-m'en un peu plus sur elle. »

Je soupire et j'essaie de penser à quelque chose de gentil à raconter sur Sereni, mais je n'y arrive pas. Si je dis qu'elle ne se lavait les cheveux que le dimanche, il pensera que je suis une pipelette. Inutile de passer pour une garce qui dit du mal d'une morte. Je réponds par une phrase hachée : « En fait, nous bavardions peu… et puis elle allait toujours déjeuner avec le même collègue, un moustachu que je ne connais pas.

– Oui, nous l'avons déjà convoqué. Nous lui parlerons à lui aussi. » Il poursuit : « Vous travailliez toutes les deux au service Planification et Contrôle ; combien étiez-vous dans votre bureau ?

– Cinq, dont elle. Notre chef, M. Ferrari, a son bureau à lui, comme tous les dirigeants.

– À votre connaissance, Mme Sereni avait-elle des ennemis ?

– De vrais ennemis, non, mais peut-être pas d'amis non plus…

– Expliquez-vous mieux. »

Il n'y a qu'un moyen de mieux m'expliquer. Dire la vérité, qui me sort maintenant de la bouche comme si quelqu'un d'autre parlait à ma place : « Le problème, c'est que Mme Sereni réussissait à se faire chasser de tous les bureaux où le directeur l'envoyait, parce qu'elle se disputait avec ses collègues et n'était capable de rien faire. Elle devait avoir dans les quarante-cinq ans et elle avait été engagée il y a longtemps, quand on travaillait à la comptabilité avec des calculatrices. Vous vous rappelez ? Celles avec un rouleau de papier ? Imaginez un peu, elle en avait encore une sur sa table… »

Lattanzi s'énerve : « Qu'est-ce que les calculatrices viennent faire dans cette histoire ?

– Mme Sereni n'a jamais appris à se servir d'un ordinateur. Si seulement vous l'aviez vue déplacer la souris, vous auriez compris ce que je veux dire ! Elle la promenait sur sa table pendant dix minutes, puis elle cherchait où la flèche s'était arrêtée sur l'écran ! Bref, comment peut-on travailler au service Planification et Contrôle si on ne sait même pas se servir d'une souris ? N'empêche qu'elle arrivait à faire des réussites interminables, je ne m'explique pas comment… et puis je crois qu'elle n'était même pas meilleure avec sa calculatrice. M. Ferrari disait toujours que Mme Sereni n'avait pas encore compris la différence entre une addition et une soustraction…

– Et alors ?

– Et alors elle ne savait presque pas compter ! Mais comme elle était incapable d'admettre qu'elle était gravement limitée, elle s'en prenait aux autres. D'après elle, c'était notre faute parce que nous ne reconnaissions pas ce qu'elle appelait son "potentiel", et du coup elle ne parlait plus avec personne. Elle passait son temps à regarder je ne sais quoi sur son écran ou à faire des réussites, et tous les matins à onze heures pile elle annonçait ses prévisions : le menu du jour au bistrot où nous déjeunions. À midi et demi son ami passait la chercher et ils revenaient une heure plus tard. C'est tout. »

Je sens sur moi le regard irrité de Vernini ; je n'aurais peut-être pas dû déballer qu'il déplaçait Sereni d'un bureau à l'autre sans jamais trouver un endroit où la caser définitivement.

Le directeur commence à s'agiter dans son fauteuil, il roule comme une vague prête à se briser. Il préférerait qu'à présent je me taise, mais l'inspecteur s'entête : « Vous ne vous souvenez de rien d'autre à propos de votre collègue ?

– Si, il y a un mois elle a raconté qu'elle était allée à une fête de la châtaigne dans sa paroisse avec son fils et son mari... »

Mais les châtaignes ne semblent pas intéresser Lattanzi. « Vous connaissiez son mari ? Il devrait arriver dans quelques instants... »

Presque attendrie je murmure : « Non, je crois qu'aucun de nous ne le connaissait. Mais vous voulez lui montrer les toilettes ? Ce sera terrible pour lui de voir sa femme la corde encore au cou ! Pauvre Coyote... »

Ça m'a échappé. Le regard pénétrant de Vernini me transperce. « Comment l'avez-vous appelée ? »

Je cherche à me rattraper. « Excusez cette gaffe, monsieur ! Nous l'appelions comme ça à cause de sa mauvaise haleine...

– Mlle Zanardelli, nous parlons d'une morte ! » braille Vernini du haut de son trône.

Ma remarque malheureuse n'a pas plu davantage à Lattanzi. Il m'ordonne sur un ton glacial : « Attendez-nous dehors s'il vous plaît ! »

J'obéis sans répliquer. Moi et ma maudite langue ! Je croise un type à l'air distingué qui entre et salue l'inspecteur sans façons : « Bonjour Lattanzi, j'ai déjà vu le corps… »

L'inspecteur s'adresse alors à Vernini : « Je vous présente le docteur Micieli, le médecin légiste. Excusez-moi, M. le directeur, vous pourriez nous laisser seuls un instant ? Je vous appellerai quand nous aurons terminé. »

C'est la première fois dans l'histoire de l'humanité que quelqu'un fait décamper Vernini de son bureau, mais il encaisse avec dignité. Il ne prononce qu'une formule servile : « Mais bien sûr, faites comme chez vous ! » et prend congé avec un sourire appliqué.

Mais quand nous sommes dans le vestibule, il fait semblant de fermer la porte derrière lui alors qu'il la laisse légèrement entrouverte. Puis il se tapit contre le chambranle pour écouter, tout en me faisant signe de me taire.

J'acquiesce de la tête, un peu effrayée par la tension qui contracte ses traits. Nous entendons la voix du docteur Micieli, qui démarre comme une fusée : « J'ai déjà jeté un coup d'œil dans les toilettes, mais tout paraît très bizarre. Je n'ai rien touché, parce que l'équipe scientifique va arriver. Avant de tuer la victime, l'assassin doit l'avoir étourdie avec du coton imprégné d'éther, qu'il a ensuite jeté dans la corbeille. On sentait encore l'odeur. Mais ce qui m'a frappé, c'est qu'après l'avoir tuée il ait pris la peine de bien arranger le cadavre. Comme si le désordre caractéristique d'une scène de crime le dérangeait. Bref, qui peut être assez fou pour étrangler une femme, remettre ses vêtements en ordre et lui croiser les bras sur la poitrine ?

– Les criminologues se chargeront d'établir le profil de l'assassin… de toute façon tu as raison, c'est une donnée étrange.

– Et puis, à première vue, il ne me semble pas qu'elle ait été violée : elle était parfaitement habillée, sans aucun signe de lutte ni de coups. Mais il faudra faire toutes les analyses… le procureur n'est pas encore arrivé ?

– Il devrait déjà être là », répond l'autre. Nous l'entendons se lever brusquement et se diriger vers la porte. Vernini me pousse et fait quelques pas en arrière tandis que l'inspecteur sort de la pièce avec Micieli qui lui dit rapidement au revoir : « Salut, à plus tard. » Puis il se tourne vers nous. « Vous pouvez revenir. »

Vernini me regarde avec une ombre de répugnance, mais il se résigne finalement à partager avec une « ressource » quelconque l'honneur d'un interrogatoire privé. Il reprend sa place sur son trône et Lattanzi lui demande : « Combien de personnes travaillent chez vous ? »

Le directeur a la réponse toute prête : « Près de trois cents, plus une quarantaine de consultants qui s'occupent surtout d'informatique et peut-être quatre ou cinq à l'entretien. Je peux vous donner le nom de celles qui étaient présentes quand Mme Sereni a été tuée, c'est une précision que nous donnent les passages aux portes tournantes.

– Bien, préparez une liste que vous remettrez au procureur. Je me demandais s'il est facile d'entrer en cachette dans vos bureaux, en passant par les sorties de secours par exemple, ou par des fenêtres du rez-de-chaussée… À votre avis ?

– Les portes de sécurité ne peuvent pas s'ouvrir de l'extérieur, et si elles sont forcées, ou ouvertes de l'intérieur, l'alarme retentit, répond résolument le directeur. J'ai déjà demandé au service de surveillance si les alarmes s'étaient déclenchées, mais on m'a répondu que non, tout était normal. Le problème est que les employés laissent souvent les fenêtres ouvertes, même au rez-de-chaussée, et des ordinateurs ont été volés il y a un mois… les cambrioleurs sont sûrement entrés par les fenêtres.

– Vous n'avez pas de caméras de surveillance ?

– Seulement devant l'entrée, bien que j'aie demandé qu'il en soit installé autour du bâtiment… » dit le directeur mal à l'aise.

Lattanzi prend un ton supérieur : « Monsieur, nous inspecterons tous les accès, mais c'est absurde de n'avoir pas de contrôle dans une structure comme celle-ci ! L'assassin pourrait être un de vos employés, mais aussi un inconnu venu de l'extérieur. Et nous n'avons pas de vidéos pour vérifier les mouvements autour de l'édifice !

– Aucun de mes employés ne serait assez ignoble pour tuer une collègue ! » Le directeur hausse le ton pour essayer de défendre fièrement ses ressources. « L'assassin est forcément un consultant externe, ou un déséquilibré entré par une fenêtre !

– Laissez le procureur en décider. C'est lui qui coordonnera l'enquête. Et comment pouvez-vous dire que vos employés sont tous des saints tandis que les consultants seraient des meurtriers patentés ? Ne dites pas de stupidités, je vous en prie ! »

Vernini encaisse douloureusement le coup, je le vois pâlir sans répondre. Puis il contre-attaque : « Pourrions-nous continuer cette conversation seul à seul ? Il ne me paraît pas nécessaire que Mlle Zanardelli soit présente. »

Lattanzi se tourne vers moi : « Ayez l'amabilité de m'attendre dehors, mais ne vous en allez pas, j'ai encore besoin de vous. »

Je vais me réfugier dans le vestibule, où on n'a pas prévu de fauteuils pour les visiteurs ; il n'y a que le siège de Laura sur lequel je n'ose pas poser mes fesses vulgaires et ordinaires.

Dix minutes plus tard les deux hommes sont encore enfermés. J'ai du mal à respirer, il faut que je sorte prendre l'air. Lattanzi viendra me chercher, je ne m'enfuis pas. Je dévale l'escalier, j'arrive devant les baies vitrées de l'entrée et je demande aux gardes de m'ouvrir. Sur l'esplanade, mes collègues sont très agités ; ils attendent dans le froid depuis plus d'une heure et veulent absolument savoir pourquoi.

J'ai à peine mis le nez dehors que quelqu'un attire l'attention sur moi en criant : « La voilà, c'est elle ! Qu'est-ce qui se passe ? »

Je me dirige sans répondre vers Paolo et les eaux de la mer Rouge s'ouvrent de nouveau pour me laisser passer. Je suis aussitôt rejointe par Paola Diblasi, notre déléguée syndicale, qui braille : « Comment Vernini se permet de nous garder ici sans raison ?

– Je te jure qu'il a une bonne raison. » Je réponds à Cruella, surnommée ainsi après la révolte contre la cession du centre d'appels, menée par elle avec une férocité barbare. C'est Cruella qui a convaincu les cinquante employés du centre de nommer pour les représenter un avocat du service juridique du syndicat. Au bout de six mois de procès, le jour du verdict, ils ont fêté leur victoire dans la salle de conférences en portant un toast collectif et en déployant les grands drapeaux rouges du syndicat. Et à présent notre meneuse explose au moindre signal de danger. Je la vois gonfler comme un poisson-lune. « Si tu sais quelque chose, dis-le, Zanardelli ! »

Elle a développé la capacité mimétique de paraître plus grosse quand elle se met en colère. Ses cheveux se dressent sur sa tête, elle est pleine d'aigreur et garde les yeux rivés sur moi.

Très calme, je lui réponds : « Je crois que l'honneur revient au directeur… »

De plus en plus en colère elle se défoule : « Où il est, ce ver de terre ? Il pense vraiment nous faire attraper une pneumonie sans aucune conséquence syndicale ? Il aura affaire à moi ! »

La voix de Vernini, déformée par un mégaphone, interrompt sa fureur. Le directeur est debout devant l'entrée, tenant à deux mains l'appareil qui grésille : « Votre attention s'il vous plaît ! »

Le silence tombe sur les employés réfrigérés. Vernini secoue la tête comme si quelque chose de pénible l'empêchait de parler, et il commence enfin : « J'ai le cœur serré par un immense chagrin », il fait une pause, une main sur la poitrine. « Je dois vous annoncer une terrible nouvelle. Une employée a été tuée aujourd'hui, ici même, dans cette entreprise où nous travaillons tous dans la joie, la sérénité et l'harmonie ! »

C'est la première fois que je l'entends dire de telles âneries, il les juge peut-être de circonstance. Tout le monde retient sa respiration en attendant qu'il poursuive et qu'il révèle le nom de la victime. Mais il lève un bras au ciel dans un geste enflammé et s'écrie : « Vous êtes donc priés de rentrer chez vous. La police scientifique va arriver et devra effectuer des relevés. »

Il baisse le bras avec le pathétique d'un cabotin de dernier ordre et s'apprête à rentrer. Mais Cruella se jette sur lui et tente de l'intercepter avant qu'il ne disparaisse derrière la porte. Elle le tire par la manche jusqu'à ce qu'elle s'empare du mégaphone et aboie : « Que ce soit clair, si le directeur veut que nous rentrions chez nous, il ne doit pas nous retenir les heures sur nos salaires. Ce sera un congé rémunéré, sinon nous ne bougerons pas d'ici ! »

Il lui arrache le mégaphone. « Ce n'est pas la faute de l'entreprise si un employé est tué ! »

Mais la terreur a maintenant envahi la place. Deux femmes non loin de moi se mettent à hurler comme si quelqu'un allait les tuer elles aussi. Elles poussent des hululements qui effraient encore davantage leurs collègues. La panique gagne.

Quelqu'un demande d'une voix forte : « Qui a été tué ? Nous avons le droit de le savoir ! » Tandis qu'un autre, les mains en porte-voix, crie : « Je ne veux pas mourir aussi ! », comme si Vernini avait monté un échafaud devant l'entrée.

Le directeur cherche à hurler quelque chose dans le mégaphone, mais le vacarme couvre sa voix. Il commence à faire de grands gestes théâtraux comme pour dire : « Laissez-moi parler ! » Deux minutes plus tard la foule s'apaise et tous attendent ses déclarations en silence.

« Restez calmes, s'il vous plaît ; la police doit encore procéder aux premières constatations.

– Quel genre de constatations ? hurle un des informaticiens. Vous savez qui a été tué ou pas ? »

Vernini prononce finalement le nom : « Il s'agit de la pauvre Marinella Sereni. Elle s'en est allée dans des circonstances horribles. Elle nous manquera toujours ! »

C'est vraiment un ver de terre, Cruella a raison. Maintenant on dirait qu'il va se mettre à pleurer. Il nous regarde les yeux humides et secoue doucement la tête, puis il ouvre les bras comme un père qui veut serrer ses enfants sur sa poitrine dans les moments douloureux. Mais ce n'est qu'une manœuvre pour réussir à retourner à l'intérieur ; avec une agilité soudaine il pivote sur ses talons et disparaît.

La voix aguerrie de la syndicaliste retentit parmi les employés muets : « Que personne ne bouge. Attendons que Vernini ressorte ! »

Le silence est remplacé par quelques murmures timides. Un collègue de Facturation marmonne : « Pourquoi on l'aurait tuée ? », et celui qui est près de lui répond : « Je n'en ai pas la moindre idée. »

Un troisième s'en mêle: « Sereni, c'était la petite grosse qui travaillait à Planification ? Mais qu'est-ce qu'elle faisait exactement ? Je ne l'ai jamais vue à aucune réunion. »

Un autre intervient: « Vernini la changeait de bureau une fois par an pour lui trouver quelque chose à faire, mais on ne peut pas demander l'impossible. »

Paolo, qui a tout entendu, les regarde comme s'ils étaient des extraterrestres. Puis, à voix basse, il souffle: « Comment peut-on colporter des ragots sur quelqu'un qui vient de mourir ? Je m'en vais, de toute façon la journée est finie. Salut Francesca, appelle-moi si tu as besoin de moi », et il part d'un pas décidé vers son parcours mathématique, conçu de façon à arriver à l'arrêt du bus avec le plus petit nombre de pas possible et dont on ne peut pas le faire dévier de cinquante centimètres.

Me voilà seule et je m'éloigne un peu du groupe. Mes collègues voudraient me faire parler, mais j'arbore une mine peu avenante; personne n'essaie de m'approcher. Entre-temps arrivent deux fourgons de police d'où descendent des agents en combinaison blanche avec une sorte de capuche et la mention *Police scientifique* imprimée en bleu dans le dos. Ils déchargent rapidement des mallettes de métal et entrent en courant dans les bureaux.

Quelques minutes plus tard, Vernini réapparaît et m'appelle au mégaphone: « Mlle Zanardelli est priée d'entrer ! » Puis il annonce avec magnanimité: « Vous avez un congé rétribué de quatre heures. Rentrez donc chez vous, à demain matin. »

Cruella explose dans un hurlement de victoire, pendant que je me dirige tristement vers l'entrée. Dans le hall je trouve tout de suite Lattanzi. « Où étiez-vous passée ? Je vous avais dit de nous attendre; nous devons prendre vos empreintes digitales. Nous vous emmenons au commissariat. »

Le mot me fait l'effet d'un coup de massue. « Au commissariat ? »

L'inspecteur s'impatiente : « Que croyez-vous que nous fassions au commissariat ? Nous ne torturons pas les témoins… », mais il ne termine pas sa phrase parce que son portable sonne. Il répond aussitôt, écoute une seconde et dit : « Oui, bien, les chaussures aussi. »

Puis il s'approche et lâche : « On vous demandera aussi de laisser vos chaussures pour que nous les comparions avec les empreintes que nous trouverons dans les toilettes. À propos, laissez-moi jeter un coup d'œil… », et il regarde attentivement mes pieds. Il tire un calepin de sa poche et prend note en commentant : « Ballerines noires… quelle pointure, trente-huit ?

– Plutôt trente-neuf… »

Il la note aussi sur son calepin, le referme et reprend ses instructions : « Nous attendons le procureur qui doit examiner le cadavre. Il s'appelle Silvio Guidoni et veut vous parler, mais ça aussi c'est normal, ça fait partie des enquêtes. Alors écoutez-moi : après le commissariat, les policiers vous accompagneront au Parquet. Vous savez où c'est ?

– Non…

– Au palais de justice, vous connaissez, n'est-ce pas ? Mais maintenant, je vous en prie, ne vous évanouissez pas, parce que là-bas non plus on ne torture pas les témoins. Si Guidoni n'y est pas encore on vous fera attendre, mais vous verrez, vous serez la première à être interrogée. »

Sans même me laisser le temps de répliquer, deux policiers m'encadrent et m'ordonnent de les suivre.

Ils me prennent par le bras et m'entraînent rapidement dehors. Quand nous arrivons à la voiture de police ils ouvrent la portière, me poussent dedans comme si c'était moi l'assassin, et le conducteur fonce à cent à l'heure en se croyant sur le circuit d'Imola. Je jette un dernier regard à la petite place encore pleine de collègues... j'ai l'impression qu'ils ont tous les yeux braqués sur moi quand nous nous éloignons dans un crissement de pneus. Et s'ils pensaient que je l'ai tuée ?

Quand mes épaules sont prises de secousses involontaires mais violentes je comprends que je suis en train de pleurer ; je sanglote tellement fort qu'un des policiers, pris de compassion, me tend son mouchoir. « Mademoiselle, ne vous affolez pas ! L'inspecteur l'a dit, on veut seulement vous interroger. Vous avez eu la déveine de découvrir le cadavre. Mais vous verrez, vous ne serez pas la seule à être interrogée par le procureur. »

L'idée qu'ils prendront aussi les empreintes digitales de Vernini est une piètre consolation. Mes larmes n'arrêtent pas de couler... je voudrais me jeter par la portière et mourir sur le coup. Comment c'est possible ? Il y a deux heures je déjeunais au bistrot avec Paolo, et maintenant je me morfonds entourée de policiers à l'air sinistre et fous de vitesse.

Le plus bizarre c'est que je n'ai pas honte. Je sens que je tire de moi toutes les larmes que je n'ai pas versées durant cette dernière année merdique. C'est comme aller à l'enterrement de quelqu'un qu'on a vu deux fois dans sa vie et se mettre à pleurer comme un veau au passage du cercueil. On comprend alors que ce n'est qu'un prétexte pour se vider de tout le malheur enfoui en soi et le vivre en public sans trop de gêne.

Le policier au volant fait une démonstration de freinage digne d'un cascadeur : nous sommes arrivés au commissariat. L'agent au mouchoir me pousse hors de la voiture avec davantage de douceur qu'il ne m'a fourrée dedans devant mes collègues. Je le suis, la vue brouillée par les larmes. Puis il me fait entrer dans un ascenseur et quand nous en sortons au dernier étage, il va droit vers une porte fermée. Il frappe fort. Un policier très poli nous ouvre, salue cérémonieusement notre duo bizarre et me demande aussitôt ma carte d'identité. « Nous devons en faire une photocopie, Mlle Zanardelli. »

Je la lui passe et il la remet à un collègue qui se hâte de taper quelque chose sur son ordinateur. Puis le policier au mouchoir m'accompagne dans la pièce où on prend les empreintes. Je dois appuyer la main et le bout des doigts sur une espèce de scanner où s'allume une lumière rouge. Pendant que celui qui nous a ouvert s'active avec la machine, je retrouve mon calme. J'étais persuadée de sortir de là les doigts barbouillés d'encre comme Sacco et Vanzetti, et voir qu'il n'en est rien me remonte le moral.

Finalement, escortée par les deux policiers je suis conduite dans une autre pièce. Le type qui a manipulé le scanner m'indique un siège et dit : « Installez-vous et donnez-nous vos chaussures : nous devons les conserver comme éléments de l'enquête. »

J'ai un instant d'hésitation. « Pardon ? Je vais devoir circuler pieds nus ? »

Il me fait un gentil sourire. « Mais non, voyons ! » et il sort d'un placard une paire de ces pantoufles jetables qu'on fournit dans les hôtels. Des savates en éponge blanche tout juste bonnes à sortir de sa douche et se traîner jusqu'à son lit.

« Voilà, mettez ceci », me dit-il, aussi content que s'il venait de m'offrir une paire de chaussures de la dernière collection Prada.

Je le regarde stupéfaite. « Vous voulez que je me balade dans Milan en pantoufles ? Comment me présenter au Parquet avec ça ? »

Le policier qui m'a prêté son mouchoir doit être vraiment un brave type parce qu'il vole encore une fois à mon secours : « Ne vous tracassez pas, de toute façon c'est nous qui vous accompagnons. »

Pas moyen d'y échapper. Résignée, j'enlève mes chaussures et j'enfile les babouches. On me fait signer un tas de papiers. Je suis obligée de me concentrer sur mon adresse, ma date de naissance, la description des ballerines noires, et je retombe sans m'en apercevoir dans l'état de sérénité congelée des morts-vivants.

Quand nous quittons le commissariat, à dix-huit heures, je monte en pantoufles dans la voiture de police avec un naturel qui me surprend moi-même. En dix minutes nous arrivons au palais de justice et nous nous précipitons vers le bureau du procureur Guidoni, caché au fond d'un couloir qui doit faire un kilomètre. Nous frappons. Une voix répond immédiatement : « Entrez. » M. Mouchoir ouvre la porte avec une force capable de la défoncer.

Dieu du ciel. Jamais je n'aurais imaginé que les enquêtes criminelles étaient coordonnées à partir d'un endroit aussi triste. On dirait le bureau du proviseur de mon ancienne école de comptabilité, avec ses meubles ministériels cirés par sa femme de ménage préférée qui époussetait même le feutre vert foncé de sa table de travail. Je cherche instinctivement le vieil aspidistra aux feuilles astiquées – toujours par la même femme –, mais pas l'ombre d'une plante. Rien que des montagnes de dossiers pleins de feuillets jaunis par les ans, qui attendent peut-être encore d'être lus.

Le procureur est un homme d'un certain âge avec des lunettes aux verres épais d'un demi-centimètre. Il est au téléphone et me lance un rapide regard en coin. Deux autres agents m'observent sans trop de curiosité. Il m'indique de la main un siège libre et met fin à sa conversation. Il me fait un sourire aimable en m'adressant un regard de myope. « Bonsoir, Mlle Zanardelli, j'attendais votre arrivée. » Puis il renvoie les policiers qui m'ont accompagnée et les invite à nous attendre dehors.

On dirait qu'il fait tout pour me mettre à l'aise: « Mademoiselle, je n'ai que quelques questions à vous poser. Je vous préviens que notre conversation sera enregistrée, mais il ne s'agit pas d'un interrogatoire. Soyez tranquille, nous ne vous accusons de rien. » Il fait un signe au policier assis à côté de nous. « Démarrez l'enregistrement, merci. » Et il me sourit encore. « Mlle Zanardelli, je suis navré de ce qui est arrivé à votre collègue. Je me suis déjà rendu sur les lieux du crime, mais je souhaiterais que vous me racontiez tout depuis le début. »

Impossible d'y échapper. Je recommence en partant des pieds sous la porte du cabinet et je continue pendant une heure, continuellement interrompue par Guidoni qui me demande de répéter dans quelle position se trouvait le corps de Sereni, espérant peut-être un détail qui puisse lui être utile. Nous passons encore en revue la jupe bien tirée sur les jambes, le nœud autour du cou, les mains croisées sur la poitrine, jusqu'à ce que nous arrivions aux questions sur la vie privée de Sereni, dont je sais probablement moins que lui.

« À votre connaissance, avait-elle une liaison avec un employé ? Courait-il des bruits sur elle ? »

Je lui dis la vérité: « Mme Sereni n'était pas du genre à avoir un amant, en plus elle devait peser dans les soixante-dix kilos pour un mètre cinquante-cinq ; je ne crois vraiment pas qu'elle ait eu des soupirants. »

Guidoni roule les yeux derrière ses verres et secoue la tête. « Il n'y avait pas quelques collègues qui la détestaient particulièrement ? L'avez-vous entendue se disputer avec les préposés à l'entretien ou les techniciens chargés de la maintenance des ordinateurs ? »

Je dois encore le décevoir. « Mme Sereni discutait avec tout le monde, mais il n'y avait personne avec qui elle se disputait plus qu'avec les autres. C'était une de ces personnes qui ne réussissent pas à se faire des amis sur son lieu de travail. Elle se plaignait tout le temps d'être sous-estimée, mais elle ne s'en sortait pas avec l'informatique, et notre chef de service ne lui confiait plus aucun travail. »

Tout s'éclaire pour le procureur. « Alors il s'agissait d'un cas de harcèlement psychologique ?

– Absolument pas ! Mme Sereni ne pouvait pas être licenciée parce qu'elle avait été engagée il y a très longtemps avec un contrat à durée indéterminée. Et comme elle n'avait que quarante-cinq ans, elle était trop jeune pour prendre sa retraite. Vernini avait fini par se résigner au fait qu'elle peinait à faire les comptes avec sa calculatrice et n'avait jamais appris à se servir correctement d'un ordinateur. J'avais essayé moi aussi de lui apprendre les nouveaux programmes, mais c'était impossible. »

Guidoni ne paraît pas convaincu. « Donc personne ne la harcelait ? »

Il ne connaît manifestement pas l'histoire du centre d'appels. Je dois la lui raconter, sinon il ne comprendrait pas pourquoi Sereni pouvait mener une vie aussi tranquille à ne rien faire. « Le directeur n'est pas le mieux placé pour harceler une employée. Nos collègues du centre d'appels viennent de gagner leur procès pour fausse cession de branche d'entreprise et ils ont tous été réintégrés. Vernini sait très bien que la moindre tentative de harcèlement au travail après ce qui s'est passé serait suicidaire. »

Guidoni se dégonfle comme un ballon crevé et se prend la tête à deux mains comme pour l'empêcher de tomber sur sa table. Il me pose encore quelques questions, mais il est évident qu'il tire au hasard sans aucun espoir de prendre le lièvre qui vient de quitter son terrier. Puis il conclut avec consternation : « Tenez-vous à la disposition du Parquet. Nous vous appellerons si nous avons encore besoin de vous interroger. »

Il ôte ses lunettes et me regarde ; je lis dans ses yeux un mélange de pessimisme et de tristesse. Puis il propose d'un air compréhensif: « Mlle Zanardelli, nous pouvons vous raccompagner chez vous si vous le souhaitez. »

Entre la honte de sortir du palais de justice de Milan en pantoufles d'éponge blanche pour chercher un taxi et le risque qu'un de mes voisins me voie descendre d'une voiture de police, j'ai ce qu'on appelle l'embarras du choix. J'opte finalement pour la solution la plus commode, et au diable les voisins. « Merci infiniment, j'accepte, mais j'habite à Rozzano. »

Deux agents se mettent au garde-à-vous. « Nous nous ferons un plaisir de vous raccompagner. »

Nous sommes à Rozzano en une demi-heure. Bien qu'aucun cadavre ne m'attende, je suis trempée d'une sueur glacée à cause de la conduite de rallye automobile du policier. Je descends de la voiture en essayant de me dissimuler le visage avec mon écharpe et je file dans l'entrée. Grâce à Dieu je ne rencontre aucun voisin et je prends seule l'ascenseur. J'enfile enfin ma clé dans la serrure.

Je n'ai même plus envie de pleurer, seulement de me coucher et rester sans bouger sous les couvertures. Mais je sais déjà que je n'arriverai pas à dormir en pensant à ce nœud blanc autour du cou de Sereni. C'était une femme inutile, aucun doute, mais elle ne méritait pas une telle fin.

Et si le déséquilibré qui l'a tuée était un tueur en série ? Et si elle n'était que sa première victime ? Et si j'étais la deuxième ? Je ne dormirai plus jamais !

## L'énigme de l'employée

Je m'étends tout habillée après n'avoir enlevé que ma doudoune et les savates du commissariat. Je sombre dans un sommeil lourd qui habituellement efface toute pensée. Mais aujourd'hui je crois voir Sereni à côté de moi sur le lit, les mains sur la poitrine. Il ne manquait à cette malheureuse qu'un chapelet entre les doigts…

La sonnerie de mon portable m'arrache aux visions funestes de communion avec les morts. C'est Vernini.

« Zanardelli, s'il vous plaît restez calme ! »

Je suis épouvantée. « Qu'est-ce qui s'est passé encore ? »

Il poursuit sur un ton militaire : « Rien, mais ceux de la Planification doivent demeurer chez eux jusqu'à ce que la scientifique ait examiné le bureau de fond en comble. Une semaine. » Puis il se radoucit et ajoute, débonnaire : « Soyez rassurée, ces jours ne seront pas comptés comme des congés. » C'est à croire que le problème n'est pas qu'on vienne de trucider ma voisine de bureau mais le risque que je m'adresse moi aussi au service juridique du syndicat.

Il retrouve son style militaire pour annoncer en tonnant : « Vous ne devez pas quitter Milan, le procureur pourrait encore vous appeler à témoigner. Si vous essayez de passer une semaine aux Maldives vous aurez affaire à moi ! »

Au lieu de lui répondre que de toute façon je ne saurais pas avec qui aller aux Maldives, je deviens mielleuse. « Merci beaucoup, M. le directeur, quelle chance de pouvoir passer quelques jours chez moi après ce qui est arrivé. » Il se prend sûrement pour un bienfaiteur.

Mais il n'a pas fini. « J'espère qu'il ne vous viendra pas à l'idée d'accorder une interview à un journaliste ou d'accepter l'invitation d'une de ces stupides émissions de télévision. On parle déjà de nous dans tous les journaux télévisés, un désastre ! »

J'en rajoute : « Pourquoi faut-il que ça nous arrive à nous ? »

Il doit avoir apprécié ma solidarité puisqu'il continue rassuré : « Bien dit, Zanardelli, sages paroles. Les journalistes vont nous persécuter, vous verrez ! Décrochez votre téléphone, faites ce que vous voulez, mais ne racontez rien à personne, compris ? »

Il est en train d'enfoncer une porte ouverte. « Tout ce que j'avais à dire je l'ai déjà dit au procureur Guidoni. Je ne parlerai de Mme Sereni qu'aux enquêteurs, je vous le promets, mais maintenant, si vous permettez, je vais devoir vous laisser, j'ai vraiment besoin d'un peu de repos. »

Je raccroche, mais l'appel de Vernini m'a secouée et je n'arrive plus à me rendormir. Je prends mon ordinateur, je le pose sur le lit et j'y branche la clé USB de la série archéologique *Friends*. Elle est si parfaitement gaie, sans jamais de mauvaise nouvelle, qu'elle parvient à aplatir mes ondes cérébrales. Bref, bien plus efficace que la benzodiazépine et ne nuit pas à la santé. J'espère que les rires enregistrés du public m'étourdiront ce soir encore…

Quand le téléphone sonne j'ai l'impression d'avoir fermé les yeux à peine quelques minutes plus tôt. Le radioréveil indique huit heures.

Je réponds à contrecœur.

« Allô ?

– Vous êtes bien Francesca Zanardelli ? »

C'est une voix de femme que je ne reconnais pas.

« Et vous êtes ?

– Je suis journaliste et je voudrais vous poser quelques questions sur Mme Marinella Sereni. Excusez-moi de vous déranger si tôt.

– Qui vous a donné mon numéro ?

– Nous avons nos sources, je ne suis pas tenue de vous les révéler. »

Je crie : « Fichez-moi la paix et dites à vos collègues que vous perdez votre temps avec moi ! »

Je raccroche et je retombe sur mon lit, mais maintenant je suis réveillée. Je prends une douche, je bois un café en vitesse et je sors acheter les journaux. Dans l'ascenseur une voisine me regarde l'air effaré, comme si j'avais la tête de Méduse. Je jette un œil dans le miroir de la cabine : j'ai des cernes profonds, un visage livide sous une broussaille de boucles folles. Il y a des mois que je ne suis pas allée chez le coiffeur et je maltraite mes cheveux à coups de sèche-cheveux. On dirait un nid de vipères. Mais je m'en fous de ne pas plaire aux voisins. D'ailleurs je ne me plais pas à moi-même.

J'achète les journaux au supermarché pour faire en même temps quelques provisions. Je jette dans le panier des surgelés, une poignée de quotidiens, et j'attends à la caisse.

*L'Énigme de la mort de l'employée* – un des titres pondus par les journalistes – est sur toutes les unes, avec les photos des policiers de la scientifique devant l'entreprise. Pour Sereni ils n'ont qu'une vieille photo d'identité ; elle y porte des lunettes en ailes de papillon que lui avait probablement refilées un opticien convaincu qu'elles lui allongeraient le visage. Ces derniers temps la monture était plus sobre, genre écaille de tortue.

En attendant à la caisse je feuillette rapidement les journaux pour savoir s'il y a du nouveau dans l'enquête, mais les articles se ressemblent tous et ne racontent rien que je ne sache déjà. Dans l'un d'entre eux, il y a une reconstitution du plan des toilettes avec le cadavre sur le sol, et notre entreprise est décrite comme « efficace et moderne, à l'avant-garde tant en matière de technologie que de partenariat industriel ». Vernini a sûrement parlé avec les journalistes en nous présentant comme le paradis lombard du travailleur heureux qui, s'il se fait tuer dans les toilettes, peut-être par un autre employé, ne le doit qu'à une sacrée poisse, comme quand on se fait renverser par une voiture.

J'ai tout lieu de croire, comme dirait l'inspecteur Lattanzi, que Sereni est devenue une star des faits divers ; les journaux ne parlent que d'elle. Une fin aussi insensée ne paraît pas réelle mais imaginée par un fou. Réussira-t-on à l'identifier ?

Je suis enfermée chez moi depuis une semaine. J'ai la peau d'une pâleur jaunâtre. Je vis dans un état de semi-veille comateuse. Je me lève à l'aube parce que la nuit je n'arrête pas de me retourner dans mon lit comme une omelette ; ensuite je sors acheter les journaux et je me glisse aussitôt sous la couette.

Je ne risque même plus de recevoir de coups de téléphone. Quand Maurizio m'a plaquée, il y a un an, j'ai changé de numéro, je me suis fait acheter par mon père un portable nul, de ceux qui ne reçoivent même pas les MMS, et j'ai fourré dans un tiroir l'iPhone que Maurizio m'avait offert. Personne ne connaît mon nouveau numéro et j'ai supprimé mon profil sur Facebook. Disparaître, c'est ce que je voulais. Si un de mes vieux amis essayait de me joindre il devrait s'adresser à *Perdu de vue*. Bien que ce soit facile de me retrouver : quand je ne suis pas au bureau, je vais chez mes parents comme une vieille adolescente attardée. Et au bureau je ne déjeune qu'avec Paolo, qui ne demande jamais rien et ne m'oblige pas à lui parler de moi.

Attention, je sais parfaitement qu'à mon âge je ne devrais pas passer autant de temps avec papa-maman. Mais maintenant qu'un tueur a assassiné ma voisine de bureau, je n'ai aucune envie de sortir le soir. Je suis de plus en plus ramollie. Je dors par périodes de deux heures, puis je me réveille brutalement comme sous l'effet d'un interrupteur. Je crois entendre Marinella voltiger dans ma chambre et j'ai une peur bleue que son fantôme apparaisse soudain, en colère contre moi qui suis encore vivante.

Sa photo accompagne tous les articles et les reportages télé sur la « mort sur son lieu de travail d'une employée modèle », où les journalistes suivent frénétiquement une trame qui semble sortie d'un polar, attendu qu'il n'y a même pas de suspect.

D'après les journalistes, le tueur portait des gants et n'a laissé ni empreintes digitales ni traces biologiques permettant d'identifier son ADN. Les experts de la scientifique auraient seulement repéré des empreintes de boue superposées à celles de Sereni en certains points des toilettes.

Au dire des enquêteurs, l'unique vérité incontestable est que ces traces boueuses ont été laissées par le tueur, un homme de taille moyenne. Mais les empreintes, comme l'expliquent les dizaines d'articles que je me suis farcis, ne mènent littéralement nulle part. L'assassin portait des chaussures neuves à semelles de cuir absolument lisses, dépourvues de tous les éléments permettant d'en déduire la marque ou le propriétaire, comme par exemple le motif imprimé dessous, les traces laissées par le cordonnier, les talons usés, etc. Les experts n'auraient réussi qu'à identifier la pointure : un quarante-trois. C'est tout. Les articles disent aussi qu'ils ont utilisé le Crimescope, une lampe puissante qui émet une lumière violacée et relève ce qu'on appelle les « empreintes latentes », mais qu'ils n'ont pas pu découvrir dans quelle direction était allé l'assassin une fois sorti des toilettes. Ce n'est pas un hasard, comme l'explique un des journalistes, parce que « le tueur est certainement conscient du fait que ce type de semelle ne laisse pas d'empreintes ». Autrement dit, ce n'est pas un naïf.

Après m'être gavée d'horreurs, j'appelle Paolo. Nous ne nous sommes pas parlé depuis le jour du crime, et je dois reconnaître qu'il me manque un peu.

Il répond aussitôt, du ton faussement gai qu'il prend quand quelque chose l'embête : « Alors, comment ça va ? »

Je me demande s'il est puritain au point de penser que parler de la mort de Sereni relève des commérages, comme il dit les rares fois où je cherche à faire dévier la conversation du Moyen Âge vers des siècles plus récents, ou à un événement survenu au bureau.

Mais j'ai besoin d'échanger trois mots avec un être humain, même s'il est taillé dans le granit de la plaine du Pô. « Je suis anéantie, je ne dors plus… »

Il y a sans doute quelqu'un avec lui parce qu'il me répond d'une façon très distante : « Quand reviens-tu travailler ? On a mis les scellés sur ton bureau, la scientifique vient encore de temps en temps y chercher quelque chose… »

Alors ça lui arrive aussi de cancaner. Je me risque à faire des commentaires : « Tu as appris qu'ils sont parvenus à déterminer la pointure de l'assassin ? Il fait du quarante-trois, il pourrait mesurer un mètre soixante-quinze ou un mètre quatre-vingts… »

Je sens qu'il se raidit. « Oui, je l'ai lu. Mais ça ne suffit pas pour découvrir qui c'est. »

Je m'obstine. « Je sais… et tu as jeté un coup d'œil à l'article sur le nombre d'employés présents dans le bâtiment quand elle a été tuée ?

– Le procureur n'a jamais dit combien il y en avait. Ce ne sont que des bruits recueillis par les journalistes ; à ce train-là on finira par soupçonner quelqu'un qui n'y est pour rien. »

Mais je continue : « Il paraît qu'à une heure vingt il y avait une cinquantaine de personnes, pratiquement que des hommes ; si l'assassin est l'un d'eux, il suffit de découvrir qui chausse du quarante-trois. Si c'est un étranger entré par une fenêtre du rez-de-chaussée, l'enquête devra se limiter aux hommes qui font du quarante-trois. »

Paolo éclate de rire. « Ben voyons. Et tu sais déjà comment identifier le coupable parmi les millions d'Italiens qui font cette pointure ? »

Non, je ne sais pas, mais en naviguant ces derniers jours sur Internet j'ai découvert la podologie légale, qui étudie les empreintes de chaussures. Il existe des sites américains utilisés par la police du monde entier pour trouver le type de chaussures à partir du type d'empreintes qu'elles ont laissées. Et tout le problème est là : l'assassin a eu l'intelligence de porter des chaussures non identifiables.

J'essaie d'impressionner Paolo avec ma nouvelle culture en la matière : « Tu as déjà entendu parler de la podologie légale ? »

Il se fiche de moi sans pitié. « Je croyais que tu avais un autre métier. Si je ne me trompe, tu t'occupes de comptabilité. Mais il suffit sans doute de deux heures sur le web pour devenir podologue légiste. Tu arriveras peut-être à devenir anatomopathologiste, qui sait ? On trouve sûrement d'excellentes formations sur YouTube. »

Je laisse tomber la podologie et je change de sujet : « Tu as lu que le collègue moustachu qui accompagnait toujours Sereni au bistrot a été mis hors de cause ? Deux témoins l'ont vu revenir dans son bureau tout de suite après le déjeuner, et le mari aussi a un alibi : il était en réunion avec sa direction jusqu'à deux heures. »

Paolo se tait, mais je poursuis, j'ai une crise de logorrhée. « Elle n'a même pas été violée, et rien ne manquait dans son sac, pas un stylo. Mais pourquoi c'est elle qui a été tuée ? Et si quelqu'un me liquidait moi aussi ? Il y a peut-être un tueur en série qui étrangle les employées de bureau… »

Paolo prend le ton qu'il emploie lorsqu'il a décidé de mettre fin à une conversation. « Francesca, si tu veux te pourrir la vie en pensant que tu vas bientôt mourir, fais-le, mais on n'a jamais vu de tueur en série liquider un employé par semaine dans la même entreprise. Tu verras, la police découvrira qui a tué et pourquoi. Mais maintenant, excuse-moi, je dois travailler. »

Il raccroche avant que j'aie pu ajouter un mot. Je recommence à lire les journaux ; ils regorgent d'articles de criminologues qui élaborent un profil psychologique du tueur selon une technique américaine qui examine les signes laissés sur la scène de crime.

Je parcours rapidement un des profils : l'assassin y est décrit comme « ordonné et minutieux », parce qu'il a anesthésié sa victime avant de l'étrangler et a ensuite laissé le cadavre dans une position digne, « comme s'il recherchait la perfection jusque dans la mort. Le rite lugubre des bras croisés sur la poitrine révèle qu'il pourrait avoir une personnalité obsessionnelle, maniaque d'ordre, ou masquée par une fausse religiosité, vécue comme couverture inconsciente de ses pulsions homicides ». Des indices qui ont moins de valeur que la pointure de ses chaussures.

Je continue ma lecture morbide en picorant ici et là. Je trouve beaucoup de listes, longues et pittoresques, des mobiles possibles de l'étrangleur, qui contiennent tous les péchés capitaux, parmi lesquels, l'envie, naturellement, même si personne ne précise de quoi. Je n'arrive pas à comprendre ce qu'on pouvait envier chez Sereni. Certainement pas son haleine ni ses kilos de trop ! Dans un long reportage sur les crimes passionnels je tombe sur une thèse semi-érotique : Sereni, dépeinte comme une mère et une épouse exemplaire, aurait été victime d'un employé souffrant d'« érotomanie », c'est-à-dire de la « conviction pathologique d'être aimé d'un homme ou d'une femme qui en réalité ne partage pas vos sentiments et ne fait rien pour vous encourager, jusqu'à ce que le délire débouche sur l'homicide ». J'ai toutefois du mal à croire que quelqu'un ait pu choisir Sereni comme objet d'une passion furieuse, qu'elle aurait refusée jusqu'à y laisser sa peau.

Je calme les morsures de la faim en collant deux tranches de jambon dans un sandwich, le tout arrosé de Coca. Ça n'est pas l'idéal pour la santé, mais je n'ai jamais aimé cuisiner pour moi toute seule, et c'est quand même mieux que de mourir d'inanition. Le soir à dix heures j'allume la télé et je me jette sur le canapé, parce qu'il y a une émission spéciale consacrée à l'affaire. Aucun progrès dans l'enquête, aucun suspect, la police ne sait pas où chercher. Je suis vraiment curieuse de voir ce qu'ils vont inventer pour tenir deux heures d'antenne.

Un titre se déroule sur l'écran, *Qui a tué l'employée ?*, les invités sont déjà assis. Ils ont tous un visage joyeux et sourient ravis quand la caméra les cadre. Sûrement un réflexe conditionné, autrement je ne m'explique pas qu'ils soient si contents d'être là pour parler d'un crime odieux.

Les présentations commencent : psychiatres et criminologues abondent. Ils peuvent tous se vanter de CV pleins d'expertises et d'observations cliniques qui auraient contribué à résoudre des affaires encore plus compliquées que celle de Sereni. Puis le présentateur, tout excité, annonce la « surprise » de la soirée : une vidéo qui reconstitue le déroulement du crime, interprété par des acteurs.

Et si je figurais moi aussi dans cette vidéo ? La première image est immédiatement celle des toilettes, sur fond de petite musique angoissante façon thriller. On voit un homme grand, aux cheveux noirs, qui attend Sereni accroupi sur la cuvette pour ne pas se faire voir. Il tient un énorme tampon de coton, et quand elle ouvre la porte il lui saute dessus tel un guerrier ninja. Il écrase le coton sur le nez de Marinella et elle s'évanouit instantanément. Puis, d'un geste rapide, il serre la corde autour de son cou. Toujours aussi rapide et sportif, il finit son travail très vite et s'enfuit, non sans avoir tiré la jupe de sa victime sur ses jambes et lui avoir croisé les mains sur la poitrine.

Arrive alors une jeune femme... mince ! Ce devrait être moi ! Ils ont choisi une actrice aux cheveux noirs et frisés comme les miens, quoique, si on regarde bien, elle a l'air d'avoir une perruque. Elle porte un pantalon vert pourri, un pull d'un rose hideux, et elle pèse au moins dix kilos de plus que moi. On lui a même fait porter d'horribles mocassins marron, probablement achetés sur un marché de banlieue par une costumière qui s'imagine les employés de bureau moches et mal attifés.

En plus, mon pseudo-sosie joue très mal. Dès qu'elle voit le cadavre elle s'affole et bat des ailes comme une poule, puis elle sort en courant et grimpe l'escalier en vitesse pour arriver dans le bureau du directeur. Celui-ci – un homme distingué et séduisant, rien à voir avec Vernini ! – lui ouvre aussitôt la porte, très galant, et en entendant la terrible nouvelle il affiche la stupéfaction et la douleur, puis ils s'élancent ensemble vers les toilettes.

Au lieu de prendre l'ascenseur, les deux acteurs athlètes se jettent dans l'escalier, et quand ils entrent dans les toilettes le faux Vernini passe carrément un bras protecteur autour des épaules de la fausse moi. Puis, essoufflé et efficace, il tente de « porter les premiers secours » à Sereni, dit une voix off un peu haletante, mais son employée préférée n'est déjà plus de ce monde. Vernini se frappe alors le front dans un geste tragique de désespoir et court téléphoner à la police en entraînant mon sosie qui à présent pleure non plus avec des piaulements de poule mais en hurlant comme un loup-garou. La scène s'achève sur un fondu rouge sang abominable.

Un titre s'affiche : *Qui est le tueur ?*, et la reconstitution de la fuite de l'assassin démarre, en deux versions possibles. Dans la première, l'acteur qui l'interprète saute par une fenêtre ouverte au rez-de-chaussée et court à perdre haleine vers l'impunité. Dans l'autre, il retourne tranquillement s'asseoir à un bureau et fait semblant de travailler, bien qu'il ait un air tout à fait louche.

La seconde solution est définie par la voix off comme la plus inquiétante : « Dans ce cas, l'assassin est un des collègues de la comptable et il rôde encore dans le bâtiment ! » Une énorme inscription apparaît en blanc sur fond noir : *Est-ce un tueur en série ?*, tandis que la voix commente : « Si c'est le cas, personne ne dormira plus tranquille dans l'Entreprise Homicides. L'assassin pourrait encore frapper, parce que les tueurs en série agissent justement sans mobile, poussés par une obsession mystérieuse. »

La vidéo terminée, la caméra se tourne vers le présentateur, qui sourit avec fierté comme s'il avait contribué à résoudre l'affaire et demande de zoomer sur « les deux principaux éléments connus des enquêteurs », posés sur une table au centre du plateau : une paire de chaussures à semelles de cuir et une corde blanche telle que pourrait en acheter un plaisancier chez un shipchandler.

La discussion commence entre psychiatres et criminologues, résolus à établir le fameux profil psychologique de l'assassin : efficace, d'une intelligence supérieure à la moyenne, obsessionnel, doué d'une grande maîtrise de soi, discipliné et sévère. Ils semblent tous d'accord sur cette profusion d'adjectifs qui conviendraient parfaitement à quelques millions de personnes.

Un criminologue moustachu au regard fixe de psychopathe oriente la discussion sur les possibles perversions sexuelles de l'assassin, conséquences de quelque trauma dans son passé : « Rien qu'en connaissant son enfance, nous comprendrons son mode opératoire ! »

À présent la bagarre éclate : quelqu'un s'oppose à l'idée que le tueur doit nécessairement avoir été violenté dans son enfance par tout un régiment de parents, oncles et cousins avant de se transformer en assassin fou. À minuit, ils divaguent encore sur la personnalité du monstre sans avoir avancé d'un pas, emberlificotés dans une pagaille pathétique. Une seule conclusion, claire, évidente : les invités sont là pour être vus à la télé. Un point c'est tout. Ils se fichent éperdument de Sereni, et sur l'assassin ils en savent moins que Guidoni.

J'ai réussi à arracher une confidence à Paolo : le directeur a raconté à tout le monde qu'il nous prépare un nouveau bureau parce que l'ancien serait « plein de mauvais souvenirs », mais surtout parce qu'il y a toujours les scellés de la scientifique, qui espère trouver je ne sais quels indices dans les corbeilles à papier des employés de Planification.

J'ai vraiment envie de retourner travailler pour au moins bavarder un peu avec Paolo à l'heure du déjeuner. Ces derniers temps, mes promenades ne m'ont menée qu'aux rayons du supermarché ; je pourrais y faire mes courses les yeux bandés, je sais exactement où se trouve chaque article. Je pourrais même répondre sans erreur à un questionnaire sur les offres spéciales, même si je n'achète pratiquement rien puisque je dîne presque tous les jours chez mes parents, où mon père s'est mis à la cuisine.

Après la mort de Sereni, maman s'est effondrée d'un coup, comme une digue qui a résisté trop longtemps à une inondation. Le soir du meurtre elle a pleuré pendant des heures, pendant que papa essayait de lui expliquer que la mort de ma voisine de bureau ne signifiait pas que j'allais mourir aussi.

Mais je pense qu'il n'a pas réussi à la rassurer ; elle ne s'est jamais remise, et depuis elle passe toutes ses journées au lit, en pyjama, les stores baissés. Le moindre rai de lumière la dérange et elle se plaint dès que papa essaie d'ouvrir les fenêtres pour aérer.

Chaque fois que je vais chez eux la scène se répète. J'entre dans la chambre pour voir comment va maman, et elle sanglote : « Nous sommes poursuivis par le malheur... » D'après elle, cette persécution aurait commencé, bien sûr, quand Maurizio m'a plaquée. Elle gémit sous les couvertures : « Pourquoi tous les malheurs t'arrivent ? » Papa lui caresse la main et essaie de la convaincre qu'il ne m'arrivera rien, en utilisant des arguments vaseux : « Maria, on ne tue pas tous ceux qui trouvent un cadavre ! Tu sais combien de gens seraient déjà morts si ça se passait vraiment comme ça ? »

Je n'en peux plus de l'entendre lui expliquer que je vivrai jusqu'à cent ans au moins. Et j'en ai marre de passer ma journée à lire les journaux, où il y a de moins en moins d'articles sur Sereni. On dirait que personne n'a réussi à trouver quelque chose de nouveau à raconter sur le « meurtre en entreprise », comme quelqu'un l'a appelé, et la fin de Marinella risque de devenir une des « affaires non résolues du XXIe siècle ».

J'ai envie de me doucher pour me débarrasser de l'image de maman qui jappe dans son lit comme un chiot blessé, mais mon portable sonne. C'est Vernini ! Il a le ton joyeux et assuré de celui qui veut donner un ordre sous couvert de bonne nouvelle.

« Zanardelli, vous pouvez enfin revenir travailler, mais comme votre bureau va rester encore à la disposition de la police scientifique, je vous en ai préparé un nouveau, où le service Planification pourra œuvrer sans trop ressasser le passé », conclut-il comme s'il parlait de jeunes amours lycéennes. Il paraît même heureux : « Je vous ai installés au quatrième étage, près de moi. Vous ne devez plus vous inquiéter de rien, je serai là pour vous surveiller ! »

Je bêle un merci peu convaincu, ça m'ennuie de quitter la petite pièce du premier où personne ne venait nous déranger, pour me retrouver à l'étage noble avec toutes les réunions de chefs de service et les bureaux pompeux des dirigeants.

Il braille : « Alors à demain ! Contente ?

– Très contente. » J'ai répondu comme s'il venait de me promouvoir au poste de directeur adjoint.

J'arrive au bureau à huit heures quarante. J'ai l'estomac tellement contracté que je le sens de la taille d'une noix. Tout en n'étant pas certaine de vivre jusqu'à cent ans, aujourd'hui au moins je ne passerai pas ma journée seule chez moi. Je prends l'ascenseur jusqu'au quatrième. Vernini a dit qu'il avait installé notre bureau dans l'avant-dernière pièce à droite, à savoir en face du sien.

La porte est encore fermée. Je l'ouvre très lentement et… Seigneur Dieu ! On dirait un film d'horreur ! Le directeur a reproduit exactement l'ancienne disposition de nos tables, qui maintenant paraissent entassées les unes sur les autres, vu que la pièce est plus petite que celle du premier. Il y a encore la table double de Sereni et moi, pratiquement collée à celle également double de Parodi et Gavazzeni, un peu plus à l'écart la table individuelle de Colombo, le responsable du bilan, qui avait autrefois également une petite table ronde pour des réunions, aujourd'hui disparue.

Vernini a également supprimé les primevères et les plantes vertes de Sereni. Elle les examinait constamment pour retirer les feuilles mortes qu'elle jetait dans la poubelle des toilettes parce que, m'avait-elle expliqué, elle n'aimait pas salir sa corbeille à papier. Elles ont fini à la poubelle elles aussi, mais cette fois tout entières, avec pots et cache-pots.

La moquette est toute neuve, d'un bleu gris comme celle du bureau de Vernini, qui est certainement persuadé de nous avoir fait un honneur en nous élevant aux nuances directoriales.

Je regarde un moment autour de moi et mes trois collègues arrivent. Je comprends à leur silence effaré qu'ils sont aussi impressionnés que moi par la reconstitution de Vernini, absolument parfaite. Mais les tables sont vides, les ordinateurs ne sont pas encore là.

Nous nous regardons sans rien dire ; personne n'a le courage de parler de Sereni, et nous allons nous asseoir à nos places. Nous restons muets, le regard dans le vide, jusqu'à ce que Colombo ait sa première crise d'hystérie de la journée. « Je veux récupérer la table de réunion, ça n'est pas ma faute si cette pièce est petite ! Et comment je peux travailler sans ordinateur ? Je me sers de mon téléphone ? »

Il se met à pianoter sur son portable. « Donc, si les dépenses courantes du mois dernier sont de huit cent vingt-sept mille euros, auxquelles nous devons ajouter les frais d'expédition… » Il débite comme un possédé sa litanie de chiffres imaginaires. Nous sommes abasourdis.

Sous son veston d'employé de bureau et sa cravate réglementaire, Colombo cache un caractère épouvantable que ses cheveux gris n'ont pas réussi à corriger. Nous sommes tellement habitués à ses numéros enflammés où il hurle comme un forcené parce que l'imprimante est en panne depuis deux heures et qu'il ne peut pas relire ses bilans, que nous faisons semblant de ne pas l'entendre. Mais cette fois il s'accroche à son histoire de téléphone. « Allez ! Gavazzeni, Parodi, prenez vos portables et mettons-nous au travail.

– Arrête, laisse tomber… » lui répond un Parodi glacial, celui qui même en été par trente-cinq degrés conserve son look d'employé modèle avec veste, cravate et chemise à manches longues. À quarante ans il porte le même genre de lunettes que celles qu'il avait probablement au lycée, et il ressemble à un petit garçon vieilli. Ce n'est pas seulement son attachement imbécile au décorum qui fait de lui une précieuse ressource pour l'entreprise, mais aussi le fait que lorsqu'il entreprend une tâche il peut s'y coller pendant des jours sans s'arrêter.

Gavazzeni ignore Colombo lui aussi et il fait son « Bah » habituel qui signifie « ça ne m'intéresse pas ». De toute façon Gavazzeni ne parle jamais, sauf de foot avec quelques collègues, et attend la retraite pour retourner vivre dans je ne sais quel petit village du côté de Bergame, où les gens doivent être aussi bavards que lui. Au bout de deux ans passés ensemble au bureau, je le connais moins qu'un passager vu cinq minutes dans le métro.

Colombo finit par se taire puisque le public n'apprécie pas le spectacle, et il se met à mordiller nerveusement un stylo. Nous attendons qu'il se passe quelque chose, mais personne ne vient.

Bien sûr, ça me fait tout drôle de ne plus avoir en face de moi Coyote abrutie devant son écran, mais au moins je peux regarder par la fenêtre sans sentir le regard insistant de quelqu'un qui se demande comment passer huit heures enfermé dans un bureau.

Elle m'observait avec une curiosité de singe en espérant que j'adresse la parole à l'un de nos collègues, elle aurait essayé de se mêler à la conversation. Je me taisais – toujours ! – pour ne pas lui donner cette satisfaction.

En revanche je savais très bien que les rares fois où elle prenait la souris en main c'était pour faire ses réussites idiotes, même si elle était très lente pour ça aussi. En réalité nous étions tous au courant, et entendre le clic de la souris toutes les deux minutes – Sereni mettait un temps fou à décider où placer ses cartes – était un supplice. Cette succession de clics me donnait envie de lui sauter à la gorge pour lui arracher la souris des mains et terminer la réussite à sa place, moi qui ai horreur des cartes.

Colombo lui hurlait de temps en temps : « Tu as fini avec cette réussite ? Tu es dessus depuis deux heures ! », mais Sereni l'ignorait avec dédain. Colombo n'a pourtant jamais pu se taire, c'est plus fort que lui. Il se lève brusquement et dit : « J'en ai assez d'attendre ici ! Je vais prendre un café, quelqu'un m'accompagne ? »

Parodi est trop bien élevé pour ne pas lui répondre, mais il se défile aimablement : « Non merci, j'attends que Ferrari arrive… »

Alors Colombo essaie avec moi : « Allons, viens, au fond tu étais celle qui la connaissait le mieux… »

Je sais très bien que ce bavard voudrait que je lui parle de Sereni, mais plutôt me faire couper la langue. « Moi aussi j'attends Ferrari. »

Il retombe sur son siège. « J'ai compris, je reste avec vous. »

Alors que la tension est sur le point d'atteindre un niveau intolérable, M. Ferrari arrive enfin. Promu chef de service pour avoir apporté « un peu de bon sens comptable dans la danse des comptes de l'entreprise », ainsi que Vernini l'avait déclaré pendant la petite fête d'investiture, lui aussi a les cheveux gris, associés à une maturité psychique sereine dont nous lui sommes reconnaissants. Il est le seul à pouvoir calmer Colombo quand celui-ci perd les pédales et se met à tempêter contre tout et tout le monde.

Ferrari avait également fait preuve d'une patience exemplaire avec Sereni. Le directeur la lui avait refilée un an et demi plus tôt après l'avoir changée deux fois de bureau. Je crois qu'il avait même cherché à la caser au service Communication, mais là-bas aussi ils en avaient eu marre de ses réussites. Alors Ferrari était arrivé à lui trouver un petit travail facile : tenir le journal des ventes dans un fichier déjà parfaitement programmé, où il suffisait d'aligner des colonnes de chiffres. Mais elle allait le voir toutes les cinq minutes avec des feuillets à la main – elle avait la manie de tout imprimer ! – pour lui demander si les comptes étaient justes. Jusqu'à ce que, un matin, il sorte de ses gonds et hurle : « Deux et deux font quatre, vous comprenez ou pas ? Ça ne peut pas faire trois le mardi et cinq le jeudi ! »

Sur quoi elle avait sorti sa tirade habituelle sur son potentiel sous-valorisé, et à partir de là Ferrari ne lui avait plus rien donné à faire, Coyote avait pu de nouveau se consacrer tout entière à ses réussites, à ses plantes vertes et à ses prévisions quant au menu du jour.

C'est pourquoi je suis vraiment curieuse de voir si Ferrari, comme Vernini, va faire semblant d'être désespéré à cause de sa ressource étranglée ou s'il aura le bon goût d'éviter les pleurnicheries.

Notre chef paraît un peu embarrassé ; il s'arrête au milieu de la pièce, se tait quelques secondes, puis il ajuste sa cravate marron assortie à son veston pied-de-poule, un peu étroit pour ses larges épaules. Ferrari est un gros homme gentil, absolument incapable de mentir, comme s'il ne pouvait même pas imaginer les mots pour raconter un bobard.

Il ne me déçoit pas cette fois non plus ; il prononce un discours très bref sur Coyote qui méritait mieux que cette mort affreuse, et il en reste là. « Les ordinateurs vont bientôt arriver et nous pourrons nous remettre au travail. Mme Sereni manquera certainement beaucoup à sa famille et à ses proches, mais nous pouvons nous débrouiller sans elle ! » Il fait une pause, nous adresse un regard complice et répète : « Nous nous débrouillerons très bien, vous verrez ! » Puis il sort en courant comme s'il avait honte de ce qu'il vient de dire, pour retourner dans son bureau, qui est toujours au premier.

Ferrari sait mieux que Vernini qu'elle ne nous manquera pas. Mais personne n'a encore la moindre idée de qui l'a tuée, ni surtout pourquoi. Et si l'assassin était précisément un de mes compagnons de bureau ? Pourquoi pas Colombo, qui ne pouvait pas la supporter ?

Je lorgne sur ses chaussures. Je ne sais pas, il fait peut-être du quarante-trois… je jette aussi un œil aux chaussures des deux autres. Il me semble que les pieds de Gavazzeni sont énormes, tandis que ceux de Parodi paraissent très petits. J'ai l'impression qu'ils s'aperçoivent que j'observe leurs pieds parce que Parodi les recule sous son siège comme pour les cacher et que ceux de Gavazzeni s'agitent nerveusement.

Je détourne le regard et je rencontre celui de Colombo fixé sur moi ; qu'est-ce qu'il veut, ce casse-pompon ?

Il se lève d'un bond et s'approche de ma table : « Coyote avait vraiment les bras croisés sur la poitrine comme si elle était déjà dans son cercueil ?

– Elle était morte, un point c'est tout. » Je n'ajoute pas de détails et il en écume de rage, vu qu'il est curieux comme un singe.

Mais je comprends maintenant qu'il vaut peut-être mieux que je fasse une déclaration officielle, de façon à ne pas alimenter les ragots et les légendes. Je commence par les pieds qui dépassaient sous la porte et j'en arrive à ma course vers le bureau de Vernini et aux interrogatoires au commissariat. Colombo m'écoute en silence puis remarque : « Ça n'était sûrement pas un maniaque parce qu'il ne l'a pas violée, quoique, il aurait fallu du cran pour violer Coyote ! »

Là, il exagère. « Personne ne trouvait Sereni sympathique et ses histoires de menu nous assommaient, mais ce ne sont pas des choses à dire.

– Je cherche seulement à comprendre qui est l'assassin ! Tu crois que Guidoni n'a interrogé que toi ? Tu sais qu'il m'a aussi demandé si je soupçonnais quelqu'un de la maison ?

– Tu as bien fait de lui expliquer que Coyote était impossible à violer, comme ça le procureur pourra exclure des suspects tous les maniaques sexuels d'ici. Et tu lui as déjà dit qui sont ces maniaques ou tu gardes tes révélations pour la prochaine fois où il te convoquera ? » J'ai envie de lui rentrer dedans.

Colombo retourne enfin à sa place en bougonnant : « Quelles chieuses, ces féministes ! » Il reste lugubre quelques secondes avant de demander à Gavazzeni et Parodi : « Vous avez été convoqués vous aussi chez le procureur ? »

Parodi a une grimace embarrassée avant d'admettre que oui : « Je pense que M. Guidoni a posé les mêmes questions à tout le monde, mais je ne savais pas quoi lui répondre puisque je n'avais aucune relation avec Sereni. »

Il a dû se trouver trop émotif, parce qu'il reprend aussitôt son style impassible et conclut avec retenue : « En tout cas tout s'est bien passé. »

Gavazzeni, lui, reste muet, pendant que Colombo le tarabuste : « Vas-y, parle ! » Il répond par un oui sans conviction, auquel nous savons qu'il n'ajoutera plus rien. Une chape de silence retombe sur nous ; quand va-t-on nous apporter ces fichus ordinateurs ?

À onze heures ils ne sont toujours pas là et je vais faire un tour à l'étage au-dessous, parce que chez nous c'est mortel ; les dirigeants sont enfermés dans leurs bureaux alors qu'aux autres étages il y a les bureaux paysagers pour cadres et employés, en plus des quelques bureaux individuels pour les dirigeants de moindre importance.

J'ai été absente si longtemps que je veux savoir quel est le climat dans l'entreprise. Je me dirige vers un des cagibis sans fenêtre que le directeur a destinés à chaque étage à un « espace détente », comme il les a pompeusement définis un jour, rien que pour y avoir flanqué le distributeur d'eau et la machine à café. Les espaces détente n'en sont pas moins si tristes et si sombres qu'on n'a aucune envie d'y passer plus d'une demi-minute.

Je reconnais dans l'obscurité la silhouette de Laura. La secrétaire m'adresse un « Salut... » accablé ; après dix ans passés avec Vernini elle a toujours l'air au bord de l'épuisement nerveux. J'imagine que c'est encore pire que d'habitude. J'essaie de faire un brin de conversation : « Alors, comment ça va ? Je te trouve un peu abattue... »

Elle laisse échapper un gémissement : « Bientôt on va nous espionner jusque dans les toilettes... tu as entendu qu'ils veulent mettre des caméras de surveillance partout ? » Elle agrippe le collier de perles qu'elle n'enlève jamais et le serre entre ses mains comme si ce geste pouvait la calmer. Aujourd'hui aussi elle porte un pull en cachemire couleur pastel, et un chignon raide tel que les amies de ma mère ne s'en faisaient déjà plus il y a vingt ans. Elle va sur ses trente-cinq ans et ne parle jamais de sa vie personnelle comme si elle avait peur de la salir par des confidences. Comme elle ne porte pas d'alliance, Colombo a décrété qu'elle était vieille fille. « Qui aurait l'idée de se marier avec elle ? Elle ressemble à la sœur de ma grand-mère qui voulait encore qu'on l'appelle “Mademoiselle” à quatre-vingt-dix ans et qui communiait tous les matins ! »

Sur Vernini, très peu de bavardages. Nous savons seulement qu'il est marié à une avocate et n'a « ni enfants, ni chiens, ni chats », ce dont je l'ai entendu se vanter devant deux de ses pairs. « Mon seul enfant est l'entreprise ! »

Un jour j'ai vu la première dame, elle l'attendait assise dans sa voiture devant l'entrée. Impressionnante ! C'était la photocopie de Laura en version quinquagénaire, cheveux gris tirés en chignon et double rang de perles autour de son cou maigre et ridé de vieille girafe. Laura a encore une peau lisse et ferme, sûrement destinée à disparaître dans une dizaine d'années, et elle ressemblera de plus en plus à la femme du directeur.

Mais aujourd'hui on dirait qu'elle a vieilli d'un coup, elle a un réseau de ridules autour des yeux. Je lui pose doucement la main sur le bras. « Tu es sûre de ce que tu dis ? Ils vont vraiment mettre des caméras de surveillance dans les toilettes ? »

Elle regarde autour d'elle pour s'assurer que personne ne s'approche et chuchote : « Ils sont en train d'en installer partout. Quelle honte d'être filmées pendant qu'on fait pipi ! » Puis, l'air de plus en plus accablée, elle prend un café à la machine et l'avale d'un coup comme si c'était de la vodka. « Excuse-moi, je dois y aller... » et elle sort du cagibi pour retourner auprès de Vernini.

Je bois aussi un café, je descends au premier et j'arrive devant nos anciennes toilettes. Les scellés jaunes de la scientifique sont sur la porte. Mon cœur se met à battre frénétiquement, son bruit m'assourdit. Je n'entends même plus les voix des collègues qui circulent autour de moi.

Je m'enfuis avant d'avoir un infarctus et me retrouve devant mon ancien bureau ; les scellés sont restés ici aussi. Tout près, dans le couloir, deux électriciens installent effectivement une caméra. L'un est debout sur l'échelle et cherche la meilleure orientation pour positionner l'objectif. Je ne résiste pas : « Excusez-moi de vous déranger... vous en mettrez aussi dans les toilettes ?

– Non, ne vous inquiétez pas ! Personne ne peut vous espionner dans cet endroit-là. » Et tous les deux rigolent comme des fous à l'idée de filmer les employés en train de baisser leur culotte et leur pantalon. J'aimerais les gifler !

Je continue à errer seule dans les couloirs. Le bavardage qui sortait autrefois des bureaux a totalement disparu. Le silence n'est rompu que par un petit groupe de collègues qui se dirigent toutes ensemble vers les autres toilettes du premier; celle qui est à leur tête ouvre la porte, vérifie à l'intérieur, et annonce d'un ton décidé: « La voie est libre ! »

Je cours raconter à Paolo que mes collègues entrent dans les toilettes comme un commando de marines au cours d'une embuscade: « À ton avis, il suffit de pointer le nez dans un cabinet pour mourir étranglée ?

– Salut Francesca, bon retour. Je vois avec plaisir que ta semaine de repos t'a guérie de ta paranoïa. » Il ajoute une de ses observations habituelles: « Je doute que deux crimes presque identiques soient commis à peu de jours d'intervalle, ce serait une coïncidence bien étrange. »

Je m'obstine et réplique: « Et si l'assassin était un tueur en série qui procède toujours de la même façon ?

– Francesca, les tueurs en série ne frappent pas toujours au même endroit et à la même heure, ils se feraient prendre immédiatement, répond-il avec le calme d'un prêtre qui récite le rosaire pendant le mois de Marie. En général ils changent quelque chose dans le choix de leurs victimes et de l'endroit où ils les enlèvent ou les tuent. »

Il parle comme s'il avait lu des livres sur la question.

D'ailleurs, il n'est pas du genre à se laisser prendre au dépourvu, pas même quand il s'agit d'homicide. La preuve, sa conclusion sentencieuse: « Personne n'a encore compris pourquoi Sereni a été assassinée, et la probabilité que ce soit le premier d'une série de crimes est vraiment très faible... »

Mais cette fois il ne me convainc pas: « D'accord, admettons qu'il ne s'agit pas d'un tueur en série, mais alors pourquoi on l'a tuée ? Si Guidoni avait découvert quelque chose, les journaux en auraient parlé, or, ils ne savent plus quoi inventer. C'était peut-être un maniaque sexuel qui n'a pas eu le temps de la violer.

– Tu crois que si quelqu'un décidait de violer une collègue il l'attendrait dans des toilettes comme les nôtres où tu entends tout ce que fait ton voisin ?

– Tu as raison ! Alors, d'après toi, je peux éviter de me faire accompagner aux toilettes ?

– Bien sûr.

– Bon, tu n'as peut-être pas tout à fait tort... mais tu sais ce que je crois ? Si on me tuait, personne ne viendrait à mon enterrement. Ça fait un an que je vis enfermée chez moi et que je ne vois que mes parents. »

Paolo ne supporte pas ceux qui se plaignent. « Francesca, réserve tes pleurnicheries pour quand elles auront une raison. Marinella est morte alors que tu es toujours là à te plaindre. Qui est la plus malheureuse des deux ? »

Inutile d'insister. Je lui demande : « Tu viens demain à la messe d'enterrement ? »

Il acquiesce et se remet à travailler comme si j'étais devenue plus transparente qu'un fantôme.

## La vie continue

À neuf heures du matin, une centaine de collègues sont déjà rassemblés devant le portail de l'église, encore inexplicablement fermée, où sera célébrée la messe à l'intention de Sereni. J'ai lu dans les journaux que les obsèques se sont déroulées en privé il y a quelques jours, mais Vernini a voulu organiser une cérémonie réservée aux employés. Plus qu'une messe, je soupçonne une clownerie destinée à faire bonne impression sur les journalistes. Sur le parvis ont pris position des bataillons de photographes et des cameramen décidés à obtenir un peu de matière nouvelle pour une affaire maintenant reléguée aux dernières pages des faits divers.

Une voiture de police est garée près de l'église, et je regarde autour de moi pour voir si des policiers en civil sont présents dans la foule, mais je serais incapable de les distinguer des collègues que je ne connais pas et des journalistes qui errent en attendant d'entrer.

Aujourd'hui nous allons voir le mari de Coyote que Vernini a « invité », ainsi qu'il l'a annoncé. Ridicule ! Il ne manquerait plus que le veuf ne puisse aller à la messe à l'intention de sa femme qu'avec l'autorisation de son ancien directeur.

Dix minutes plus tard, le portail s'ouvre enfin, et nous apercevons Vernini debout entre le curé et un petit bonhomme avec une touffe de cheveux encore noirs sur son crâne pointu, qui tient par la main un garçonnet tout triste d'une dizaine d'années. Ils ont tous l'air de souffrir énormément et photographes et cameramen partent à l'assaut du parvis tels des vautours pour les immortaliser. Vernini se met au garde-à-vous : avec son complet gris et sa cravate noire il ressemble à un croque-mort professionnel. Ce ver de terre a imprimé sur son visage une expression de dignité dans la douleur qui ferait croire qu'il est le seul autorisé à souffrir de la disparition de cette « chère Mme Sereni ».

« Venez prier pour cette chère Mme Sereni, dit-il textuellement en s'adressant à la foule, parce qu'elle nous manquera toujours. Voici son mari éprouvé et son adorable fils, avec lesquels nous partagerons la douleur qu'elle ne soit plus avec nous ! » Puis, magnanime, il ajoute : « Les photographes sont priés de rester à l'extérieur de l'église pour ne pas troubler la cérémonie, mais ils peuvent prendre quelques clichés maintenant ! »

Il pose un bras sur les épaules du veuf en signe de son infinie compassion, encore plus intense en ce moment de douleur. Ce frimeur se fait photographier aussi avec le curé et l'enfant. Il n'a vraiment aucune pudeur.

Il prononce un « Vous pouvez entrer ! » retentissant et nous regarde défiler sous ses yeux avec la sérénité du Père éternel. Il attend que le dernier d'entre nous soit entré pour se diriger vers l'autel en compagnie du prêtre, à quelques pas derrière.

Je ne pensais pas qu'après l'horrible mascarade de l'ouverture des portes il irait jusqu'à monter à l'autel, mais il s'installe derrière le pupitre tandis que le curé reste tristement à côté de lui et que le fils et le mari de Sereni vont s'asseoir au premier rang.

Nous gardons un silence pieux en attendant l'homélie de Vernini, qui prend une grande inspiration, lève les yeux au ciel et commence : « Chers frères... »

Oui, il a dit « frères » !

« Aujourd'hui nous saluons pour la dernière fois une collègue qui n'aurait jamais dû nous quitter, surtout de cette façon barbare. Une main cruelle l'a arrachée à notre entreprise et à ses proches quand elle était encore dans la plénitude de sa vie et de sa carrière professionnelle... »

Il baisse les yeux une seconde, sans doute accablé par son hypocrisie.

« Car notre chère Marinella Sereni avait encore beaucoup à donner... »

Il fait une pause inspirée.

« ... à nous, mais surtout à son mari adoré et à son fils. Chacun de nous est de tout cœur avec la famille de notre collègue disparue : nous ne l'oublierons jamais ! » et il nous regarde fixement pour vérifier si nous tremblons réellement de douleur avec lui.

Puis il incline la tête vers le pupitre comme s'il devait vérifier quelque chose sur des feuillets que nous ne voyons pas et il poursuit : « En ce qui concerne son assassin, je suis certain que les enquêteurs font tout pour le retrouver. C'est triste de supposer qu'il pourrait être parmi nous, bien que je sois persuadé qu'il n'en est rien. Les fenêtres du rez-de-chaussée n'étaient pas toutes fermées, et l'assassin de notre sœur... » – il s'interrompt un instant pour une pause théâtrale puis reprend – « pourrait être entré par là. Je vous invite donc à toujours respecter deux règles fondamentales ! »

Je vois, il va bientôt graver ses Tables de la Loi et exposer l'Arche d'alliance dans la salle de conférences.

« Premièrement : fermez toujours soigneusement les fenêtres quand vous n'êtes pas sur place, faute de quoi je les ferai sceller et vous ne pourrez jamais plus les ouvrir. Deuxièmement : portez votre badge en permanence. Avec votre photo bien en vue, c'est clair ? Il est écrit dans la circulaire 627 que le badge est un document prouvant l'appartenance à l'entreprise qui doit être montré entre collègues pendant les heures de travail. »

Paolo et moi échangeons un regard déconcerté. Nous pensons tous les deux la même chose : on ne parle pas de circulaires dans une cérémonie funèbre. Mais Vernini continue imperturbable : « Mais vous n'aimez pas le badge ? Vous le trouvez peu élégant ? Vous n'êtes pas dans un défilé de mode, vous venez pour travailler, et je ne veux plus voir personne sans badge, parce qu'un assassin rôde ! Vous avez compris ? »

Le prêtre commence à s'agiter ; il croyait peut-être sérieusement que Vernini se limiterait à quelques mots à la mémoire de Coyote. Quelle naïveté.

« Nous trouverons qui l'a emportée et a couvert de fange notre entreprise, et nous collaborerons avec la justice jusqu'à ce que la lumière soit faite sur cet événement tragique qui nous a tous bouleversés. Et surtout, retournez au bureau tout de suite après l'enterrement. Maintenant levez-vous, la messe commence ! »

Il descend de l'autel d'un pas ferme et va s'asseoir au premier rang, à côté du mari et du fils de Sereni, j'imagine, bien que de là où je me trouve ces malheureux soient à peine visibles. Le prêtre s'approche du pupitre et murmure dans le micro, l'air mortifié : « Commençons l'office… », comme si l'intervention de Vernini avait été une pause publicitaire inutile.

Pour tout dire, l'arrivée du tueur en entreprise n'a pas aggravé mon humeur plus que ça. Si avant elle était à -35 sur l'échelle de Celsius, elle est maintenant à -40.

Au fond, quand il fait très froid, en Sibérie, on ne met pas une pelisse en phoque supplémentaire pour cinq malheureux degrés de moins. Et mon humeur est sibérienne, aussi désolée que la toundra battue par les vents arctiques.

Non, jamais je ne réussirai à pardonner à Maurizio d'avoir attendu que la couturière m'apporte la robe chez moi pour me téléphoner en pleurant: « Il faut que je te parle... » Et quand il m'a dit qu'il n'y avait plus de mariage, je me suis mise au lit chez mes parents. J'y suis restée quatre mois.

« Congé sans solde pour raison de santé », alors que tout le monde au bureau savait que mon mariage était tombé à l'eau. Certains collègues racontaient même que j'avais tenté de me suicider de honte et de désespoir. Oui, j'avais pensé en finir. Je voulais détruire la vie de Maurizio parce qu'il était tombé amoureux d'une autre – il me l'avait avoué, en larmes, le salaud – et j'aurais voulu que le sentiment de culpabilité foute leur couple en l'air.

Mais je n'arrivais pas à me suicider par simple dépit; je n'avais pas envie de causer une nouvelle contrariété à mes parents. Je suis fille unique, et ils m'auraient suivie dans la tombe en un clin d'œil. Ils ne se seraient peut-être pas pendus au plafonnier des toilettes – comme j'avais projeté de le faire parce qu'il était fixé par un crochet qui me paraissait très solide –, mais ils n'auraient jamais pu tenir le coup sans moi, même si à cette époque-là j'étais un zombie incapable d'avaler les bouillons de poule que ma mère préparait tous les matins.

Je ne dormais pas, je me roulais dans mes draps en pensant que ce salopard avait eu le culot de m'emmener dans tous les gîtes ruraux de Lombardie – alors qu'il était déjà avec l'autre ! – pour choisir où organiser la réception, et que nous avions passé des jours à parler du menu.

Je me le rappelle parfaitement, ce fichu menu : jambon de Zibello au vinaigre balsamique; assiette de charcuterie accompagnée de croûtons chauds et de mini-omelettes aux légumes; gnocchis aux parfums forestiers et risotto à la chicorée rouge et au fromage de Sogliano; rôti de veau lardé, mariné aux épices, et porcelet désossé au fenouil sauvage; mille-feuilles au chocolat blanc crème Chantilly; café et assortiment de mignardises.

Quatorze mille euros – pour deux cent vingt-trois invités – jetés à la poubelle, parce que nous avons annulé le déjeuner le matin même.

Ou plutôt, ce traître l'a annulé, ensuite il a téléphoné à cent soixante personnes pour annoncer qu'il y avait eu une « erreur » et que le mariage était reporté « sine die », comme si quelqu'un pouvait croire à un bobard aussi lamentable.

Mon père avait téléphoné aux autres invités – parents à divers degrés et amis de mes géniteurs – sans prétendre que le mariage était reporté. Je l'entendais chuchoter des excuses embarrassées, mais le mot qu'il utilisait était plus honnête : ANNULÉ. Le mariage avait été annulé. Point final.

Après deux jours passés à sangloter dans mon lit j'étais parvenue à allumer mon ordinateur pour supprimer mon profil sur Facebook. Je m'étais recouchée, sans presque pouvoir parler. Papa passait ses journées au téléphone avec Maurizio pour me « libérer de l'emprunt », comme il disait, vu que nous avions investi, mon ex-futur mari et moi, des années d'économies pour acheter à crédit un appartement à Cesano Boscone, avec une cuisine sur mesure dont quelqu'un d'autre profite maintenant à ma place.

Pauvre papa, il ne pouvait pas supporter que je débourse encore six cents euros par mois alors que Maurizio vivait déjà avec l'autre à Milan, corso Sempione, dans un dernier étage avec vue sur la verdure.

Je végétais dans ma chambre et j'entendais mon père discuter avec lui de la vente de ce foutu appartement. Moi, j'y aurais bien mis le feu, avec tous les meubles à l'intérieur. Je pensais aux matinées passées ensemble à choisir le parquet et les carreaux de faïence, et avec le menuisier pour prendre les mesures. Je me demande qui utilise le lavabo encastré de la salle de bains et le placard à balais.

Pendant ces jours terribles ma mère aussi avait réagi, en faisant preuve de sens pratique et de décision. C'est elle qui avait appelé les invités pour les prier de récupérer leurs cadeaux. Elle avait honte de dire des phrases telles que : « Vous pourriez peut-être l'échanger contre un... », car la moitié provenait de notre liste de mariage, que nous avions mis deux jours à établir chez Nicki, la boutique la plus chic de Buccinasco en matière de décoration de table et de cadeaux de mariage. Je savais combien il lui coûtait de passer ces coups de téléphone, surtout quand le cadeau n'avait pas été commandé chez Nicki mais venait d'un magasin inconnu et que le paquet était retourné à des gens qui ne savaient que faire d'une lampe de bureau design ou d'un ensemble de serviettes de toilette en lin.

Je les regardais, elle et papa, charger les paquets dans la voiture et les emporter à la poste, même si quelques invités avaient refusé de les reprendre. « Dites à votre fille de garder le service à fondue, elle pourra l'utiliser avec des amis. » Mais j'avais été catégorique : « Plutôt les jeter dans le Lambro. Je ne veux plus jamais les voir ! »

Mes parents sortaient le mieux habillés possible pour que je n'imagine pas qu'ils se sentaient humiliés par cette corvée quotidienne. Maman et ses cheveux teints d'un blond un peu terne, mais toujours bien droite sur ses hauts talons et faisant voltiger ses mains pour montrer les bagues que papa continue de lui offrir. Lui en veste de daim et pantalon de vigogne repassé tous les soirs, avec un pli toujours parfait.

Trois mois plus tôt ils avaient enfin pu prendre leur retraite ensemble, après des années de calculs de la part de papa qui connaissait par cœur l'état de leurs versements à la caisse de retraite des fonctionnaires. Ils avaient même fait une fête, avec quarante bougies sur le gâteau, le nombre d'années de leurs cotisations. Au moment de porter un toast, maman avait manifesté sa joie : « Nous ferons des petits voyages quand tu seras mariée. » Jamais elle n'aurait imaginé se retrouver à la poste pour réexpédier mes cadeaux de mariage.

Finalement ils s'en étaient tirés, il n'était plus rien resté qui me rappelle mon mariage annulé, et même ma robe de mariée avait disparu un après-midi de mon placard. Ils l'avaient certainement fourrée dans une valise pour l'emporter sans que je m'aperçoive de rien. Aussitôt après, ç'avait été le tour du tailleur violet avec une rose en tissu sur le revers que maman devait porter le jour J ; il avait dû être donné à quelqu'un ou carrément jeté dans le Lambro, pour qu'il ne porte malheur à personne d'autre.

Et puis, un beau matin, après être resté des heures l'écouteur collé à l'oreille, papa était entré dans ma chambre avec un sourire ravagé. « J'ai réussi à vendre l'appartement, nous ne parlerons plus jamais de Maurizio. Maintenant tu te lèves et tu vas travailler. »

Il pensait sincèrement m'avoir sauvé la vie, et après tout ce qu'il avait fait pour moi je ne pouvais pas le décevoir. J'étais retournée au bureau pendant qu'il cherchait pour moi un deux-pièces à acheter. « Tu ne peux pas rester éternellement chez nous. Tu es une femme, Francesca, tu as trente-quatre ans, tu dois vivre en adulte ! »

En trois mois il avait trouvé l'appartement, mais je ne voulais plus entendre parler de meubles et de housses de canapé. Papa s'était alors transformé également en décorateur. Et un dimanche matin – formule « clés en main » – il m'avait accompagnée dans mon nouveau chez-moi. Celui d'une célibataire, où je vis seule comme un chien entre des bibliothèques Billy et des étagères Expedit d'Ikea.

Ce soir encore j'irai dîner chez mes parents, prête à jouer mon rôle habituel : je vais dans la chambre de maman où papa a traîné la télé du salon et je l'éteins immédiatement. Depuis quelques jours ma mère ne fait que regarder les séries policières telles qu'*Esprits criminels*, où on trouve des cadavres partout, abondamment mis en pièces par des tueurs en série sadiques. C'est devenu compulsif chez elle.

Autrefois maman ne supportait pas ce genre de téléfilms, elle obligeait papa à changer de chaîne dès qu'elle voyait un mort, alors que maintenant je la surprends à regarder aussi *Dexter*. J'ai peur que ce soit mauvais pour elle, surtout après ce qui vient de m'arriver, mais papa me dit de ne pas m'inquiéter : « Ça la distrait un peu. »

Et si j'essaie de lui éteindre sa télé elle pleurniche comme un enfant et nous devons la traîner à la force des bras vers la table, où tout a été préparé par mon père. Pendant que nous mangeons il dit quelques banalités et elle, après avoir un peu tripoté ses pâtes, retourne se coucher en miaulant tristement : « Francesca, je t'appelle demain matin au bureau… »

Tous les jours, à neuf heures cinq pile, elle me téléphone. Exactement comme maintenant. « Mon trésor, nous nous voyons ce soir, pas vrai ? Papa prépare quelque chose…

– Tu veux dire qu'il le fait décongeler. » Pour lui donner envie de sortir de son lit, mon père voulait la prendre par la gourmandise en cuisinant des petits plats délicieux, mais comme il est nul dans ce domaine il s'est jeté sur le rayon des surgelés du supermarché : raviolis à la piémontaise, paella à la valencienne, mixed-grill de poissons et autres raffinements du même style.

« Oui, ma chérie, répond-elle sérieusement, je lui ai demandé s'il pouvait réchauffer une soupe de légumes pour le dîner, j'aimerais quelque chose de simple… »

Je remarque avec quelle vitesse elle a éliminé le verbe « cuisiner » de son vocabulaire. Mais moi aussi, chez moi, je décongèlerais quelque chose ; autant avaler la soupe en compagnie.

À sept heures je me gare au pied de chez eux, devant les petits jardins de la copropriété de Rozzano où ils habitent depuis plus de vingt ans et que maman adore parce que « tout le monde s'en occupe bien », ainsi qu'elle le répète chaque fois qu'elle parle de la cire dans l'escalier, appliquée tous les trois mois par l'entreprise de nettoyage. Les locataires ont même décidé que les stores des balcons devaient tous être de la même couleur terre cuite que le crépi. Il s'en fallait de peu pour que l'assemblée des copropriétaires choisisse aussi les plantes admises sur les terrasses.

En descendant de ma vieille et fidèle Fiat 600 bleue je manque me heurter à papa. Je m'étonne et lui demande: « Qu'est-ce que tu fais dehors ? » Ce sont les jours les plus rudes de l'hiver et il fait un froid de canard.

Il me prend par le bras. « Il faut que je te dise quelque chose avant de monter...

– Papa, rien de grave, j'espère ! »

Il a une réponse mystérieuse: « C'est ta mère...

– Explique-toi, elle ne se sent pas bien ?

– Non, non... ta mère pète la santé ! Mais aujourd'hui la voisine d'en dessous est venue la voir et elle a amené une amie veuve...

– Oui, et après ?

– Cette amie, Mme Giovanna, a une fille... ajoute-t-il d'un air pensif.

– Et alors ?

– Sa fille est célibataire... »

Je commence à m'énerver. « Papa, si tu prononces un mot à la minute, nous serons encore là demain matin ! »

Alors il lâche d'un seul jet: « Il semble que cette jeune femme se confie beaucoup à sa mère, elles vivent encore ensemble étant donné que son père est mort il y a plusieurs années. Et elle fréquente, paraît-il, des soirées pour célibataires organisées sur Internet, où c'est très facile de rencontrer des hommes, et des jeunes gens sérieux qui veulent se marier… ta mère a pensé que vous pourriez toutes les deux faire connaissance et aller ensemble à une de ces fêtes !

– C'est une blague ?

– Non, Francesca… ta mère a voulu que je vérifie sur Internet et j'ai vu que c'est vrai. Il y a des sites pour célibataires qui organisent des dîners et des apéritifs dans des bars. »

J'y crois pas. Mon père a chaussé ses lunettes de presbyte et allumé l'ordinateur pour chercher sur Google des soirées pour célibataires auxquelles il voudrait que je participe ! Lui qui disait à ma mère : « Tu aimerais moins une fille qui vit seule ? Tu préférerais qu'elle soit mal mariée ? » Je me sens trahie.

« Papa, qu'est-ce qui t'a pris de faire ça ? Tu veux m'envoyer à la pêche au mari au milieu d'inconnus ?

– Francesca, tu sais que ça m'est complètement égal que tu te maries ou non, que ce qui compte pour moi c'est que tu sois heureuse, mais ta mère va mal, elle répète qu'on va te tuer toi aussi. Il fallait que je lui donne une raison d'espérer, de croire en quelque chose.

– Tu veux vraiment que j'aille à une fête pour célibataires avec une fille que je n'ai jamais vue de ma vie ? »

Il m'avoue : « Ta mère l'a invitée à déjeuner dimanche avec Mme Giovanna…

– Et qu'est-ce que tu as dit ?

– Que c'était moi qui ferais la cuisine…

– Je ne viendrai pas, tu m'entends ? Je ne viendrai pas ! Et qu'est-ce que tu prépareras, tout un repas à base de surgelés ?

– Les spaghettis aux palourdes sont meilleurs que ceux que fait ta mère ! Je t'en prie, Francesca, ne dis pas non ! »

Ils déraillent tous les deux, mais papa commence à me faire de la peine. Je n'accepte que pour lui éviter davantage de difficultés avec maman. « D'accord, je viendrai, mais jamais je n'irai à ces soirées, tu peux les oublier !

– Sois tranquille, ta mère ne pourra pas vérifier si tu y es allée ou pas. Mais ce soir, dis-lui que tu as envie de refaire ta vie, de te marier…

– Me marier avec qui ?

– Explique-lui que tu ne sais pas encore, mais que tu cherches un brave garçon avec qui fonder une famille…

– Papa, jure-moi que tu as toute ta tête. Tu t'es mis à boire en cachette ?

– Mais enfin ! Je suis seulement inquiet pour ta mère, nous devons lui annoncer une bonne nouvelle qui lui remonte un peu le moral. »

Je n'ai pas le temps de répliquer parce que nous sommes déjà dans l'appartement. La table de la cuisine est impeccablement mise et un bloc de glace marron dépasse de la casserole. Papa allume le gaz et me pousse dans la chambre : « Maria, écoute la bonne nouvelle ! Notre fille veut se marier ! »

Elle détourne les yeux de la télé et fait un sourire hagard. « Enfin, mon trésor ! Avec qui ? »

Il lui répond très sérieux : « Elle n'a pas encore décidé qui sera son mari, mais notre Francesca veut essayer encore une fois, tu es contente, Maria ? »

J'aperçois un léger doute dans son regard, mais elle le chasse d'un geste de la main. « Amedeo, c'est merveilleux ! Francesca, tu sais que dimanche une dame vient déjeuner avec sa fille, qui deviendra sûrement une amie pour toi ? »

Papa l'arrête tout de suite pour éviter que je lui réponde vertement. « Ça arrivera sûrement. Viens fêter la bonne nouvelle avec nous, allons, Maria, lève-toi ! »

Ma mère ne paraît guère convaincue et dit d'une voix tremblante : « Mais je dois savoir qui est l'assassin, le FBI est sur le point de l'arrêter… »

Papa éteint la télé. « Viens donc, je chercherai pour toi plus tard sur Internet ! », et il la tire de son lit.

Nous allons tous ensemble à la cuisine où l'iceberg est presque fondu.

« Je t'ai fait une soupe paysanne, Maria, qu'est-ce que tu en dis ? »

Finalement elle sourit ; après avoir préparé les repas pendant quarante ans, elle doit considérer cette bouillie d'épeautre et de haricots comme une recette de la nouvelle cuisine.

Mon père verse des louches fumantes dans les assiettes creuses et me regarde un instant dans les yeux comme pour dire : « Tu as vu ? Ça a marché. » Puis il adresse un sourire encourageant à sa femme : « Pour dimanche, ça te ferait plaisir des spaghettis aux palourdes ? Ou tu préférerais des tonnarellis au mérou ? »

Et comme si elle étudiait la carte d'un restaurant quatre étoiles elle répond : « Et si nous essayions les tonnarellis ?

– Parfait, mon trésor, va pour les tonnarellis ! Et toi, Francesca, je compte sur toi pour être à l'heure », ajoute mon père en me lançant un autre regard complice et satisfait. Puis il se tourne pour noter quelque chose dans un cahier posé sur la desserte.

Je lui demande ce qu'il écrit.

« Je note tout, pour pouvoir prévoir les courses au supermarché. Pourquoi ? Tu ne le fais pas ? » Je passe avec mon Caddie entre les rayons et j'y fourre les produits. Point final. Et si je lui présentais Paolo ? Je suis sûre qu'ils s'entendraient si bien qu'ils iraient faire les courses ensemble en prévoyant l'ordre de passage dans les allées.

À ce que je vois, papa s'est jeté avec grand plaisir dans sa nouvelle manie, car il me demande d'un ton appliqué : « Francesca, tu voudrais autre chose pour le déjeuner de dimanche ? Un gâteau glacé ? »

Je le provoque en souriant: « Tu as un catalogue des gâteaux ? Procure-t'en un pour que nous puissions choisir ensemble. »

Il reprend aussitôt son cahier, y écrit quelque chose et répond : « Parfait, mon trésor, je t'appellerai au bureau quand j'aurai fait la liste. » Il n'a pas compris que je plaisantais.

« Quelle bonne idée, j'attends ton appel. » À quoi j'en suis réduite : à trente-quatre ans je dois discuter avec mon père du choix d'un Viennetta ou d'un saint-honoré.

En revanche, maman paraît très intéressée par le sujet: « Tu sais qu'il y a aussi le Viennetta au cappuccino, Amedeo ? »

Ce soir je rentre chez moi et je me jette par la fenêtre. Comme je suis au septième étage je n'ai même pas besoin d'aller jusqu'à la cathédrale.

L'enquête semble revenue au point de départ. Coyote a dégringolé au niveau de quelques notules qui répètent toujours la même chose : « On ignore encore l'identité de l'assassin. »

Alors Vernini a joué son coup en lançant une série de contre-interrogatoires internes. Depuis hier le directeur reçoit dans son bureau tous les employés qui connaissaient Sereni. Nous avons remarqué un curieux va-et-vient et nous attendons qu'il convoque d'un moment à l'autre ceux de la Planification.

Le téléphone de Gavazzeni sonne le premier, suivi de celui de Parodi. Ils écoutent en silence pendant deux secondes, murmurent contrits: « J'arrive tout de suite ! », et filent en vitesse chez Vernini.

Colombo qui observe toujours tout comme un prédateur s'aperçoit de leurs mouvements. Et quand Parodi revient de son interrogatoire l'air mortifié, il l'agresse immédiatement : « Le directeur t'a appelé ? Qu'est-ce qu'il voulait ? »

Mais Parodi n'a aucune envie de faire des déclarations. « Ça ne regarde que moi. »

L'autre insiste : « Le directeur veut nous torturer pour recueillir des informations sur Sereni ! Mais je lui ai parlé deux fois en un an ; tu te rappelles quand elle avait apporté des gâteaux secs ? Elle est venue vers moi avec son plateau, j'en ai pris un et je lui ai dit merci. Tu crois que ça suffit pour être soupçonné de meurtre ?

– Tu exagères toujours ! » objecte Parodi un peu secoué par l'enquête interne de Vernini.

Colombo questionne à présent Gavazzeni qui vient de revenir. « Et toi, qu'est-ce qu'il t'a demandé ? » Mais l'imperturbable Bergamasque répond par son « Bah ! » habituel et se remet à travailler en silence.

Alors Colombo passe à la vitesse supérieure. Il commence à tempêter : « Voyons s'il ose me convoquer ! J'aimerais bien voir ça ! », tout en sachant que le directeur préfère le laisser tranquille, parce qu'à la suite de l'annulation de la fameuse cession, Colombo s'est inscrit au syndicat. Il s'est tenu tranquille durant les six mois de la bataille juridique, mais quand il s'est aperçu que le vent soufflait contre Vernini, il a pris sa carte et a commencé à se montrer avec Cruella, comme s'il avait toujours été le militant syndical le plus sincère.

À présent qu'il a senti l'odeur du sang il se met à brailler : « Vous savez ce que je vais faire ? Je vais demander au directeur de m'interroger moi aussi. Nous verrons s'il a le courage de me dire non, je ne suis pas Parodi ! » Et il se dirige d'un pas décidé vers le bureau de Vernini : « Je veux vider mon sac au sujet de Sereni ! C'est moi qui l'ai tuée ! Alors, quelqu'un veut entendre ma confession ? »

Arrivé devant la porte, il l'ouvre d'un geste décidé, entre dans le vestibule présidé par Laura et la referme.

Mais moins d'une seconde plus tard il est flanqué dehors presque à bout de bras tandis que Vernini siffle glacial : « Si c'est vous qui l'avez tuée, allez le raconter à la police, pas à moi. » Puis il retourne à son énorme fauteuil de cuir.

Vernini aurait mieux fait de l'écouter et de lui accorder une petite satisfaction, un échange d'invectives de cinq minutes, ainsi Colombo se serait défoulé et s'en serait tenu là, alors qu'il part comme un fou à la recherche de Cruella. « Une collègue se fait tuer et personne ne convoque une réunion syndicale ? On nous tue dans les toilettes et nous ne faisons pas grève ? Qui garantit notre sécurité ? »

Une demi-heure plus tard, tous reçoivent un mail de Cruella appelant à un rassemblement général : « Ne vous paraît-il pas nécessaire, vu la gravité des événements, de convoquer une assemblée des employés afin d'éviter que l'entreprise se serve du meurtre d'une collègue comme prétexte pour une nouvelle attaque contre les travailleurs ? » Suit une phrase sibylline dont le contenu est par ailleurs tout à fait clair pour ceux qui sont déjà au courant des interrogatoires de Vernini : « Seul le procureur a le droit d'enquêter sur le crime et nous vous déconseillons de répondre aux questions de quiconque n'est pas chargé de l'enquête. Si quelqu'un est interrogé par des personnes autres que les autorités judiciaires, il est prié d'en référer aux représentants du syndicat, qui prendront les mesures adéquates. »

Colombo retourne au bureau avec l'air satisfait d'un chat qui vient d'avaler une souris beaucoup plus grosse que lui. Il s'avance triomphant vers sa table en se proclamant défenseur du peuple : « Si ce fou essaie encore d'infliger le troisième degré à l'un de vous, venez me trouver. Je vous emmènerai voir l'avocat du service juridique ; nous continuerons à défendre les travailleurs contre toutes les menaces ! »

Là, il exagère vraiment et Gavazzeni prend soudain la parole : « Mais tout le monde sait que tu ne t'es inscrit qu'après le jugement ! »

Nous sommes tellement abasourdis de l'avoir entendu parler que Colombo lui-même n'ose pas lui répondre et se remet à pianoter sombrement sur son ordinateur, avec l'air de quelqu'un qui réfléchit à son prochain coup pour provoquer Vernini.

Dans le silence encore tendu, mon téléphone sonne. C'est Laura qui me transmet l'ordre du directeur sur un ton professionnel : il veut me voir tout de suite. Je m'apprête à quitter la pièce quand Colombo se lève brusquement et vient vers moi en hurlant : « Tu ne peux pas y aller seule, je t'accompagne ! » L'idée d'assister à une de ses fureurs proverbiales me terrorise davantage que l'éventualité de trouver un autre cadavre dans les toilettes. « C'est très gentil, mais je t'appellerai si j'ai besoin de toi… » Il se tait et me laisse passer.

Laura m'ouvre la porte tout essoufflée et se rassoit vite à sa table, parce que si le téléphone sonne et qu'elle ne répond pas avant la troisième sonnerie, Vernini lui fera subir le sort de Coyote. Je reste debout dans le petit vestibule jusqu'à ce que j'entende un hurlement : « Entrez, Zanardelli ! »

J'entre un peu hésitante, mais le directeur insiste, « Je vous en prie, asseyez-vous », avec un sourire qui ne présage rien de bon. Il s'installe bien droit dans son fauteuil directorial, rejette la tête en arrière comme pour trouver l'inspiration, puis la ramène d'un coup en position droite. Il me regarde dans les yeux et annonce, exalté : « Zanardelli, la vie continue. » Puis il se tait, attendant que je dise quelque chose.

Il adore balancer des phrases qui ne veulent rien dire, ou si peu, pour étudier nos réactions. Si nous répondons au hasard, nous montrons que nous sommes des imbéciles. Mais si nous demandons des explications, nous faisons preuve d'un « manque d'initiatives », ainsi qu'il nous le renvoie dans la figure à chacun de ses discours de Noël, où il énumère avec précision les défauts à combattre « de l'intérieur » pour devenir « les guerriers de nous-mêmes ».

Je préfère le rôle de la lâche et je me tais. J'ai fait le bon choix, Vernini m'adresse un autre sourire de squale et poursuit : « Nous vous avons trouvé un nouveau collègue qui partagera votre table à la place de la pauvre Mme Sereni... » Il fait une pause et je reste imperturbable. Puis il parle plus fort, soudain redevenu sérieux, et demande : « Vous êtes contente ? »

Que lui répondre ? Que je suis impatiente de connaître le successeur de Marinella et curieuse de savoir si lui aussi demandera à Ferrari quand il faut faire une addition ou une soustraction ?

Le directeur doit avoir senti mon hésitation car il me réprimande aussitôt. « Je vous ai posé une question, Zanardelli. Vous êtes devenue sourde ? »

Je cherche vite une réponse neutre pour ne pas l'irriter encore davantage. « Donc le nouveau collègue est un homme. » En finissant ma phrase je comprends que j'ai marqué contre mon camp.

« Seriez-vous à la recherche d'un nouveau mari ? » réplique-t-il, rapide et méchant comme un furet.

Vernini sait forcément ce qu'il est advenu de mon mariage, mais je n'étais certainement pas préparée à un coup aussi bas. La dernière chose à laquelle je me serais attendue de la part de Vernini était une plaisanterie de pause-café.

Je ne réponds pas, mais mon cœur commence à battre la chamade et mon estomac se réduit à la taille d'une noix. Heureusement Vernini laisse tomber comme s'il n'avait jamais fait cette allusion horrible.

Le silence gêné est brisé par un coup à la porte. Vernini hurle son « Entrez » habituel et retentissant.

L'homme qui entre timidement est Gino Pisani, le chauffeur-coursier-factotum de Vernini ; il a le visage gonflé et les joues rouges de quelqu'un qui se tape au moins deux apéritifs au bar après le travail. Il a plus ou moins l'âge de Vernini dont il est l'« esclave personnel », comme nous l'appelons tous, parce qu'il l'accompagne partout avec sa voiture de fonction.

« Quelle vie de merde ! » C'est ce que nous disons toujours quand nous le voyons attendre son « maître » pendant des heures devant l'entrée, enfermé dans une berline bleue tapageuse que Vernini doit trouver très chic et tout à fait adaptée à un homme de son rang.

Pisani pose une enveloppe sur le bureau du directeur, qui ne le remercie même pas et le congédie d'un revers de main parfaitement grossier.

Après le départ de son esclave il recommence à parler sur un ton méditatif : « Oui, votre nouveau collègue est un homme... nous venons de le changer de secteur et j'espère qu'il s'intégrera vite dans votre groupe. Je vous souhaite donc une collaboration fructueuse avec M. Savino Santi, fraîchement diplômé en économie et commerce. »

Encore une plaisanterie de très mauvais goût. Vernini sait très bien que je suis inscrite précisément dans cette faculté et que je ne passe pas d'examens depuis plus d'un an. Mais je dois faire semblant de féliciter ce Santi : « Il doit être très jeune s'il vient d'avoir son diplôme. »

Vernini s'assombrit et grommelle : « Il a quarante ans bien sonnés, c'est un diplômé débutant selon vous ? »

Le directeur adore les nouveaux, débutants et brillants, à presser comme des citrons, mais un nouveau âgé ne rentre dans aucune catégorie. Parviendra-t-il à mettre au point pour Santi le « parcours de développement » personnalisé avec une promotion une heure avant la retraite ?

Mais il doit y avoir un hic car Vernini me fait une confidence avec une mimique de conspirateur : « Santi entend devenir cadre sans suivre toutes les étapes du parcours de développement ; il est dans notre entreprise depuis dix-sept ans et considère que, du simple fait d'être diplômé, il mérite le statut de cadre… »

Son regard se perd dans le vide avec une expression de désespoir comme s'il était le seul en mesure de se rendre compte de la gravité scandaleuse des exigences de Santi. Puis, ses yeux de nouveau dans les miens, il en vient enfin au fait : « Santi se prend pour un expert du droit du travail, il a l'audace de m'envoyer des petits manuels qu'il a écrits » – il sort des feuillets qu'il m'agite sous le nez – « où il radote à propos du décret-loi sur le travail de 1924 et se définit comme un employé de catégorie C. »

Puis il se prend la tête entre les mains et la relève lentement avant de me demander résigné : « Mais vous, vous savez ce qu'est un employé de catégorie C ? »

Non, je ne connais pas ces finesses d'expert en droit du travail et je n'y comprends rien. Je sais seulement que, comme Santi, je suis encore une employée, et que je le resterai à vie sans ce fichu bout de papier. Mais je dois obligatoirement lui répondre quelque chose, parce qu'il ne supporte pas qu'on reste muet. « Non, M. Vernini, je ne sais pas… »

Alors il prend les feuillets de Santi avec une moue de répulsion : « Selon ce qui ressort de certains jugements importants de la Cour de cassation, on distingue deux catégories d'employés, la catégorie B et la catégorie C. J'appartiens sans nul doute à la seconde, compte tenu de mon faible encadrement contractuel. Ce qui m'oblige à un travail intellectuel, mais seulement pour assurer l'application des directives de mes supérieurs, sans aucun pouvoir d'initiative. » Il repose brutalement les feuilles sur la table et hurle : « Santi s'est mis en tête de se comporter en employé exécutant jusqu'à ce que je le nomme cadre. Il m'écrit quatre fois par semaine pour se plaindre que ses supérieurs ne lui donnent pas les directives adéquates pour effectuer son travail ! » Il continue de pester avec de grands gestes : « Non seulement cet homme insinue que je ne connais pas le droit du travail, mais en plus, depuis qu'il a son diplôme, il ne fait rien du matin au soir sous prétexte qu'il ne reçoit pas de directives adéquates de ses supérieurs. Il passe huit heures à regarder les mouches voler ! Comment ose-t-il ? Le salaire, il faut le gagner ! », et il frappe du poing sur la table. Puis il secoue la tête, le regard dans le vide. Terrorisée, j'attends le prochain déferlement de fureur. Mais il me demande avec une inflexion presque neutre : « Vous connaissez la profession de mon épouse ? »

Comme je ne suis pas sûre qu'il s'attend à ce que je le sache, je bredouille : « Avocate. »

Lui répondre était apparemment une bonne idée puisqu'il exulte : « Et vous croyez que le mari d'une avocate doit prendre des leçons de code civil ? Mon épouse ne s'occupe pas d'expulsions ni de divorces ! C'est une experte en droit du travail et elle défend des entreprises comme la nôtre. Elle n'est pas comme les avocats qui travaillent pour le syndicat, ces pauvres ratés qui ne valent rien ! Elle n'a malheureusement pas pu m'assister pour la cession, mais avec elle nous aurions gagné sans aucun doute ! » Il s'interrompt un instant et la colère le reprend : « Au lieu de quoi je me retrouve face à cette armée de tire-au-flanc dirigée par Cruella ! »

Au bout de quelques secondes il retrouve son calme : « Excusez ce débordement, j'ai peut-être exagéré. Oubliez ce que j'ai dit, et comment j'ai appelé cette dame », et il me fait un sourire affectueux, presque celui d'un ami. « Chère Francesca, j'ai beaucoup apprécié votre attitude le jour du drame, vous avez été si courageuse, si forte, et je crois que je peux vous avouer la vérité. »

Bon sang ! Qu'est-ce que j'ai pu faire pour le convaincre de ma loyauté ? C'est parce que je n'ai pas rapporté aux enquêteurs son allusion à sa carrière fichue ?

Il fait une pause dramatique et déclare : « Santi m'inquiète. Il ne peut pas croire sérieusement devenir cadre en se comportant comme le plus lamentable des employés ! »

Alors c'est vrai qu'il les méprise ! Mais il devrait avoir un peu plus de bon sens, moi aussi j'en fais partie : « Monsieur, nous ne sommes pas tous pareils, et l'entreprise a aussi besoin de bons employés comme nous ! » J'ai été un peu lèche-bottes et je me dis que si Cruella m'avait entendue elle serait capable de m'étrangler à mains nues sans avoir besoin de corde blanche.

Soudain Vernini me surprend par un compliment : « Zanardelli, vous suivez un parcours qui vous mènera à une ascension professionnelle rapide, en outre vous faites preuve d'autonomie, vous accomplissez votre travail avec passion… mais Santi ne brille sûrement pas par son professionnalisme. Et il est diplômé, vous comprenez ? Diplômé ! »

Je commence à me tracasser. Et si Santi était réellement le digne héritier de Coyote ? Peut-être encore plus cossard et discutailleur ? Je vais devoir passer huit heures par jour assise en face d'un étranger mal élevé, isolée de lui par une simple séparation de trente centimètres de haut ?

Devant ma mine éloquente Vernini se lève de son fauteuil pour me laisser partir et me dit tendrement : « Essayez de rester calme avec Santi et tout se passera bien, d'accord ? »

Il m'accompagne à la porte – pour la première fois de sa vie – et va jusqu'à me serrer la main. « Venez me voir si quelque chose ne va pas ! »

Ça alors. Si Vernini me conseille de ne pas m'énerver, Santi doit être un véritable monstre.

Quand j'entre dans le bureau le lendemain matin il fait plus sombre que d'habitude. Le store de la fenêtre est complètement baissé. Dans la pénombre, je vois surtout une nouvelle lampe de bureau allumée sur la table en face de la mienne et Savino Santi y est déjà assis. Il a une horrible moumoute qui ne parvient pas à cacher sa calvitie. Il porte un veston marron, et une cravate d'une drôle de couleur verdâtre qu'on croirait faite dans une peau de serpent étirée et taillée.

Il a empilé un énorme tas de rames de papier pour édifier une barrière plus haute entre nous et se protéger de moi. Il lève à peine la tête quand je pose mon sac sur ma table, me lance un regard légèrement écœuré et baisse aussitôt les yeux sans me dire bonjour. Ça commence bien.

Effarée, je me laisse tomber sur mon siège et j'allume mon ordinateur. Il m'arrive décidément toutes les tuiles. D'abord les regards curieux et insistants de Sereni, et maintenant Santi qui aime l'obscurité et veut que le store reste baissé.

Parodi et Gavazzeni ont laissé le leur relevé et ne paraissent pas dérangés par la trouvaille de Santi. Je comprends tout de suite que personne ici ne me défendra des lubies du nouveau venu.

Je remets en ordre des vieux documents au fond d'un tiroir, histoire de ne pas regarder en face mon étrange voisin de table. Bof, je devrais peut-être me présenter et lui souhaiter la bienvenue. Il s'attend sans doute à ce que je le fasse, mais je n'en ai vraiment aucune envie. Il a l'air du genre à mordre rien que pour le plaisir de voir l'autre crier de douleur.

Les autres aussi restent silencieux, comme si sa présence avait refroidi jusqu'aux bouillonnements de Colombo. Comme je ne veux pas me disputer avec Santi, mais que je ne peux pas rester toute la journée dans l'obscurité, je vais allumer au-dessus de moi. J'appuie par erreur sur les deux interrupteurs des rampes de néons qui éclairent nos tables.

Santi explose: « Qui t'a dit d'allumer la mienne? N'allume que la tienne, si tu y tiens ! »

Je sens mes joues s'enflammer, je ne m'attendais pas à une telle attaque. Mortifiée, j'éteins immédiatement de son côté. Il n'est même pas neuf heures et demie et je dois passer toute la journée la lumière allumée, alors qu'au-dehors un soleil timide réchauffe la ville. Je comprends maintenant pourquoi Vernini m'a mise en garde. Santi est pire que Coyote. Mais je suis obligée d'encaisser sans répliquer. Après les recommandations du directeur, je serais en faute si je discutais.

Pour me calmer les nerfs je vais faire un tour aux étages inférieurs, mais le climat y est à l'abattement apeuré. Les collègues se déplacent furtivement comme des ombres en regardant autour d'eux avec circonspection. La seule qui a une allure effrontée est Cruella, qui me saute dessus dans le couloir: « Tu viendras à l'assemblée générale ? C'est lundi, dans la salle de conférences. »

Elle est surexcitée, elle n'en croit pas son bonheur d'être retournée au bon vieux temps où tout le monde applaudissait les recours des avocats du syndicat, qu'elle déclamait d'une voix ferme et dure.

Elle s'approche encore davantage pour me susurrer mielleusement à l'oreille: « Pourquoi tu ne ferais pas une intervention ? Au fond, c'est toi qui as découvert le corps de Sereni... »

Quoi ? Elle aussi veut que je raconte ce que j'ai vu dans les toilettes ! Je n'en peux plus. « C'est toi qui as dit que nous ne devons parler qu'aux autorités judiciaires, et tu veux maintenant que je fasse une belle déclaration devant tout le monde ! Tu espères découvrir quelque chose de nouveau ? »

Cruella fait marche arrière : « Inutile de m'agresser, je n'ai rien dit de la sorte. Ce qui t'est arrivé t'a sûrement stressée, et tu as mal interprété mes paroles, je t'avais seulement invitée.

– Merci, mais je ne viendrai pas ! » Et vlan ! S'il ne tenait qu'à moi, je ne parlerais plus jamais de Coyote. Ça me suffit de voir son cadavre en rêve toutes les nuits.

Je retourne dans le bureau et j'essaie de travailler, mais je sens les ondes d'énergie négative qui se dégagent de Santi. C'est comme si sa mauvaise humeur infectait l'air et le changeait en poison qui nous ferait bientôt mourir étouffés. Il est assis droit comme un piquet dans sa chemise empesée par des kilos d'amidon : aussi indéformable, raide et parfaitement tirée que sur un mannequin.

Alors que je m'efforce de me recueillir dans la méditation comptable, Colombo s'approche de nos tables, unies telles deux siamoises ennemies.

« Alors tu te retrouves avec cette mégère ? Je te présente mes condoléances », dit-il plein d'entrain à Santi tout en me regardant en souriant pour voir s'il a réussi à me faire enrager. Il m'en veut parce qu'il pense que je suis devenue la chouchoute de Vernini ? Allez savoir, il est tellement parano que tout est possible.

Mais cette fois il me fait vraiment sortir de mes gonds. « Présente-lui tes condoléances pour une meilleure raison. La dernière qui était assise là a été étranglée et personne ne sait encore par qui ! Ça te paraît une place enviable ? »

Colombo me regarde satisfait, il a obtenu la réaction qu'il espérait et il réplique : « Qu'est-ce que tu veux insinuer ? Que tous ceux qui s'assoient en face de toi se feront tuer ? Tu en sais plus que tu ne veux l'admettre ou tu portes seulement malheur ? »

Santi lève finalement la tête et sourit avec l'amabilité d'un barracuda en découvrant deux longues canines de carnivore prédateur. « Si Zanardelli est dangereuse, je me fais changer de bureau. »

Je tombe à pieds joints dans le piège : « Ce serait un honneur de porter malheur à deux types comme vous. Mais malheureusement je n'ai pas ce pouvoir. »

Ce salaud de Colombo est lancé : « Tu es une vraie sorcière ! Demain nous viendrons avec des tresses d'ail ! »

Aussi omniprésent que le Tout-Puissant, Vernini se matérialise tout à coup dans la pièce. « Je vous avais prévenue, Zanardelli. Venez avec moi un instant. »

Je suis contrainte de le suivre pendant que les deux ricanent, très fiers d'eux. Dans son bureau il me fait signe de m'asseoir. « Qu'est-ce que je vous avais dit, chère Francesca ? De laisser tomber ! Et vous ne devez pas non plus vous quereller avec Colombo, vous savez comment il est. »

Je m'attendais à un savon, mais il a un ton conciliant. Donc Vernini non plus ne les supporte pas ? C'est possible parce qu'il m'absout aussitôt. « Allons, Zanardelli, retournez dans votre bureau et ne faites pas attention à eux. À propos, j'ai appris que vous n'assisteriez pas à l'assemblée syndicale... »

Comment fait-il pour être toujours informé ? Il voit tout...

Il continue d'un air serein : « C'est une sage décision que la vôtre. Je déteste ceux qui veulent vous dresser contre l'entreprise. C'est pourquoi j'ai décidé d'organiser bientôt des rencontres avec un professionnel du team building pour qu'il vous apprenne à travailler harmonieusement ensemble et à transformer la rivalité en stimulant positif. L'idée vous plaît ? »

Il redoute certainement que Cruella lance de nouveau le service juridique contre lui et il est prêt à tout pour ne pas finir encore au tribunal, y compris à faire appel à un coach de vie en entreprise pour stimuler l'« esprit de groupe » des employés. J'espérais qu'après les cours de gym au lycée je n'aurais plus à simuler l'enthousiasme pour des jeux d'équipe ridicules, mais si Vernini est aussi exalté par le team building mieux vaut le satisfaire.

Avec un nez aussi long que celui de Pinocchio je réponds : « C'est exactement ce qu'il nous faut dans un moment comme celui-ci ! Merci, M. le directeur ! »

Il s'électrise encore davantage. « Ce sera une surprise pour tout le monde ! Y compris pour ceux qui croient me connaître, mais ils se trompent. Si je suis sévère ce n'est que pour tirer le meilleur de vous. »

Il se lève pour m'accompagner à la porte – la seconde fois en deux jours ! – et sur un ton presque intime il me dit ravi : « Vous devez tous avoir davantage confiance en moi. » Mais ensuite, en moins d'une seconde, il redevient le Vernini désagréable de toujours. Au lieu de me lâcher la main, il la serre encore plus fort et susurre d'une voix glaciale : « La prochaine fois que vous vous disputez avec Colombo ou avec Santi je vous transfère dans une soupente et je vous fais faire le bilan avec un boulier. C'est clair ? »

Message reçu. Inutile de me broyer la main pour que je comprenne la menace. Je me libère de son étau et je retourne dans le bureau. Mais coup de théâtre, je trouve Santi en train de faire une scène à Ferrari, qui visiblement est passé lui demander de s'activer un peu.

Ils sont tous les deux debout près de notre table. Santi braille : « C'est à vous de me fournir une liste de mes tâches au jour le jour ! Vous ne pouvez pas exiger que j'organise seul mon travail, c'est vous mon supérieur ! Et si ça ne vous plaît pas, parlez-en au directeur. Je ne demande qu'à faire mon devoir avec ardeur et dévouement ! »

Ferrari bombe le torse en respirant à fond comme s'il voulait l'attraper par le col et lui donner une claque. « Quelle ardeur ? Quel dévouement ? » répond-il rageur. Il se tourne vers nous et demande : « Qu'est-ce qu'il faut faire avec un pareil crétin, le tuer ? »

Il se tait d'un coup, écrasé par l'horreur de ce qu'il vient de dire. Un silence embarrassé nous glace telle une bourrasque de vent polaire.

« Et si c'était lui ? » c'est la question qui nous traverse l'esprit à tous, y compris probablement Vernini qui apparaît à la porte, attiré par le vacarme. Je jette instinctivement un coup d'œil aux chaussures de Ferrari : peut-être un quarante-trois…

Tandis que l'idée que Ferrari pourrait effectivement être le tueur me passe par la tête, Santi crie d'excitation : « Vous avez entendu ? Ferrari m'a menacé de mort, après qu'un assassin a tué Sereni. Je porte plainte, pour de bon ! Et je vous ferai appeler comme témoins ! Vous avez tous entendu ce qu'il m'a dit, non ? »

Aucun de nous n'a le courage de lui répondre. Nous restons plantés, le souffle coupé, en attendant que l'orage passe. Vernini lui-même se tait. Il est blême de colère. Son entreprise bien-aimée est en train de s'enfoncer dans un drame sans fin.

Qu'allons-nous devenir ?

## Cherche mari

J'habite près de chez mes parents. À huit cent cinquante mètres pour être précise, calculés par papa quand il a acheté mon deux-pièces : « Trois minutes en voiture et dix à pied. »

Avant de signer le compromis, maman et lui étaient allés voir l'appartement je ne sais combien de fois, alors que je ne voulais même pas en regarder le plan. Je savais où se trouvait l'immeuble – j'étais déjà passée devant – mais l'idée de participer au choix du lieu où j'irais vivre seule pendant que Maurizio prenait ses aises chez sa nouvelle fiancée ne m'enthousiasmait pas.

J'aurais pu tout imaginer, mais pas qu'il me tromperait avec la fille du conseiller commercial pour lequel il travaillait depuis deux ans. Nous étions sortis une ou deux fois avec elle. Cette maudite fille traînait un « fiancé » qui portait un pantalon cigarette et des Church entretenues à la graisse de phoque, un vaniteux, victime de la mode et arrogant. Je n'ai compris qu'après que c'était une manœuvre répugnante pour que je ne sois pas jalouse.

Cette salope teinte en blonde, aux yeux d'un marron délavé, travaillait près de la table de Maurizio. Quand nous nous étions rencontrées elle avait un sac qui coûtait trois mois de mon salaire. Je l'avais trouvée odieuse, mais mon ex-futur mari m'avait rassurée : « Elle a l'air de frimer, mais en réalité elle est seulement timide, il faut la comprendre... »

Elle ne me paraissait pas timide du tout, et je n'aurais jamais soupçonné que Maurizio, qui disait être submergé par les déclarations d'impôts, emmenait au restaurant cette menteuse griffée Gucci du sac aux chaussures. Et qu'ensuite il la sautait chez lui, après m'avoir téléphoné pour me dire qu'il aimerait finir notre repas de mariage avec un mille-feuilles Chantilly.

Je pense qu'il était sincère quand il m'avait avoué : « Au début ce n'était qu'une collègue que je trouvais sympathique, je te jure ! » Même lui n'imaginait pas avoir une liaison avec une femme comme elle, habitant le centre de Milan, tandis que nous avions pris un crédit de trente ans pour un appartement à la résidence Sant'Antonio à Cesano Boscone. Un trois-pièces de quatre-vingt-dix mètres carrés, avec une petite chambre lumineuse pour notre enfant, programmé pour le moment où nous serions tous les deux diplômés en économie grâce aux cours du soir. Nous nous y étions inscrits ensemble, nous en avions assez de la comptabilité.

Je n'arrivais pas à croire que Maurizio ait pu me servir ces salades pendant des mois sans que je m'aperçoive de rien. Mais le monstre avait fini par jeter le masque, et j'avais compris qui il était vraiment. Un petit arriviste prêt à se prostituer avec la fille de son patron afin d'hériter du cabinet du père et devenir lui aussi conseiller commercial avec un super bureau dans le centre de Milan.

Je ne suis même pas retournée à l'université, où je risquais encore de le rencontrer. Et d'ailleurs, pourquoi obtenir ce diplôme ? Qu'est-ce que ça changerait à ma vie ? Je n'ai jamais plus touché aux livres d'économie, papa les a rangés dans la bibliothèque. Et le dimanche matin, au lieu d'étudier, je reste au lit à ruminer toujours la même histoire.

Tout comme maintenant. Je suis couchée et je pense au menu de mariage de Maurizio quand il épousera la salope.

Je n'ai aucune envie de me lever, d'autant moins qu'il y a ce déjeuner avec Mme Giovanna et sa fille. Je suis encore pelotonnée sous la couette quand mon portable sonne. C'est papa qui veut vérifier que je suis réveillée.

Il parle tout bas: « Bonjour trésor, ta mère dort encore… j'ai pris le saint-honoré, ça te va?

– Elle dort encore? Il est presque midi!

– Chut! je préfère la laisser dormir tranquille, comme ça elle viendra à table avec nous. Tu sais, elle n'a peut-être jamais aimé se lever tôt…

– Tu as aussi fait le ménage?

– Bien sûr, Francesca, j'ai tout fait hier, ça m'a laissé le temps aujourd'hui pour préparer le déjeuner.

– Tu n'es pas fatigué?

– Non, trésor. C'est seulement un mauvais moment, ça passera. Alors, tu es prête? Mets quelque chose de joli, surtout!

– Je dois venir en robe du soir au déjeuner dominical?

– N'exagère pas, du moment que tu n'arrives pas en jeans et tennis comme d'habitude…

– Papa, je m'habille comme je veux. Et si tu insistes j'arrive telle que je suis, en pyjama.

– D'accord, ma chérie, fais comme tu veux, mais sois gentille avec ta mère. Promis? »

Vraiment pas envie de me disputer à peine réveillée. « OK, papa, promis. »

Quand je sonne à la porte une heure plus tard c'est lui qui ouvre. Il a un tablier taché ici et là et l'air affairé. « Viens, j'ai habillé ta mère, regarde comme elle est bien! », et il me pousse vers la chambre.

« Papa, qu'est-ce que ça veut dire tu l'as habillée? Elle n'est pas morte, elle sait s'habiller toute seule!

– Francesca, ne dis pas ces choses-là, elle va encore très mal et je dois prendre soin d'elle.

– Mais elle passe toute la journée à regarder la télévision, elle n'a pas une pneumonie !

– Toi aussi tu es restée quatre mois au lit, c'est juste une question de temps. Maintenant va lui dire bonjour, allez. »

Nous entrons dans la pièce, où maman est couchée sur le lit complètement habillée, exactement comme un cadavre préparé pour la chapelle ardente, sauf que dans ce cas la défunte est vivante et branchée sur une chaîne de Sky. C'est un des polars qui lui plaisent tant dorénavant. Je crois que c'est *Esprits criminels*. Je m'assois sur le lit pour le regarder avec elle. En moins de deux minutes, un tueur en série a déjà trucidé une prostituée et mis la tête de la malheureuse dans le congélateur.

Dans son état, ma mère n'a vraiment pas besoin de regarder des horreurs de ce genre ! J'éteins la télé, mais elle fait aussitôt un caprice : « Francesca, pourquoi tu ne veux pas que je me détende un peu ?

– Te détendre avec des tueurs en série ? Qu'est-ce que tu racontes ? » Elle commence à m'inquiéter sérieusement.

Alors elle prend une petite voix d'écolière pour répondre bien sagement : « Trésor, je me force à regarder ces séries terribles parce que je veux découvrir qui a tué Sereni ! Tu comprends, ma chérie, je les regarde pour toi, pour t'aider ! »

Je reste sans voix. Je ne m'attendais pas à ce qu'elle délire à ce point. Entre-temps, papa arrive et me donne un coup dans le tibia : « Viens voir, j'ai déjà tout préparé. »

Je le suis dans une cuisine immaculée, les étagères et les surfaces sont nettoyées et brillantes et les tonnarellis au mérou ainsi que les légumes ont été déjà décongelés. On aperçoit un poulet dans le four.

« Le poulet aussi est surgelé, papa ?

– Mais non, trésor. Et c'est une pintade. Je l'ai achetée ce matin à la rôtisserie du coin de la rue, avec le lard et le reste… il suffit de la réchauffer. À propos, nous avons décidé de dire que c'est ta mère qui a tout préparé. Alors évite tes commentaires sur les surgelés, d'accord ? »

Je suis prête à lui répondre de ne pas me traiter comme une gamine quand l'interphone sonne. Papa enlève son tablier. « Les voilà, ce sont elles ! Francesca, va ouvrir pendant que je vais lever ta mère ! »

J'écrase le bouton d'ouverture et j'annonce : « Quatrième étage ! », peut-être un peu trop sèchement. Une espèce de gazouillis me répond : « Merci, très chère ! Tu dois être Francesca, je suis impatiente de te connaître ! »

Je retourne comme une furie dans la chambre : « Qu'est-ce que vous lui avez raconté ? »

Maman me regarde avec des yeux de merlan frit. « Rien que la vérité, trésor, elle sait tout sur toi et Maurizio… »

Qui leur a permis de raconter ma vie privée à une étrangère ? Je vais pour prendre ma doudoune au portemanteau, mais un regard implorant de papa m'arrête.

De toute façon une sonnerie péremptoire met fin à mon plan d'évasion. Maman, qui a retrouvé le don de marcher, court ouvrir la porte. « Soyez les bienvenues, entrez ! »

Mme Giovanna est une grosse femme imposante avec une permanente rouge pompéien et des lèvres cyclamen. Elle porte un manteau en faux vison sur un ensemble en tricot crème. Sa fille, très maigre au contraire, a une veste en cuir et un pantalon Stretch, avec des chaussures à talon de douze centimètres. Elle est très maquillée – fond de teint et fard, mascara et rouge à lèvres – et quand elle retire sa veste elle découvre un petit haut noir ultramoulant, orné d'un collier étincelant en strass multicolore.

En dépit de son allure semi-sexy, ma future amie de cœur a tout d'un hareng saur pomponné pour aller en boîte. Elle doit peser moins de cinquante kilos et a l'air du genre à se tuer en salle de sport pour ne pas prendre un gramme. Elle a peut-être mon âge, mais elle est totalement inexpressive. Son sourire ressemble à un tic nerveux.

Sa cariatide de mère, en revanche, est trop expansive ; elle enlève sa fourrure, me prend dans ses bras avec une fougue exagérée et s'exclame : « Chère Francesca, pauvre Francesca ! »

J'adorerais l'écrabouiller et partir en trombe, mais elle pèse au moins quarante kilos de plus que moi. Heureusement, maman déjoue mes intentions meurtrières : « Venez prendre l'apéritif ! »

Je les suis à contrecœur dans le salon où papa a disposé sur la petite table un plat rempli de copeaux de parmesan – prédécoupés, je les reconnais – et des olives artistiquement piquées de cure-dents. Une bouteille de mousseux baigne dans le seau à glace en argent qui date du mariage de mes parents et que maman ne sort que pour Noël.

Papa débouche le mousseux comme un sommelier expérimenté et le sert. Mme Giovanna empoigne sa flûte et avale une généreuse gorgée tout en saisissant un copeau de parmesan. Sa fille, quant à elle, tient le verre à deux doigts et mouille à peine ses lèvres sans remuer un muscle de son visage.

« Alors, trésor, me dit la grosse casse-pieds, toi et ma Regina avez décidé d'aller ensemble à ces merveilleuses soirées où on rencontre beaucoup de gens gentils ? Quelle idée extraordinaire d'utiliser Internet pour trouver l'homme qui vous convient, les filles ! »

Je regarde mon père en espérant qu'il vienne à mon secours, ce char d'assaut vise directement son objectif sans aucuns préliminaires : nous lancer sa fille et moi dans l'entreprise impossible de conquérir des hommes « gentils » prêts à nous mener à l'autel, vêtues d'une robe à traîne et une petite couronne de fleurs sur la tête.

Papa essaie de changer de sujet. « Laissons-les décider. Si elles ont envie de sortir ensemble, elles se mettront d'accord. »

Mais le vieux panzer est en route et ne s'arrête pas. « Je sais tout de ma Regina, elle ne sort jamais sans me dire où elle va, sinon je m'inquiéterais ! Et puis j'aime l'imaginer... » – elle se tait une seconde, souffle comme un phoque et reprend – « ... très élégante comme en ce moment, et penser à ce qu'elle est en train de faire ! »

Pendant ce temps Regina se tait et examine ses ongles ; elle arbore une French manucure parfaite qu'elle se refait probablement tous les soirs avant d'aller dormir.

Mais sa mère veut la mêler à la conversation et elle lui ordonne : « Raconte-nous un peu comme ces soirées sont belles ! »

Regina hésite un instant puis explique d'une voix monocorde : « La prochaine est un speed dating, c'est une soirée où vous pouvez rencontrer vingt-cinq célibataires. Chacun a un numéro et vous les voyez à tour de rôle, assise à une table, vous bavardez pendant deux cents secondes. Ensuite, sur une fiche fournie par les organisateurs, vous mettez "OK" au numéro de ceux qui vous ont plu. Si vous leur avez plu vous aussi, vous recevez par mail leur numéro de portable. » La surprise est pour la fin : « J'ai déjà réservé pour toi. Je te donnerai l'adresse quand nous nous parlerons. »

Je n'ai pas le temps de réagir parce que les mains potelées de Mme Giovanna applaudissent et qu'elle roucoule : « Tu as vu, Maria, qu'est-ce que je t'avais dit ? C'est très facile ! »

Ma mère applaudit de joie elle aussi et s'exclame : « C'est la fin d'un cauchemar ! »

La fin du sien, mais le début du mien. J'essaie de me glisser en douce jusqu'à la porte pour filer sans dire au revoir à personne, mais mon père s'approche et me pousse vers la salle à manger.

« Allez par là, pour que je vous serve les tonnarellis préparés par Maria ! », puis il me menace en chuchotant : « Tu ne peux pas les vexer comme ça, fais comme si de rien n'était, je m'occupe de tout après. »

Je me résigne à mon triste destin et je vais dans la salle à manger. La table est mise comme pour un repas de noces intime : serviettes plissées sur les assiettes, verres de cristal et couverts à gogo. Mme Giovanna s'extasie : « Quelle merveille ! », papa voltige autour de nous et glisse les chaises sous nos fesses avec élégance. Je m'attends à ce que d'un moment à l'autre il jette une serviette sur son bras et passe prendre nos commandes. Mais non, il court dans la cuisine et revient une minute plus tard en poussant une table roulante surmontée d'un énorme récipient plein de tonnarellis.

Nouvel applaudissement de Mme Giovanna pendant qu'il précise discrètement : « C'est Maria qui les a faits, elle les réussit très bien ! », et il lui en sert une portion pantagruélique. Il en donne très peu à Regina qui secoue quand même la tête pour montrer que c'est trop.

Nous commençons à manger. Maman et Mme Giovanna bavardent comme de vieilles amies. Regina regarde fixement un point dans le vide, mon père continue de s'affairer avec la célérité d'un maître d'hôtel, et je me demande pourquoi je ne m'en suis pas tenue à paresser au lit. Quand arrive la pintade, Mme Giovanna propose : « Que diriez-vous de parler un peu entre vous, jeunes filles ? », puis elle murmure quelque chose à l'oreille de ma mère. Comment tenir jusqu'au saint-honoré sans lui sauter à la gorge ?

Aller tous les matins au bureau, parcourir les couloirs où chacun de mes mouvements est enregistré par les caméras, arriver à ma table et me trouver face à la moumoute de

Santi éclairée par sa lampe me coûte un effort colossal. Je ne supporte plus sa présence hostile derrière sa muraille de papier. À côté de lui, Colombo est un trésor de sympathie et de gentillesse. Ses scènes sont drôles comparées à la mine sinistre de Santi et elles aèrent l'atmosphère de plus en plus lourde qui règne à présent dans tout le bâtiment.

On rencontre encore des groupes d'employées qui vont aux toilettes ensemble, et même les salles de réunion sont prises d'assaut par des cortèges de collègues masculins : personne n'a plus le courage d'entrer le premier et attendre seul que les autres arrivent. Les conversations tournent toutes autour des mêmes questions : qui sont les employés restés sur place pendant que Sereni se faisait étrangler ? Qui chausse du quarante-trois ? Si c'est vraiment l'un de nous qui a tué Sereni, tuera-t-il encore quelqu'un d'autre ? Le Parquet n'a pas révélé les noms des personnes présentes au moment de la mort de Sereni, bien que les journalistes parlent d'une cinquantaine. Résultat, des fichiers Excel circulent avec les noms des cinquante individus possibles, une colonne est même consacrée à la pointure de leurs chaussures. J'en ai vu une copie que Colombo avait sur sa table, à moitié cachée sous une pile de papiers. Je l'ai prise pendant qu'il était sorti déjeuner et j'ai immédiatement trouvé le nom de Ferrari.

Selon la vox populi, mon chef de service serait parmi les principaux suspects. On dit qu'il fait précisément du quarante-trois, et quelqu'un soutient l'avoir remarqué dans le bunker à café peu avant que Sereni soit tuée. On trouve aussi sur la liste le jeune Égyptien qui change les serviettes en papier des toilettes, mais même ce Bergamasque de Gavazzeni trouve répugnant qu'on l'accuse « rien que parce qu'il est étranger », comme il l'a dit avec ce bon sens concis et brusque qui l'anime de temps en temps.

Colombo s'est mis en tête de dresser sa liste personnelle des cinquante et demande à quiconque entre dans notre bureau s'il se rappelle qui était encore en train de déjeuner le jour du crime, si bien que plus personne ne vient afin d'éviter ses questions.

La mode des listes est vite passée depuis que Vernini a pointé son nez dans certains bureaux, dont le nôtre, pour nous mettre en garde : « Si une de ces listes apparaît par erreur sur mon bureau, je porte plainte pour calomnie contre tous ceux qui n'y figurent pas ! Suis-je clair ? »

Tel un prestidigitateur, Colombo a aussitôt fait disparaître la sienne, et il est devenu en deux heures un champion de la garantie des droits des employés. Je l'ai surpris dans le couloir en train de se vanter devant la secrétaire : « S'il y a quelqu'un qui ne ferait jamais l'erreur d'accuser quiconque sans jugement, c'est moi. Écoute-moi bien, Laura, j'ai employé le mot "jugement" parce que nous avons justement droit à un procès avant d'être déclarés coupables ! »

Mais désormais tout le monde soupçonne tout le monde. Nous vivons dans un univers de regards furtifs, inquiets et perplexes, comme si un collègue pouvait se jeter sur nous pour nous étrangler dans le cagibi à café.

L'autre matin, par exemple, une des collègues de Paolo a fait une crise d'hystérie quand un employé l'a heurtée par mégarde en sortant de l'espace-détente du troisième.

Elle, une blonde bouclée qui continue à s'habiller et se coiffer comme une adolescente malgré ses quarante ans bien sonnés, a poussé un hurlement : « Au secours ! On va me tuer ! Arrêtez cet homme, c'est le tueur ! »

Nous avons tous été épouvantés, mais le collègue tueur s'est immédiatement justifié : « Excuse-moi, je ne voulais pas te bousculer, je suis désolé. » Alors elle a éclaté en sanglots bizarres, presque des miaulements, en secouant ses boucles.

Et quand un peu plus tard un des techniciens de l'informatique est entré dans notre bureau, nous quatre

– y compris Santi – nous sommes regardés en pensant la même chose : « Et si c'était lui ? »

Mais ensuite nous avons baissé les yeux, embarrassés, car le technicien semblait avoir senti ce qui nous passait par la tête et nous regardait à son tour en se demandant s'il sortirait vivant de la pièce.

Laura est la seule à être convaincue que l'assassin n'est pas de la maison. Je l'ai entendue chuchoter à Parodi dans le couloir : « M. Vernini a toujours été parfaitement correct, les personnes qui travaillent ici sont toutes satisfaites et n'auraient eu aucune raison de perdre la tête et tuer Sereni ! »

Parodi acquiesçait, mais il donne toujours raison à tout le monde. Il trouve mal élevé de contredire son interlocuteur. Quoi que celui-ci dise.

Ce matin, ils vont tous à l'assemblée organisée par Cruella dans la salle de conférences. Gavazzeni lui-même se lève pour sortir du bureau sans rien dire, sous le regard surpris de Parodi. Gavazzeni aurait-il peur de finir sous terre avant de profiter de sa retraite près de Bergame ?

Moi, je reste collée à mon siège. Je n'ai aucune intention de donner satisfaction à Cruella. On dirait que même Parodi est de mon côté, il continue à travailler comme si de rien n'était.

Colombo revient à midi, il a l'allure exaltée d'un mousquetaire du roi. « Vous êtes des lâches ! Ne comptez pas sur ma compassion quand l'assassin prendra votre cou entre ses mains et serrera sans pitié. Parce que vous ne vous êtes pas défendus quand vous pouviez le faire ! »

Sans pouvoir en jurer, j'ai l'impression que Parodi se touche les parties intimes avant de se dresser comme un ressort et déguerpir. Colombo ne s'y attendait pas et il reste une seconde stupéfait, puis il s'approche de moi un papier à la main : « Lis la motion que nous avons votée, toi qui n'es qu'une petite populiste. »

Au lieu de l'insulter comme il le mériterait, je prends le papier et je le lis avec un air tellement concentré qu'il n'est plus tenté de m'interrompre. Ça fonctionne. Le mousquetaire arrête de me tourner autour et finit par s'asseoir à sa table.

Dans sa motion, Cruella attaque bille en tête. Vernini serait « responsable d'avoir pollué dangereusement la vie quotidienne des employés en essayant de céder à l'extérieur la structure du centre d'appels et en refusant le principe de flexibilité, droit de plus en plus reconnu dans le monde du travail, parce qu'il permet aux femmes de mieux gérer le temps de la productivité et celui de la famille. »

Après un passage douloureux sur l'« échec de la bataille pour la crèche qui aurait pu soulager celles d'entre nous qui ont des enfants en bas âge », Cruella frappe le coup mortel : « C'est pourquoi nous réclamons un entretien avec le directeur pour décider des mesures à adopter pour la protection des employés, mesures qui devront être soumises ensuite à référendum. »

Je connais suffisamment Vernini pour savoir qu'il ne supporterait pas une autre vague de réunions, de motions et de référendums, et il est clair que Cruella cherche à l'entraîner de nouveau sur le terrain d'un combat à coup de masse d'armes, instrument qu'elle manie avec une certaine habileté. Mais ce n'est pas la faute du directeur si quelqu'un a étranglé Sereni. Où notre syndicaliste d'assaut veut-elle vraiment en venir ? Elle vise peut-être l'horaire réduit le vendredi ? Peut-être seulement en été ? Elle en parle depuis des années, et Vernini a une syncope chaque fois que quelqu'un essaie ne serait-ce que d'évoquer la question.

Je finis de lire le communiqué et reste penchée dessus. Le regard de Colombo a l'intensité de celui d'un vautour. Il se précipite vers moi. « Qu'est-ce que tu en penses ? »

Je prends un air suffisant, je décolle mes fesses d'un bond de grande sportive, je dépose le papier sur sa table, et en le laissant pétrifié par ma fausse politesse je lui dis : « Merci, mais je n'achète rien. » Et je cours voir Paolo. Qui est aujourd'hui d'une humeur massacrante. Je m'en aperçois immédiatement : il est en train de tailler obstinément un crayon dont il ne reste presque plus rien. Il aime s'en servir jusqu'à ce que ça devienne un truc ridicule qu'il peine à tenir à deux doigts en maugréant contre le « gaspillage » dont les autres sont coupables. Je ne résiste pas à l'envie de le provoquer : « Tu as voté en faveur de la motion ? Vous comptez aller en masse à la police porter plainte contre Vernini pour avoir créé un climat désastreux dans l'entreprise et provoqué ainsi l'assassinat de Coyote ?

– Ils exagèrent, on ne peut pas utiliser la mort de quelqu'un pour entrer en conflit avec le directeur ! répond-il indigné.

– Bon, mais si on ne trouve pas le coupable ce sera difficile de revenir à notre vie d'avant. Des bruits courent même sur Ferrari, comme s'il suffisait d'avoir une discussion avec le chef de service pour finir lamentablement. »

Paolo secoue la tête. « Il faut un peu de sérénité pour travailler. À présent, si tu invites un collègue à une réunion, il arrive accompagné. On ne peut pas continuer comme ça…

– Tu sais que Vernini, pour détendre l'atmosphère, veut organiser des rencontres sur le “team building”, comme il l'appelle ?

– Oui, il a envoyé l'invitation il y a quelques minutes », et il me montre le mail sur l'écran de son ordinateur : « Rencontre du 13 février dans la salle de conférences. »

Il ouvre le message et nous commençons à le lire ensemble sans rien dire. Je ne reconnais presque plus le ton du directeur, il a perdu sa vigueur habituelle pour adopter une douceur écœurante : « Chers collègues, les tristes événements des derniers jours nous ont douloureusement frappés et nous ont fait perdre la joie qui était la nôtre du temps où travailler n'était pas seulement notre mission dans l'entreprise, mais aussi un moyen d'avoir des rapports positifs entre nous. Aujourd'hui apparaissent les signes d'une discorde dangereuse qui a pour effet de dégrader notre vie en communauté et de porter atteinte à la qualité de la relation de travail qui nous lie de très nombreuses heures par jour. Nous devons recommencer à nous faire mutuellement confiance, à ne plus nous soupçonner les uns les autres. Je vous invite donc à passer ensemble la journée du 13 février pour retrouver notre enthousiasme. La rencontre commencera à 9 h 30, avec une pause entre 13 heures et 14 heures pour le déjeuner, et s'achèvera à 17 heures. Je compte sur vous, soyez ponctuels ! »

La lecture du message nous plonge dans la perplexité. Je mets la main sur l'épaule de Paolo. « Tu crois que Vernini est devenu bon ? On dirait le loup du Petit Chaperon rouge.

– N'empêche, cette rencontre pourrait être une idée intéressante, attendons avant de juger... »

Je lui arracherai peut-être un commentaire de plus pendant la pause-déjeuner. Je prends l'ascenseur pour retourner dans mon bureau, mais à peine arrivée dans notre couloir je croise Vernini qui lévite à deux mètres du sol.

« Vous avez vu mon invitation, Zanardelli ? Vous voulez bien comprendre que je suis de votre côté ? Vous êtes trop démoralisés, nous devons surmonter ce mauvais moment, et nous devons le faire ensemble ! Cette rencontre est une bonne idée, n'est-ce pas ? »

Malheureusement, quand Vernini me questionne de façon aussi directe il arrive parfois que mes ondes cérébrales s'aplatissent. L'unique réponse qui me vient en tête est naturellement la mauvaise: « Il s'agit de quoi, exactement ? »

Il prend l'air fâché et redevient soudain lui-même. « Zanardelli, au lieu d'être curieuse et de vous promener retournez dans votre bureau travailler ! » Puis il s'interrompt et me regarde presque avec douceur. « Je vous en prie, oubliez Santi, de toute façon il ne changera jamais... » Il tourne les talons et s'en va.

Vernini devient incompréhensible, qu'est-ce qu'il a dans le crâne ? Il a des sautes d'humeur incroyables, il passe des insultes à une tendresse paternelle. Il souffre peut-être de cyclothymie et d'un dédoublement de la personnalité. Et voilà, les horribles séries télé que regarde ma mère font leur effet sur moi aussi.

Aucun doute, mon nouveau collègue a beaucoup de défauts, mais au moins il est de parole. Sur ma table – je viens d'y poser mon sac à huit heures cinquante-cinq – je trouve une feuille pliée en deux, avec mon nom écrit à la main. Je la déplie, elle vient de Santi. Il m'informe de l'arrivée d'une « lettre recommandée à remettre en mains propres avec avis de réception » que je suis priée de retirer auprès de lui.

Ce dingue est assis avec sa lampe allumée pointée sur sa calvitie et fait comme si de rien n'était. Il regarde l'écran de son PC avec une fixité imbécile qui rappelle beaucoup celle de Coyote. Mais lui ne fait pas de réussites parce qu'il est convaincu d'être un employé de catégorie C modèle et non pas un glandeur qui utilise l'équipement de l'entreprise à des fins autres que celles de son travail, comme l'indiquent les circulaires internes.

Je jette un rapide coup d'œil aux tables de mes collègues, une feuille identique est posée dessus. Il nous a écrit à tous une lettre recommandée ! Je lorgne par-dessus la barrière de papier et je remarque des enveloppes sur sa table. Ce déséquilibré ne plaisante pas ! Qu'est-ce qu'il mijote ? L'idée de lui demander le recommandé me dégoûte. Je préfère feindre l'ignorance, on verra plus tard.

Quand Gavazzeni et Parodi arrivent ils ont plus ou moins la même réaction, ils jettent un coup d'œil perplexe sur le mot de Santi et le reposent sans rien dire. Seul Colombo se dirige solennellement vers notre facteur improvisé et annonce triomphant : « Donne-moi l'enveloppe, je signe où ? »

Santi lui adresse un sourire satisfait qui expose ses canines terrifiantes. « Tiens, signe ici, là où il y a ton nom. »

Colombo griffonne une signature et prend la lettre. Il ouvre l'enveloppe, lit rapidement et éclate d'un rire sardonique. « Tu l'as vraiment fait ! Nom d'un chien, Santi, toi alors, tu as des couilles ! » Il se tourne vers nous : « Allons, bande de lâches, ne faites pas comme s'il ne se passait rien, nous serons appelés à témoigner ! Vous avez intérêt à retirer votre lettre. »

Je regarde Parodi, lui non plus ne parvient pas à dissimuler son dégoût d'être mêlé à cette sombre histoire. Mais il va prendre son enveloppe. Même Gavazzeni retire la sienne, mais moi je résiste, qu'il garde sa lettre, ce crétin !

Mais j'ai compté sans l'abjection de Santi qui se lève de sa table, se retourne et dépose un autre papier sur mon clavier d'ordinateur. Il est vraiment fou. Cette fois c'est un « deuxième avis de lettre recommandée à remettre en mains propres que vous êtes priée de retirer auprès du docteur Santi ». Il a ajouté le titre de « docteur » devant son nom pour donner un ton encore plus officiel à sa démarche minable.

Je vais devoir lui faire le plaisir de lire sa petite lettre, sinon il ne me laissera pas tranquille et continuera à m'envoyer des avis à répétition. Ça suffit, il a gagné. Sans le regarder je vais signer la feuille maléfique. J'attrape la dernière lettre qui reste et je m'enfuis hors de la pièce pour ne pas lui donner la satisfaction de l'ouvrir sous son regard avide.

Je déchire l'enveloppe quand je suis au fond du couloir, loin du bureau. La lettre est très longue et horriblement chicaneuse : « Par la présente, MM. Colombo Gualtiero, Gavazzeni Mario, Parodi Lucio et Mlle Zanardelli Francesca sont informés qu'ils seront appelés à témoigner au procès au pénal contre M. Ferrari Gianfausto, qui sera instruit suite à la plainte déposée par moi. M. Ferrari Gianfausto s'est en effet rendu coupable de violation de l'art. 612 du Code pénal relatif au délit de menace, et sa menace étant de type grave (menace de mort), je vous rappelle que la peine encourue va jusqu'à un an de réclusion et sans sursis. La gravité de la menace est évaluée par ailleurs en fonction de l'étendue des troubles psychiques causés au sujet qui subit l'acte d'intimidation. Les conditions dans lesquelles se trouvent l'auteur du délit et la personne offensée peuvent permettre de mesurer cette étendue. Si donc l'on considère le degré de dépendance hiérarchique entre menaçant et menacé, je suppose que le délit inscrit à l'art. 612 et commis par M. Ferrari peut entraîner une peine de réclusion supérieure à un an. Le délit de menace peut devenir en outre un prélude à des délits plus graves contre la personne, tels que coups et blessures ou homicide... »

Je finis de lire horrifiée. Mon front se couvre de sueur froide, je sens la colère monter. Foin de menaces, Santi donne envie à tous de le supprimer. Un peu comme les voyageurs de l'Orient-Express d'Agatha Christie qui donnent chacun un coup de couteau à ce maudit gangster, coupable d'avoir détruit la vie de tous. N'est-ce pas le cas de Santi ? Il se pourrait que Gavazzeni porte le coup fatal. Il en a marre lui aussi et il a très envie qu'on lui fiche la paix.

En plus, Ferrari est un bon chef de service, il ne mérite pas une vacherie de ce genre. S'il a perdu la tête avec Santi c'est uniquement la faute de Vernini, qui continue à caser chez lui des cas sociaux dont il ne sait pas quoi faire parce que, comme il dit toujours: «Je suis diplômé en économie, pas en psychiatrie ! »

Même si je déteste les lèche-culs, j'ai envie d'aller voir Ferrari pour lui promettre de dire la vérité, toute la vérité et rien que la vérité quand je serai appelée à témoigner. Au fond, il a seulement fait une plaisanterie malheureuse, mais plus que justifiée par les provocations de Santi.

Je descends au premier. La porte de son bureau est fermée. Bizarre, il la laisse toujours ouverte, pour que quiconque en a besoin puisse entrer sans cérémonie. Je frappe deux coups.

Ferrari répond nerveusement: «Qui est là?

– Zanardelli...

– Alors entrez, s'il le faut vraiment.»

Allons bon, il n'a jamais été aussi grossier! Cette sale affaire de plainte doit l'avoir bouleversé. Je pousse délicatement la porte et je le vois affaissé derrière son bureau, l'air défait. Il a même ôté son veston et desserré son nœud de cravate.

Je murmure: «Monsieur, je suis de votre côté...»

Mais il explose: «De mon côté comment? Vous voulez m'aider à tuer cet imbécile ?»

Il perd la tête lui aussi. Nous allons à la dérive dans un mélo où on a mélangé au hasard des personnages tirés d'une telenovela brésilienne et ceux d'une tragédie grecque. Je dois le ramener à la raison, parce que s'il continue comme ça il aura vraiment des ennuis. «Monsieur, n'allez pas vers de nouvelles complications! Nous témoignerons tous que ce n'était qu'une plaisanterie de votre part et que Santi vous provoquait...»

Il ne me laisse pas terminer: « Ce crétin veut me détruire, j'ai publiquement menacé de mort un de mes employés quelques semaines après l'assassinat de Sereni ! Vous savez que je risque d'être accusé de meurtre ? Ça résoudra l'énigme de l'employée !

– Mais personne ne prendra Santi au sérieux !

– Personne ne me prendra au sérieux moi, quand je chercherai du travail chez McDonald's et qu'ils découvriront que mon casier judiciaire n'est pas vierge ! Qui engagerait un tueur de collègues en série ?

– Monsieur, nous savons que ce n'était pas vous !

– C'est gentil de votre part de m'accorder autant de confiance, en effet je n'ai pas la passion d'étrangler dans les toilettes les employées tout juste revenues du bistrot... Non, ce n'est décidément pas mon passe-temps favori, mais allez expliquer à ceux de chez McDonald's que pendant que je prépare les frites je ne suis pas en train de choisir ma prochaine victime parmi les caissières de vingt ans ? »

Je ne sais plus quoi lui dire, il a peut-être raison d'être aussi pessimiste. Vernini peut le licencier quand il veut parce que les dirigeants ne sont pas protégés par le droit du travail comme les cadres et les employés. Et s'il était condamné, Ferrari finirait par griller pour de bon des hamburgers dans un fast-food ou être maçon à la journée, de ceux que les chefs de chantier engagent le matin sans même leur demander leur nom.

Mieux vaut le laisser tranquille. Je retourne dans mon bureau, mais l'atmosphère est irrespirable. Seul Santi nous lance de temps en temps un regard victorieux et ricane. Ses canines bien éclairées par sa lampe projettent des lueurs cruelles.

Les craintes de Ferrari étaient fondées. Vernini l'a fait disparaître et son bureau est vide. Les tableaux et tout le reste ont disparu, emportés par Pisani il y a deux jours. C'est Colombo qui s'est rendu compte que le chauffeur de Vernini entrait dans le bureau et en sortait en portant des cartons fermés avec du scotch, préparés par on ne sait qui, peut-être par Laura, laquelle fait parfois les sales besognes pour le directeur.

Ferrari a disparu sans même nous dire au revoir et nous ne savons pas s'il a pris un congé, comme le soutient Parodi, ou si au contraire il a été licencié, ce que Colombo est prêt à jurer.

Vernini n'a pas fait de commentaires, mais ce matin un mail de Laura nous a prévenus qu'il viendrait voir les pauvres petits orphelins : « Mlle Zanardelli et MM. Parodi, Gavazzeni, Colombo et Santi sont priés d'attendre le directeur dans leur bureau à 11 heures pour une importante communication. »

À onze heures pile Vernini apparaît à la porte. Nous sautons sur nos pieds pour nous rassembler autour de lui qui a son air sérieux des grandes occasions.

« Avant tout, je voulais vous prier d'être ponctuels pour la rencontre de demain ! » annonce-t-il, puis il reprend haleine et continue : « Mais je souhaiterais surtout vous rappeler que le service Planification est un des éléments essentiels pour la santé du corps de cette entreprise, parce que les muscles ont besoin pour fonctionner d'être irrigués par le sang. Sans le sang, le meilleur des champions ne serait pas en mesure de courir un demi-mètre ou de sauter dix centimètres à la perche. »

Personne ne bronche, attendant qu'il poursuive son affreuse métaphore sur le fonctionnement du corps de l'entreprise.

« Et vous savez pourquoi je vous ai comparés au sang ? Parce que vous, à Planification et Contrôle, vous êtes partout ! Vous courez dans les veines et les artères de l'activité qu'exerce une entreprise : quand elle achète ou vend à l'extérieur, mais aussi quand elle rémunère ses employés et vérifie qu'ils ont accompli leur travail au mieux. »

Dans un silence d'outre-tombe, nous attendons la suite de son délire verbeux. « M. Galli remplacera M. Ferrari à partir de la semaine prochaine. M. Ferrari a malheureusement des problèmes de santé et a pris un congé temporaire. Il y a aussi un autre changement : j'ai transféré votre nouveau chef de service dans un bureau à cet étage, tout près d'ici, il pourra ainsi mieux vous épauler dans votre travail. »

Il se retire avec un sourire malveillant. Quel hypocrite. Ferrari n'a sûrement aucun problème de santé et Galli est le dirigeant le plus désastreux qu'a hérité Vernini lorsqu'il a été nommé directeur. Je crois que Galli n'a pas encore cinquante ans, mais c'est une amibe comme il y en a peu, avec une envie de travailler égale à zéro. Mais comme c'est un dirigeant, il doit forcément occuper un poste d'organisation et avoir une responsabilité officielle et un personnel qui dépende de lui. C'est ainsi qu'il a fait le tour de tous les départements de l'entreprise, mais au bout d'un an maximum pendant lequel il a du mal à s'en sortir et cherche à esquiver les difficultés et les décisions, Vernini doit le recaser ailleurs avant qu'il ne provoque trop de dégâts. Son surnom officiel est le Flan. Et il ne peut pas être licencié parce qu'il est protégé par des amis influents, ou du moins c'est ce qu'on raconte.

Ferrari établissait des bilans depuis trente ans, tandis que lui ne sait même pas ce que veut dire « en partie double ». Nous allons finir par devenir fous. Je ne comprends toujours pas pourquoi tous les cas désespérés de la maison échouent dans notre bureau. C'est un peu comme un service de soins palliatifs ; après avoir essayé de vous caser partout on vous envoie ici. Il suffit de savoir un peu compter. Et si vous ne savez pas, vous restez quand même, au bain-marie perpétuel comme une crème qui ne prend pas, parce qu'une vieille loi interdit de vous licencier, bien que la direction souhaite vous remplacer par un consultant extérieur de vingt-cinq ans.

C'est le grand jour de la rencontre. À neuf heures nous nous présentons par petits groupes dans la salle de conférences, où Vernini et les autres dirigeants sont déjà assis au premier rang. Le peuple de cadres et d'employés est implicitement relégué à l'arrière. Je m'assois dans une des dernières rangées, à côté de Paolo. Quand la salle est pleine, le directeur monte sur l'estrade et annonce au micro : « Une journée différente de toutes celles que vous connaissez va commencer. Nous allons vivre aujourd'hui un moment spécial que personne ne se serait attendu à partager avec ses collègues. Car nous ne devons jamais nous sentir seuls, mes amis, pas même dans les moments les plus sombres ! La lumière de l'espoir se rallumera et éclairera notre chemin. »

Il descend de l'estrade très sûr de lui pendant que le public applaudit timidement. Au moins, les employés lui sont reconnaissants de cette pause inhabituelle dans le train-train quotidien.

Les néons s'éteignent progressivement, nous sommes plongés dans une pénombre bleutée. Un silence plein de promesses s'installe, quels effets spéciaux nous a-t-on préparés ?

Soudain retentissent les notes d'une chanson qu'il me semble avoir déjà entendue, et sur l'écran sont projetées des images d'oiseaux en vol, de montagnes enneigées et de forêts séculaires ombreuses.

Je reconnais finalement la chanson, c'est *Ho ancora la forza*, de Luciano Ligabue, choisie, je pense, pour les passages où il incite à ne jamais céder.

Dommage que Ferrari ne soit pas là pour l'entendre, il trouverait peut-être la force d'envoyer son CV dans des entreprises plus prestigieuses que la nôtre.

Tandis que les dernières notes s'évanouissent lentement, les lumières se rallument et – coup de théâtre ! – un type monte sur l'estrade d'un pas élastique. Il a un look déjanté, pull bleu informe sorti d'un marché hippy et jeans lacérés. Pour un coach de vie je m'attendais au quadragénaire classique en veston sur mesure et cravate rayée. Celui-là a l'air de sortir de son lit et de ne pas avoir pris de douche. Ses cheveux ébouriffés ressemblent à un nid de courlis. Il va et vient sans un mot, nous regarde un à un dans les yeux et sourit. « À qui il n'est jamais arrivé de se sentir découragé ? Et de penser qu'il n'arriverait pas à repartir ? » Puis il descend d'un bond athlétique et se met à circuler dans l'assistance. « C'est dans ces moments-là qu'il faut donner le meilleur de nous-mêmes et recommencer à partir du début, parce que, "que ça nous plaise ou non, c'est arrivé et on ne peut pas retourner en arrière !" comme dit notre ami Ligabue. »

J'échange un regard rapide avec Paolo, qui a l'air encore moins enthousiaste que moi, et je chuchote : « J'espérais qu'il ne ferait pas allusion à l'histoire de Coyote… » Il n'a pas le temps de me répondre, le speaker, avec un virage à quatre-vingt-dix degrés, tonne pour attirer l'attention de tous : « Aujourd'hui nous allons chercher à comprendre comment, dans les situations de stress, le secret, c'est faire équipe. Mais pour bien travailler ensemble il faut abandonner les vieux principes de la hiérarchie. L'essence d'un team c'est de partager les mêmes espoirs. Les teams qui ne naissent que dans l'esprit des dirigeants ne fonctionnent jamais ! » Il continue très théâtral : « Sans une vision commune de l'objectif à poursuivre, on a du mal à travailler avec les autres. Et un leadership trop fort empêche les individus de sentir qu'ils font partie du groupe, avec un très mauvais impact sur l'estime de soi de ses membres. »

Nouvelle pause pour la frime, et le coach poursuit la récitation de sa leçon apprise par cœur. « Au contraire, quand on crée un climat de confiance, alors il y a la place pour des idées et des actions nouvelles, et chacun se perçoit comme composant d'un team, ce qui lui donne la force de s'engager au maximum. »

Les lumières s'éteignent de nouveau et on nous balance à plein volume *Strada facendo* de Baglioni avec son refrain où il est question de trouver dans le ciel à quoi se raccrocher.

Quand les néons se rallument, le malheureux repart à l'attaque : « Pour travailler ensemble, les personnes ont besoin d'une reconnaissance permanente qui ne soit pas un moment exceptionnel, mais qui représente une constante de leur vie en entreprise. Le meilleur moyen de complimenter les autres est de le faire spontanément, par exemple en passant près de leur table de travail... »

Je lève les yeux au plafond en attendant la prochaine idiotie, pourquoi se moque-t-on de nous de cette façon ?

Un coup de coude de Paolo me réveille. La salle est éclairée et c'est le grand désordre. Peut-être à cause de ces chansons stupides, au bout de deux heures enfermée dans le noir je me suis endormie. L'après-midi a été interminable, entre chansons et discours pathétiques du speaker sur ce fichu team building. Il valait presque mieux passer la journée sur le bilan. J'ouvre les yeux le temps de voir Colombo se jeter sur le directeur et lui serrer la main en le complimentant pour son festival de Sanremo à but de formation. Mais il n'est pas le seul lèche-bottes à tourner autour de Vernini et il y a au moins une douzaine d'autres collègues qui se précipitent pour féliciter ce ver.

« C'était magnifique ! » gargouille une bonne femme dans les cinquante ans décidée à flatter un peu le patron puisqu'elle l'a enfin devant elle. Santi, lui, file tout de suite, un carnet à la main. Il a recueilli d'autres preuves sur les persécutions qu'il subit quotidiennement ? Il préfère peut-être d'autres chanteurs… c'est une conjuration, tous conspirent contre lui.

Comme j'ai entendu suffisamment d'âneries pour aujourd'hui, je saute le dîner chez mes parents et je rentre chez moi. Une fois couchée j'ai du mal à m'endormir. Je pense que ça ne me déplairait pas si l'assassin tuait aussi Santi, je n'en peux plus de ce paranoïaque. Au moment où je vais glisser dans le monde des cauchemars – je rêve toujours que Maurizio et moi faisons naufrage durant notre lune de miel en croisière –, j'entends ce que me dirait Paolo : « Tu es tombée tellement bas que tu souhaites la mort de tous les collègues que tu ne trouves pas sympathiques ? » Je lui réponds dans un demi-sommeil : « Oui, s'ils sont assis en face de moi… »

Puis j'ai une illumination, je demanderai à Vernini de me déplacer dans un autre secteur. Je pourrais l'arrêter dans le couloir sous un prétexte quelconque et lui présenter une demande de « développement professionnel » plus rapide qui me permette, avec un bon cours de formation, de changer de bureau et de travail. Demain matin je trouve le courage et je lui en parle.

## Au suivant

La journée commence en beauté, Santi n'est pas là. Sa lampe est éteinte et un ordre sépulcral règne sur son bureau, rien ne traîne. Je me sens tout de suite plus gaie et je cours relever le store, voir le ciel me met du baume au cœur.

Je travaille sans interruption jusqu'à onze heures, enfin tranquille, et je me lève pour aller prendre un café. J'avance dans le couloir d'un pas rapide et je tombe sur l'inspecteur Lattanzi. Il a le même air compassé que le jour du meurtre, et il est accompagné d'un policier que je ne reconnais pas.

Il me regarde pétrifié, il est pâle, les yeux cernés. Quand il ouvre la bouche il prononce à voix basse les mots que je redoutais le plus : « Vous voulez bien nous suivre au bureau de M. Vernini ? »

Je suis au bord de l'infarctus, qu'est-ce qui est encore arrivé ?

Nous entrons dans le bureau du directeur et je comprends que mes pressentiments étaient fondés. Le visage de Vernini a perdu l'arrogance joyeuse de la rencontre de la veille, remplacée par une grimace tragique. Laura, qui entre en courant lui remettre un papier et ressort tout aussi vite, a elle aussi la tête de quelqu'un qui vient de recevoir une balle dans le dos.

« Asseyez-vous, Zanardelli », m'ordonne le directeur.

Les deux policiers restent debout derrière moi.

« On dirait que vous jouez de malchance. Ou plutôt ceux qui sont assis en face de vous...

– Mon Dieu, quoi encore ?

– Santi... lui aussi », répond-il très sérieux.

Mon cœur se contracte comme s'il allait se fendre. On dirait que le tueur a lu dans mes pensées et a exaucé mes rêves les plus cruels ! J'ai la tête qui tourne, puis la pièce commence à en faire autant, je ferme les yeux et tout devient noir.

La voix de Vernini me réveille : « Vite, un verre d'eau ! Allons, Zanardelli, réveillez-vous ! »

Je dois être tombée parce que les visages inquiets de Vernini et du policier se penchent au-dessus de moi pendant que Lattanzi cherche à m'attraper sous les aisselles. Je m'accroche à son bras et il m'aide à me rasseoir. Je me mets à pleurer en répétant les mêmes mots que le jour où j'ai découvert le cadavre de Sereni : « Je ne l'ai pas tué, ce n'est pas moi... »

Je sens sur moi le regard embarrassé des policiers, ils commencent à avoir des soupçons ? On pourrait ne plus croire à une coïncidence si tous ceux qui sont assis en face de moi se font assassiner.

Vernini vient à mon secours : « Mlle Zanardelli, le fait que les deux défunts étaient vos voisins de table signifie que vous serez de nouveau interrogée, mais vous n'avez rien à craindre ! Vous serez conduite chez le procureur pour faire une déposition et vous rentrerez chez vous. C'est tout !

– En réalité je devrais poser tout de suite quelques questions à Mlle Zanardelli, si vous le permettez, rétorque Lattanzi.

– Vous voulez qu'elle s'évanouisse encore une fois ? »

L'inspecteur l'ignore. « Mademoiselle, pouvez-vous nous dire quelles étaient vos relations avec Santi ? Vous êtes-vous disputés récemment ? »

Mon Dieu… quelqu'un doit lui avoir parlé du jour où j'aurais voulu pouvoir jeter un sort à Colombo et Santi. Et si c'était le directeur ?

Atterrée je regarde Vernini, qui intervient encore en ma faveur : « Zanardelli, j'ai seulement expliqué à l'inspecteur que Santi n'avait pas bon caractère et que les relations avec ses collègues n'étaient pas très sereines. Mais ne vous inquiétez pas, vous n'avez rien à cacher.

Ma poitrine produit une espèce de râle : « Mais quand est-il mort ? Hier il était à la réunion avec nous tous ! »

Lattanzi me regarde dans les yeux pour savoir si je mens. « Ce matin vers sept heures. Le tueur l'attendait dans son garage.

– Et comment l'a-t-il tué ? » J'ai la bouche sèche.

Lattanzi est concis : « Il l'a étranglé, Zanardelli. Ce doit être le même assassin que celui de Sereni, il a encore utilisé de la corde blanche. À présent nous vous emmenons voir le procureur Guidoni qui veut vous parler. » Il prend son portable, compose un numéro et demande : « Vous passez prendre le témoin ? » Finalement il se tourne vers Vernini. « Je descends attendre la voiture avec mademoiselle, je reviens dans une minute. »

Je pleure des torrents alpins, je vais de nouveau devoir sortir escortée d'un policier et monter dans la voiture de police devant tout le monde ? Quand je pense que depuis que Maurizio m'a plaquée je fais tout pour qu'on me remarque le moins possible.

Vernini comprend que je ne supporterai pas une nouvelle humiliation et propose : « Il vaut mieux que ce soit moi qui l'accompagne… elle est un peu secouée, vous devez la comprendre. » Il m'ordonne avec brusquerie : « Essuyez vos larmes, ce n'est rien !

– Comment, ce n'est rien ? » Je pleure encore comme une fontaine. « On a tué Santi ! Vous trouvez que ce n'est rien ?

– Je sais qu'il y a eu un meurtre, mais à vous il n'arrivera rien ! On vous posera les questions habituelles, comme l'autre fois, et vous rentrerez chez vous.

– Vous pensez vraiment que je pourrai m'habituer aux interrogatoires au sujet de mes collègues morts ? »

Il ne répond pas. Mais il me prend le bras avec délicatesse et ouvre la porte. « Allons, tranquillisez-vous ! »

Nous sortons ensemble dans le couloir, en avançant lentement comme pour une marche nuptiale. Colombo, Gavazzeni et Parodi sortent du bureau les yeux écarquillés de surprise. Colombo se jette sur moi : « Qu'est-ce qui est arrivé à Santi ? Dis-le, si tu le sais ! »

Je suis prête à lui cracher à la figure, mais Vernini siffle furieusement : « Taisez-vous, Colombo, et allez travailler ! »

Parodi le tire par son veston. « Fiche-lui la paix ! » et il le repousse dans le bureau.

Nous attendons devant l'entrée. Je suis prise de tremblements, et ce n'est pas à cause du froid mordant. Le bras du directeur qui serre le mien m'apporte un peu de tiédeur réconfortante. Quelques minutes plus tard la voiture de police arrive et fait son numéro de crissement de pneus à deux centimètres de nous.

Les policiers descendent. « C'est elle, le témoin ? »

Vernini acquiesce. « Oui, traitez cette jeune fille convenablement, s'il vous plaît ! »

Comme s'ils ne l'avaient pas entendu, les agents me poussent avec force dans le véhicule tel un parrain de la mafia sicilienne, et nous partons à cent à l'heure. Je fais un signe de la main au directeur et je le regarde devenir de plus en plus petit et plus terne à travers mes larmes, il reste au garde-à-vous devant l'entreprise qui a le taux le plus élevé d'homicides de la plaine du Pô.

Papa m'attend dans sa voiture à la sortie du palais de justice. Je l'ai appelé immédiatement pour que maman n'ait pas une attaque en regardant les informations. Guidoni m'a interrogée pendant trois heures, mais poliment, sans la nervosité de Lattanzi. À la fin j'étais quand même si fatiguée et affamée qu'un des policiers est allé me chercher un café et un sandwich.

Peut-être pour ne pas me bouleverser davantage le procureur est passé rapidement sur les détails de la mort de Santi et s'est limité à confirmer ce que m'avait déjà dit l'inspecteur : mon collègue a été tué dans son garage ce matin vers sept heures avec une corde blanche. Les yeux de myope de Guidoni m'ont paru de plus en plus fatigués, mais à aucun moment il n'a manqué d'être attentionné. Quand il m'a serré la main pour me dire au revoir il était presque affectueux. « Rentrez chez vous, mademoiselle, je suis navré de tout ce qui vous arrive. Vous n'avez pas de chance en ce moment... »

J'aurais voulu lui répondre comme Paolo, à savoir que Santi a eu moins de chance que moi, mais j'ai laissé tomber et je suis sortie en courant à la recherche de la voiture de papa. Je la trouve en double file et ouvre vite la portière. Il sursaute. « Je ne t'avais pas vue, trésor, te voilà enfin ! Viens chez nous quelque temps... ta mère sera plus tranquille.

– Et toi, papa, qu'est-ce que tu feras ? Tu seras infirmier à vie ? Tu nous apporteras un verre de lait au lit et tu nous borderas pour que nous dormions mieux ?

– Ne t'inquiète pas, je tiens le coup. Je veux seulement que vous alliez bien, ta mère et toi.

– Papa, s'il te plaît, emmène-moi chez moi. J'ai besoin de me reposer un peu...

– Mais tu n'as pas peur ? Les journaux télévisés ont dit que l'assassin a étranglé Santi dans son garage. Et qu'ensuite il lui a croisé les bras sur la poitrine comme pour Sereni. C'est un tueur en série, il pourrait te tuer toi aussi !

– Papa, les tueurs en série ne tuent pas quelqu'un toutes les douze heures. Je ne mourrai certainement pas si je dors dans mon lit ce soir.

– Je t'en prie, viens chez nous, cette fois-ci ta mère risque de ne pas s'en remettre… »

Il ne comprend pas qu'il a utilisé le pire argument, qu'aujourd'hui je serais incapable de supporter ma mère en chemise de nuit qui pleurniche devant la télé. « Si tu ne me raccompagnes pas chez moi, je prends un taxi…

– D'accord, Francesca, mais je t'appelle demain matin à huit heures, et si tu ne réponds pas, je viendrai voir comment tu vas. Et n'oublie pas de fermer ta porte à double tour. »

Il conduit en silence jusque chez moi et il attend que je sois dans l'entrée avant de partir. J'ouvre la porte de mon appartement, j'ai la sensation d'avoir été absente deux mois. La vue du canapé recouvert de l'affreuse housse orange choisie par papa m'apporte un bonheur inexplicable.

J'attrape dans le congélateur un pot de glace chocolat-pistache, je branche dans la télé la clé USB où j'ai l'intégrale de *Friends* et je me jette lourdement sur le canapé, je ne veux plus jamais me relever.

La sonnerie du téléphone m'arrache à un sommeil sans rêves. C'est papa, qui chuchote encore plus bas que d'habitude.

« Parle plus fort, je ne t'entends pas !

– Comment ça va, trésor ?

– Bien, sois tranquille. Quelle heure est-il ?

– Huit heures, tu veux que je t'apporte les journaux ?

– Non, merci, Vernini m'a appelée hier soir. Je n'irai pas travailler pendant quelques jours. La scientifique est revenue examiner notre bureau. Je sortirai acheter les journaux, comme ça je mettrai le nez dehors. Comment va maman ?

– En ce moment elle dort. Le médecin est venu hier lui faire une piqûre de Valium. Tu veux que je lui demande de t'en faire une aussi ?

– J'aimerais mieux pas, de toute façon tu me réveillerais au bout de deux heures !

– Ce n'est pas vrai, trésor, et le médecin a dit que le Valium est l'idéal dans des cas comme celui-ci. »

L'idée de passer une journée abêtie par les tranquillisants me dégoûte. « Je te remercie, papa, mais j'ai envie de sortir.

– Alors je passe te chercher ! Attends-moi, j'arrive.

– Tu essaies de me dire que dorénavant je ne peux plus sortir qu'accompagnée de mon papa comme une gamine de cinq ans ?

– Non, ma chérie, fais comme tu veux, mais sois prudente si tu sors seule !

– Tu veux que je regarde autour de moi avant de descendre de voiture ? Excuse-moi, mais si l'assassin voulait me tuer ça lui serait plus facile chez moi que dehors au milieu des passants.

– Trésor, comment veux-tu que nous soyons tranquilles si on ne l'attrape pas ? Les journaux disent qu'il n'y a même pas de suspect !

– Oublie les journaux. Il y a peut-être une piste, le procureur m'a fait répéter je ne sais combien de fois la phrase que Ferrari a dite à Santi le jour de la scène quand il nous a demandé s'il ne fallait pas le tuer.

– Ce serait magnifique si c'était lui le coupable et qu'on l'arrête, Francesca, nous cesserions d'avoir peur pour toi.

– Non, papa, ce ne serait pas magnifique. Je ne crois pas que ce soit lui. C'est injuste d'accuser quelqu'un de bien comme Ferrari rien que parce qu'un salaud a porté plainte contre lui pour une plaisanterie stupide !

– Francesca, tu as sérieusement besoin d'un peu de Valium… »

La conversation devient insensée, c'est d'air que j'ai besoin. « Papa, je sors acheter les journaux. À plus tard. »

Je vais à mon supermarché habituel et j'achète quelques quotidiens. Les titres sont sinistres : « Le tueur en série a étranglé un autre employé » et « L'énigme de l'employée se complique : nouveau mort dans l'Entreprise Homicides ». Une photo identique de Santi s'affiche sur toutes les unes, son regard est fixe, avec une expression de fou, à croire que c'est lui l'assassin. Il a les lèvres serrées pour ne pas montrer ses canines acérées, mais il parvient à provoquer la répugnance, bien qu'il soit la victime.

Je l'imagine étendu par terre, caché derrière sa voiture, le visage livide comme celui de Marinella. Je ressens le même calme d'agonisante que le jour où Sereni a été étranglée. Mais cette paralysie est peut-être une défense contre la peur. Contre celle, aussi, d'être diminuée comme lorsque cette ordure de Maurizio m'a plaquée. Je ne veux pas me retrouver encore dans cet état, et cette fois j'ai une bonne raison de plus : je n'ai aucune intention de rester au lit pendant des mois, chez mes parents, à regarder des séries télé sur les tueurs en série avec ma mère, toutes les deux en robe de chambre de flanelle rose et bourrées de diazépam.

Je sors du magasin et entre dans un bistrot. Je m'assois à une table près de la vitre et je commande un café noisette. Je commence à feuilleter les journaux, qui essaient de récupérer les lecteurs de la belle époque de Coyote. Je pars de l'article au titre le moins truculent, « Comment meurt un employé ».

Le journaliste démarre par la description de l'endroit où habitait mon défunt collègue : « M. Santi habitait seul dans la banlieue sud de Milan, dans un immeuble de dix étages où il avait acheté un appartement à côté de celui de sa mère, restée veuve il y a quarante ans, et dont il était le fils unique. Il sortait tous les matins à sept heures pour se rendre à son travail en voiture. L'assassin l'a probablement attendu derrière un des piliers du garage et lui a plaqué un chiffon imbibé d'éther sur la bouche, ce qui lui a fait perdre connaissance instantanément. Puis il l'a étendu derrière sa voiture pour l'étrangler sans être vu. Après l'avoir tué il lui a croisé les bras sur la poitrine, dans la même position que sa collègue Marinella Sereni assassinée précédemment... »

Je suis prise d'une anxiété que je ne soupçonnais pas. Ou plutôt, j'espère qu'il ne s'agit vraiment que d'agitation et non d'une attaque ; une veine commence à battre dans ma tête. Elle martèle à mesure que j'avance dans l'article : « Le tueur a été tellement rapide que personne n'a rien vu ni entendu. Seule la mère de M. Santi a compris que quelque chose n'allait pas, parce qu'à huit heures elle n'avait pas encore reçu le coup de téléphone quotidien de son fils lui disant qu'il était arrivé au bureau. Elle est descendue au garage pour vérifier si sa voiture y était encore et elle a découvert son cadavre. »

Le journaliste ne met plus en doute l'existence d'un tueur en série : « M. Santi est la deuxième victime d'un tueur en série qui a frappé avec le même mode opératoire deux employés dont la seule faute est d'avoir travaillé dans le même bureau pour le même chef de service. »

Cette allusion à Ferrari m'épouvante. L'article poursuit en effet : « La mère de M. Santi a déclaré aux enquêteurs qu'au bout de vingt ans sans problèmes dans l'entreprise son fils s'était disputé avec son nouveau chef de service, M. Gianfausto Ferrari. Celui-ci lui avait assigné des tâches particulières en exigeant qu'il s'en acquitte sans qu'il lui fournisse aucun éclaircissement. »

Je sursaute et je sens que la veine va exploser. « M. Santi avait demandé à son supérieur des explications plus détaillées sur le travail à effectuer, mais M. Ferrari avait perdu la tête et l'avait menacé de mort devant ses collègues. »

L'article continue avec « le récit douloureux de la maman de la victime », qui ne mâche pas ses mots pour accuser Ferrari : « Marinella Sereni, tuée il y a un mois, travaillait aussi dans le service Planification et Contrôle dirigé par M. Ferrari. Après l'épisode des menaces, mon fils avait porté plainte et demandé à la police une protection adéquate, sans l'obtenir, malheureusement. Le directeur de l'entreprise avait éloigné M. Ferrari de son poste de travail, mais mon fils ne se sentait pas en sécurité pour autant, il savait qu'il risquait sa vie en se montrant courageux devant un supérieur sadique et cruel, qui avait probablement assassiné aussi sa pauvre collègue. »

Non, je n'ai pas eu d'attaque puisque je suis encore vivante quand j'arrive à la conclusion épouvantable de l'interview : « Mon fils Savino avait supplié le Parquet de Milan de lui fournir une escorte pour ses déplacements, pas seulement entre chez lui et le bureau, mais aussi à l'intérieur du bâtiment, parce que Marinella Sereni avait été assassinée sur son lieu de travail et qu'il se savait en danger. Personne ne l'a pris au sérieux, et maintenant il est trop tard. »

Dieu du ciel ! Une parole en l'air suffit à faire accuser quelqu'un d'homicide ?

Et si c'était vraiment Ferrari ?

C'est lui. Il a été emmené hier soir à San Vittore sans tenter d'opposer la moindre résistance. J'ai entendu la nouvelle à la radio ce matin à six heures. Naturellement je n'avais pas fermé l'œil. Je me force à attendre sept heures moins dix pour appeler Paolo qui répond agacé : « C'est une heure pour téléphoner ? À l'aube ?

– Ferrari a été arrêté ! Ça n'est pas juste de mettre un homme bien comme lui en prison ! » Je geins.

Il se lance tout de suite sur le Code pénal qu'il a sûrement étudié ces jours-ci : « Écoute, tout d'abord il n'a pas été arrêté. Le procureur l'a seulement placé sous mandat d'arrêt. Dans deux jours le juge procédera à une enquête préliminaire et décidera de confirmer ou non le mandat. Ce ne serait pas la première fois qu'un juge relâche un suspect. Il faut des preuves pour le maintenir en détention, ou qu'il y ait des risques qu'il s'évade ou commette un nouveau délit. Et ça ne me paraît pas le cas de Ferrari.

– Tu es toujours aussi optimiste ?

– Quel rapport entre l'optimisme et le Code pénal ? Maintenant excuse-moi, je dois me préparer pour aller travailler. »

Et il raccroche.

Tandis que moi, je dois rester chez moi. Je jette tout de suite un œil sur les journaux en ligne, mais je préfère acheter aussi ceux sur papier. Je sors sans même prendre une douche.

Une demi-heure plus tard je suis assise au bistrot avec une tonne de quotidiens achetés au premier kiosque que j'ai trouvé ouvert. Balancée en une il y a une photo de Ferrari immortalisé sortant de chez lui entre deux policiers, les menottes cachées sous son veston. Il a le regard des condamnés à mort quand ils montent à l'échafaud.

Les titres des articles sont banals, comme l'est du reste la conclusion de toute l'histoire : « Un suspect dans l'affaire des meurtres d'employés : leur chef de service emprisonné » et « Arrestation du probable tueur en série d'entreprise : c'était l'ancien chef de service ».

L'« enquête éclair », comme l'appellent les journalistes, a été brillamment conduite par Guidoni qui avait mis sur écoutes le téléphone de Ferrari, assez crétin pour se trahir. « Peu après la mort de Savino Santi, Gianfausto Ferrari aurait appelé sa femme pour commenter le délit qu'il venait de commettre : "Cet imbécile est enfin mort !" Immédiatement interrogé par le magistrat, Ferrari a soutenu avoir appris la mort de son subordonné au journal télévisé. Le suspect s'est défendu en déclarant que sa remarque ne reflétait qu'une vieille antipathie pour la victime. Mais le matin du crime, Ferrari et son épouse étaient seuls et le témoignage de celle-ci ne peut être retenu en raison de leurs liens conjugaux. »

Je le savais, ils n'ont pas de preuves contre Ferrari ! Ils s'accrochent à ce coup de téléphone parce qu'ils n'ont rien pu trouver d'autre. Mais l'article continue à déverser des tombereaux de boue : « La femme du prévenu a maladroitement tenté de lui fournir un alibi en affirmant que le matin du crime son mari s'était levé tôt pour réparer un robinet, elle pourrait être inculpée pour faux témoignage. Mais il existe un autre élément qui a convaincu les enquêteurs qu'ils étaient sur la bonne piste, la pointure de Ferrari est un quarante-trois significatif. »

Le premier déplacement sur les lieux dans le garage de Santi permet de penser qu'il s'agit de l'assassin de Sereni : « Le tueur a réussi une nouvelle fois à ne laisser aucune trace biologique ni empreinte digitale. On n'a trouvé que les empreintes des mêmes chaussures en cuir de taille quarante-trois, avec la même semelle lisse. Il semble toutefois qu'au cours de la perquisition dans l'appartement du suspect on n'ait pas retrouvé de chaussures de ce type. Mais il ne lui aurait pas été difficile de s'en débarrasser. »

Je continue de feuilleter ces saletés, hypnotisée par une curiosité malsaine. On dirait que les journalistes se sont donné le mot : Ferrari était un monstre qui tuait les employés qui ne lui étaient pas sympathiques. Les scribouillards se sont beaucoup démenés hier soir, et en interviewant des habitants de l'immeuble et des voisins ils ont découvert deux innocents passe-temps de Ferrari – réservés au dimanche ou guère plus – pour en faire les symptômes d'une personnalité pathologique et vouée à l'homicide : « L'insoupçonnable tueur en série avaient deux passions obsessionnelles, le soin maniaque des plantes sur son balcon et les poissons tropicaux, objet eux aussi d'attentions maladives... »

Un journaliste a carrément réussi à arracher des confidences à son voisin du rez-de-chaussée : « M. Ferrari parlait tout le temps de ses poissons et un jour je suis allé voir ses aquariums, il en avait trois. Un était vide parce qu'un ami lui avait conseillé de donner un médicament à ses discus, qui d'après Ferrari avaient le ventre un peu trop gros. Malheureusement, le lendemain matin il les a trouvés morts. Il était désespéré. J'ai essayé de le persuader de ne pas se sentir coupable et d'en racheter tout de suite d'autres. Mais il m'a expliqué qu'il n'en avait pas le courage, qu'il s'était trop attaché à ces poissons qui avaient grandi dans son aquarium. Je savais que sa femme et lui n'avaient pas d'enfants, mais ça m'a quand même paru un comportement insensé. Comment peut-on aimer des stupides poissons discus ? »

Il semblerait que sa main verte lui ait également valu beaucoup d'ennemis dans l'immeuble. Les journalistes ont découvert que Ferrari s'était installé un système d'irrigation, déclenchant ainsi l'ire d'une locataire du dessous qui a déclaré subir « une inondation quotidienne en provenance de chez lui, d'énormes flaques d'eau sur mon balcon ! ».

C'est écœurant. Ils lui tapent dessus sans aucune pitié. Je lis aussi l'interview d'un criminologue que les journalistes ont réveillé en toute hâte après l'arrestation, où il affirme avoir finalement compris pourquoi le tueur croise les bras de ses victimes sur leur poitrine : « C'est caractéristique d'une personnalité atteinte d'obsessions compulsives comme celle de Ferrari ; la répétition d'un rite macabre, en éliminant de la scène du crime tous les signes de désordre qui accompagnent en général une mort violente. »

Je sors du bar après avoir avalé un nombre indéterminé de cappuccini. Le sang court violemment dans mes veines, à cause de la caféine ou de ma colère devant une telle accumulation d'absurdités. Tout paraît trop facile pour être vrai, je connais Ferrari depuis des années, et s'il était vraiment psychopathe je m'en serais aperçue. Ces choses-là se sentent, elles se devinent. Comment j'aurais pu travailler avec lui, le voir tous les jours, sans éprouver un sentiment de danger ou un peu de peur ? Mais non, rien de rien.

Je n'arrive pas à croire que j'ai vécu près d'un tueur en série sans comprendre qui il était vraiment. Mais en réalité, si je réfléchis, je n'ai pas la moindre idée d'à quoi ressemble un tueur en série, parce que je l'ai toujours imaginé comme un individu aussi repoussant que le monstre de Rostov, la bave aux lèvres, qui attend derrière un arbre d'enlever une mineure en minijupe avant de la charger dans sa fourgonnette déglinguée où il a préparé les chaînes pour l'attacher.

Mais je dois sans doute réviser mes stéréotypes puisque Guidoni vient d'arrêter un homme on ne peut plus normal. Je devrais peut-être consulter quelques ouvrages de criminologie pour en savoir plus. Je décide d'aller chez Feltrinelli, piazza Duomo. Je ne prends pas ma voiture parce que je ne saurais pas où me garer, mieux vaut faire une heure de tram. Je grimpe dans le 15 et j'arrive piazza Missori. En quelques pas je suis dans la librairie.

Je demande à la première vendeuse que je trouve : « Vous savez où sont les ouvrages sur les tueurs en série ? »

Elle me regarde perplexe. « Vous cherchez des études ou un roman policier ? »

Elle a dû me prendre pour une idiote. Mortifiée, je réponds : « Les études... »

Elle me fait signe de la suivre. Nous arrivons dans un secteur éloigné où elle me plante après m'avoir indiqué une étagère. Je jette un coup d'œil aux titres, je n'ai aucune intention de lire les biographies des criminels les plus ignobles de la terre. Je voudrais trouver une étude sur le profil psychologique des tueurs en série pour comprendre si Ferrari peut effectivement être l'un d'eux.

Je feuillette rapidement des volumes qui ont l'air de s'approcher de ce que je cherche. Les textes des auteurs italiens citent continuellement les interviews de leurs collègues américains qui ont réussi à parler avec quelques tueurs « historiques » en prison tels que Charles Manson, auxquels ils ont serré chaleureusement la main en entrant dans leur cellule, c'est sûr.

Il semblerait que le plus grand rêve d'un criminologue – policier ou psychiatre – soit de rencontrer un tueur en série et de se faire raconter des épisodes inédits de son enfance, quelques nouveaux détails sinistres sur sa maman qui se prostituait et battait le futur assassin quand il lui demandait de lui préparer deux œufs au plat pour dîner, alors qu'elle était occupée à se soûler avec ses clients.

Les assassins en série les plus connus sont en effet des violeurs qui ont été horriblement maltraités enfants et ont tué leurs victimes après les avoir torturées plus ou moins longtemps. Mais le nôtre appartient à une espèce différente. Je cherche encore et je trouve deux livres qui donnent une classification de toutes les typologies possibles : il existe bien des tueurs « organisés », qui seraient lucides et méthodiques dans la planification de leurs crimes. Ça y est, nous y sommes ! Je vais à la caisse avec mes trophées et j'attends dans la file ; j'ai enfin quelque chose à faire ce soir.

Je lis pendant je ne sais combien d'heures les analyses psychosociologiques de spécialistes et j'arrive à comprendre ce que veulent dire les criminologues quand ils parlent de celui qui a tué Santi et Sereni comme d'un tueur organisé, c'est-à-dire capable de ne pas laisser de traces sur la scène du crime.

Il est très intelligent et conçoit ses homicides comme des « projets supérieurs », ainsi définis par les experts, autrement dit plus compliqués que de donner un coup de couteau au premier crétin croisé dans la rue pour ensuite s'enfuir et se cacher couvert de sang dans un taudis crasseux en attendant le prochain raptus. Et un tueur organisé peut avoir une vie affective et professionnelle normale, exactement comme Ferrari.

En revanche, je ne vois pas du tout les raisons qui auraient poussé mon ancien chef de service à tuer ses subordonnés. J'éprouvais moi-même des « sentiments négatifs » vis-à-vis de Santi et de Sereni, mais je ne pourrais jamais tuer des collègues rien que parce qu'ils me sont antipathiques. D'abord, si je devais tuer tous ceux que je déteste, j'aurais de quoi faire. Je devrais étrangler une personne par jour, à commencer évidemment par Maurizio et sa gourde de fiancée, et la suite me prendrait au moins deux semaines, pour finir en beauté avec l'assassinat de Mme Giovanna.

Bref, ma rancune ne pourrait jamais dégénérer en massacre, tandis qu'un tueur en série agit sans grand sentiment de culpabilité. Mais l'assassin est forcément l'un de nous, vu que les seuls éléments communs entre Santi et Sereni étaient qu'ils travaillaient dans la même entreprise et étaient tous les deux insupportables. Mais si Guidoni arrêtait tous ceux qui les trouvaient insupportables je ne serais pas la seule à me retrouver à San Vittore…

Je me réveille avec un livre sur mon oreiller et la lumière encore allumée sur la table de nuit. Je regarde mon réveil : neuf heures. J'ai dû m'écrouler après avoir lu pendant des heures. Je me traîne à la cuisine, je bois un café et je téléphone à Paolo.

« Paolo, il faut absolument que je te parle.

– Je t'écoute, répond-il toujours aussi sèchement.

– J'ai lu des bouquins sur les tueurs en série… ils peuvent avoir l'air parfaitement normal, mais je ne pense pas que ce soit Ferrari qui ait étranglé ces deux-là.

– Francesca, l'arrestation doit encore être confirmée par le juge qui l'interrogera en présence de son avocat. Et si Ferrari est innocent, il se défendra…

– Écoute, j'ai travaillé des années avec lui, comment j'aurais pu ne rien voir ? À mon avis il n'y est pour rien et le véritable tueur en série se promène tranquillement en sachant qu'on a arrêté quelqu'un à sa place. Il pourrait recommencer d'un moment à l'autre.

– S'il te plaît, Francesca, j'espère que tu n'auras pas la bonne idée de faire courir le bruit que le tueur n'est pas Ferrari et qu'il y aura d'autres morts ! Si Vernini venait à l'apprendre, je ne sais ce qu'il serait capable de te faire.

– Sois tranquille, je ne dirai rien à personne, je suis encore en vacances. Dieu sait jusqu'à quand…

– L'autre fois vous êtes restés chez vous deux semaines, mais comme Santi a été tué dans son garage, ils mettront sûrement moins de temps à examiner le bureau. Pour le moment, essaie de te reposer, va te promener, bref, trouve-toi des distractions et ne t'énerve pas trop. »

Il raccroche sans attendre ma réponse.

Je suis fatiguée et je me sens un peu vide ; discuter avec Paolo c'est comme percuter une dalle de marbre à cent à l'heure sans même la rayer. Je ne sais pas ce qui me pousse à ne vouloir parler qu'avec Paolo, sans doute parce qu'il est incapable d'avoir des secrets et qu'il est le dernier homme au monde qui pourrait mener une double vie comme Maurizio. Bref, mieux vaut me contenter de l'ami connu et sûr, même s'il est un peu pédant, que chercher de nouvelles connaissances qui pourraient me décevoir ou me blesser. Je ne fais plus confiance à personne et je ne veux pas de mauvaises surprises, il y en a déjà une horrible au bureau une fois par mois.

Je me recouche et reprends mon livre, mais je suis épuisée et je tombe dans une sorte de coma éveillé, tourmentée par des idées épouvantables. Et si je mourais étranglée moi aussi ? Et si l'assassin sonnait chez moi à cet instant précis ? J'arriverais à prendre un couteau et à me défendre ?

La sonnerie du téléphone vient me sauver de ma mort prochaine.

« Bonjour papa... » Je n'ai même pas regardé l'écran.

« Comment vas-tu, trésor ?

– J'ai très peu dormi.

– Nous aussi.

– Et maman, comment va-t-elle ?

– Comme ci comme ça... elle aurait préféré que tu viennes dîner, ça l'aurait tranquillisée. J'essaie de la convaincre que l'assassin est bien Ferrari et que tu ne cours plus aucun danger.

– Et si ce n'est pas lui ?

– Francesca, pourquoi tu ne démissionnes pas ? Tu pourrais retourner à l'université !

– Je devrais rester enfermée pour étudier ? Je finirais par me suicider !

– On ne dit pas ces choses-là, même pour plaisanter ! Et tu sais que tu peux compter sur nous si tu décides de quitter l'entreprise.

– Si je donne ma démission, tu crois que ce sera facile de retrouver du travail à trente-quatre ans ? Je devrai mendier un emploi précaire dans une agence d'intérim, où le responsable des ressources humaines me regardera d'un mauvais œil… Comment lui expliquer que j'ai lâché un poste sûr parce que mes voisins de travail se sont fait tuer ? Je préfère faire attention et passer officiellement pour une employée occupée.

– D'accord, Francesca, mais ce soir tu viens dîner chez nous, pour que nous soyons un peu ensemble.

– Mais pas de tonnarellis au mérou, c'est impossible à digérer ! Tu ne sais pas faire des pâtes quelconques ?

– Si, naturellement ! Tu veux une sauce au basilic, aux légumes sautés ou aux aubergines ?

– Toutes prêtes ?

– Bien sûr, ta mère les adore. »

Je n'ai pas la force de le contredire. « Bon, essayons les légumes sautés. »

Eh voilà, je l'ai rendu heureux, et il change de ton, il redevient le père dynamique qui résout tout par une visite au supermarché. « Très bon choix, les légumes sautés, tu ne regretteras pas ! À ce soir huit heures. »

Quand il raccroche je me dis que je devrais lui suggérer de chercher un petit emploi, le jour où cette sale histoire sera finie et où ma mère sortira de son lit. Il n'est pas capable de rester sans rien faire. Il pourrait peut-être devenir l'image d'une marque de surgelés et présenter un programme du genre Master Chef, où, au lieu d'employer des ingrédients frais et sains, le cuisinier ouvrirait des sachets de petits pois à la printanière surgelés et les mettrait dans une casserole avec les petits poulpes tout juste sortis du congélateur.

Cible : les hommes entre deux âges dont l'épouse dépressive ne peut même pas faire des pâtes au beurre.

## Plutôt veuve que vieille fille

Le retour du tueur m'a fait régresser au stade de l'adolescente qui se dispute furieusement avec ses parents chaque fois qu'elle les voit. Papa m'invite à dîner tous les jours que Dieu fait et on ne parle que de Ferrari, parce qu'à la suite de l'enquête préliminaire le juge d'instruction a maintenu l'arrestation.

Mon ancien chef de service a protesté de son innocence, mais pendant l'interrogatoire il a déclaré éprouver de l'estime pour l'assassin, qui a « bien fait d'étrangler ces deux imbéciles, inutiles et geignards ». Le juge s'est donc trouvé contraint de confirmer le mandat de dépôt.

Ferrari doit avoir perdu la tête ! S'il s'était tu, son avocat aurait probablement réussi à le tirer d'affaire. Il n'y a aucune preuve contre lui, mais les juges ne peuvent pas remettre en liberté quelqu'un qui se déclare solidaire d'un tueur en série.

L'avocat a donc requis une expertise psychiatrique. « Mon client a seulement divagué sur un crime commis par d'autres, il montre les signes d'un état confusionnel, provoqué par sa détention injustifiée », a-t-il déclaré à la presse. Si la prison n'a jamais fait de bien à personne, combien doit en souffrir un homme tellement tourmenté par la mort de ses discus.

Ces jours-ci je fais des recherches sur San Vittore. Les détenus sont enfermés à dix dans une cellule de quinze mètres carrés et n'ont que deux heures de promenade par jour. Dans de telles conditions, n'importe qui déraillerait au bout de quelques heures.

Or, l'entrevue avec le psychiatre a aggravé les choses. D'après les journaux, Ferrari riait des tentatives du médecin pour instaurer un dialogue et se moquait grossièrement de lui en disant par exemple : « Mêlez-vous de vos oignons ! » L'impossibilité d'établir un quelconque contact, verbal ou émotionnel, avec l'accusé a été considérée comme « une particularité des personnalités psychopathologiques qui maintiennent une distance infranchissable avec les autres êtres humains, y compris dans les moments où on s'attendrait à des réactions plus émotionnelles de leur part ».

Autrement dit, si Ferrari avait accueilli dans sa cellule le psychiatre en question pour se confier et lui parler de ses chers poissons, il n'aurait peut-être pas été défini comme « un sujet asocial ». Alors qu'à présent son profil psychologique pourrait être jugé compatible avec celui du justicier des employés de bureau. Et si les experts du tribunal déclarent qu'il pourrait être le tueur, il sera maintenu en détention indéfiniment.

La seule qui le défende encore est sa femme. Elle affirme que le matin du meurtre son mari était chez eux avec elle. Mais tout le monde s'attend à ce qu'elle soit accusée de complicité et de faux témoignage, au cas où la culpabilité de son mari serait attestée.

Les criminologues, de nouveau sur le devant de la scène, cherchent à démontrer que sa personnalité est proche de celle des assassins en série. Ils ont même sondé son passé pour y dénicher « des épisodes de son enfance qui pourraient être à l'origine de comportements pathologiques à l'âge adulte ». Mais ils sont revenus les mains vides parce que Ferrari est fils unique, et donc sans frères ni sœurs à pressurer. Ses parents sont morts et ne peuvent pas non plus accorder d'interviews. Personne ne saura donc jamais si à dix ans mon ancien supérieur torturait les chats des voisins et tourmentait ses petites camarades de classe.

Pendant ce temps, le dernier épisode du « polar d'entreprise » est apparu à la télé avec une nouvelle vidéo, *Le Crime du garage*, proposée dans une version un peu floue comme si elle provenait des caméras de surveillance. L'acteur qui joue le tueur est naturellement un homme d'âge moyen, avec des cheveux gris cachés sous un Borsalino que Ferrari n'aurait jamais porté.

Ma mère, du haut de sa nouvelle expérience en criminologie télévisuelle, est tout à fait convaincue que c'est lui l'assassin. Hier au déjeuner elle était presque contente de déclarer : « Si ce n'est pas lui, pourquoi dire que celui qui les a tués a bien fait ? Aucun *profiler* ne croirait jamais à son innocence ! »

Je me suis jetée sur elle. « *Profiler* ? Qu'est-ce que c'est que ces mots-là ? »

Et elle, gaie comme une gamine qui fait la ronde avec ses petites amies du jardin d'enfants, m'a répondu : « Trésor, tu devrais regarder *Esprits criminels* toi aussi. Tu n'as pas idée de tout ce qu'on apprend en regardant ces séries !

– Excuse-moi, maman, mais qu'est-ce qu'on peut apprendre dans ces histoires où quelqu'un meurt dépecé toutes les trois minutes ? Tu sais que ce sont des téléfilms, n'est-ce pas ? Tout est faux, surtout le sang. Et même si tu vois tous les épisodes, ça ne te donnera pas ton diplôme de criminologue honoraire ! »

Mais elle insistait : « Tu te trompes ma chérie. Ce sont des séries très stimulantes » – elle a bien dit « stimulantes » – « et je te conseille de regarder aussi *Dexter* ! Il est beau garçon et il me fait tellement rire ! »

Mon père doit absolument lui confisquer la télé. « Maman, Dexter est un assassin en série qui tue d'autres assassins en série ! Il y a peut-être un peu d'humour noir dans la façon de raconter ses crimes, mais ce n'est pas une comédie. Tu ne pourrais pas regarder autre chose ? »

Mais papa la défendait sur tous les fronts : « Francesca, ta mère est une adulte et peut regarder ce qu'elle veut. Quant à moi, j'espère sincèrement que Ferrari est l'assassin de Sereni et Santi, et que nous cesserons ainsi de nous inquiéter pour toi ! »

J'ai émis une thèse quelque peu hardie : « À mon avis, Ferrari rend inconsciemment Santi responsable de son emprisonnement. Toute sa haine provient du fait qu'il n'arrive pas à ne plus le détester, même mort. Et c'est pour ça qu'il déraille quand il parle du tueur. Mais je le crois innocent. »

Maman s'est mise à crier : « Mais si ce n'est pas lui, alors le vrai tueur pourrait s'attaquer à toi ! », et elle s'est remise à pleurer. À ce moment-là je suis partie en claquant la porte, parce que j'en ai assez de ces pleurs qui jaillissent comme un geyser en libérant des litres de larmes.

Mais aujourd'hui, en arrivant chez mes parents, je trouve papa étrangement euphorique, bien qu'il évite mon regard. Maman est déjà assise à table, les cheveux parfaitement coiffés. « Bonjour maman. » Comme les deux doigts de racines ont disparu, je lui demande : « Tu es allée chez le coiffeur refaire ta couleur ?

– Oh non, trésor, c'est ton père. Il a acheté la teinture au supermarché et c'est lui qui me l'a faite ! »

Je commence à m'inquiéter. « Papa, tu es devenu coiffeur aussi ? Dans combien de temps vas-tu suivre un cours d'esthéticien pour lui appliquer du vernis sur les orteils ? »

Il cherche à se justifier : « N'exagère pas, Francesca… J'ai seulement aidé ta mère à être en beauté parce que nous avons décidé de sortir dîner.

– Enfin ! Et comment as-tu fait pour la convaincre ? »

Il lance un regard implorant vers ma mère, qui prend la parole de façon inattendue : « C'est une idée de Mme Giovanna ; tu iras au speed dating avec Regina, et nous, nous t'attendrons dans un restaurant à proximité… »

Ils sont fous à lier. « Quoi ? Vous nous attendrez dehors comme si nous étions encore à l'école primaire ? »

Pour toute réponse elle se met à sangloter et disparaît dans la chambre, suivie par mon père qui entre et ferme la porte d'un coup sec. Je l'entends lui parler doucement pour la calmer, mais elle braille : « Je vais me tuer, Amedeo, je vais me tuer ! J'en ai assez de cette vie de souffrances, je préfère mourir ! »

Mon père chuchote encore un peu pendant qu'elle continue : « Je vais me jeter par la fenêtre quand tu iras au supermarché ! »

Je ne la supporte plus. Pire qu'une gamine hystérique. Ça suffit, je me sacrifie. Je suis prête à tout pour ne plus l'entendre pleurnicher. J'entre en trombe. « Je ferai tout ce que vous voulez, mais arrête de pleurer, maman, et viens à table. »

Elle me regarde les yeux gonflés. « Tu es sérieuse ? Et si tu changes d'avis ?

– Donnez-moi le numéro de téléphone de ce hareng saur, je l'appelle tout de suite !

– Francesca, pourquoi dis-tu que Regina est un hareng saur ? Je la trouve plutôt maigre, mais elle est très jolie…

– Comment peux-tu dire qu'elle est jolie ? Elle a autant de charme qu'un balai-brosse, et elle n'a pas dit plus de vingt mots quand elle est venue chez nous !

– Elle est simplement bien élevée. Et elle n'aime peut-être pas se confier aux étrangers…

– Donne-moi son numéro et va à table ! »

Elle me tend son carnet d'adresses ouvert et me montre le dernier nom sur une page. Je vais dans le salon et j'appelle. La cariatide me répond par un « Allô ! » grossier. Mais elle change de ton dès qu'elle comprend que c'est moi : « Alors tu as décidé d'aller au speed dating ? C'est très bien, tu verras, tu vas beaucoup t'amuser, et si quelque chose ne va pas vous nous appelez. Nous serons tout près, dans un excellent restaurant. »

Je fais comme si je n'avais pas entendu. « Vous me passez Regina pour que nous nous mettions d'accord ? »

Mais elle ne me lâche pas : « Je dis toujours à ma fille : marie-toi, parce que si ton mari venait à mourir tu serais veuve, mais au moins tu ne resterais pas vieille fille. »

Je n'en crois pas mes oreilles ! C'est la première fois que j'entends le principe « plutôt veuve que vieille fille ».

Elle continue à philosopher, imperturbable : « Vous devez vous marier, jeunes filles. Et marcher enfin la tête haute ! »

Je ne peux pas l'insulter devant ma mère. Je ne veux qu'en finir avec ce fichu coup de téléphone et m'asseoir à table. « Madame, voulez-vous me passer votre fille s'il vous plaît ? »

Elle roucoule fièrement : « La voilà, elle est là ! »

La voix de Regina semble venir de l'au-delà : « Bonjooour… »

Je vais droit au but : « Nous nous retrouvons où et quand pour le speed dating ?

– C'est mardi prochain à la Happy House, près des Navigli… je t'envoie tout par mail, comme ça tu pourras aussi lire le règlement.

– Quel règlement ?

– Celui du speed dating, tu dois remplir une fiche pendant les entrevues. »

Je commence à stresser. « Je ne suis pas sûre d'avoir bien compris…

– Chaque fois que tu parles avec un des vingt-cinq hommes, tu dois écrire son numéro sur la fiche qu'on te donne et cocher la case "OK" si tu veux le revoir, ou la case "Non" s'il ne t'a pas plu. Les hommes font pareil, et au bout de quelques jours les organisateurs t'envoient la liste de tous ceux avec qui ça peut marcher, parce que vous avez répondu oui tous les deux. »

J'ai un frisson de dégoût à l'idée de me mettre un numéro sur la poitrine pour être « visionnée » et éventuellement choisie par un des vingt-cinq exemplaires masculins qui viendront au speed dating. Ça ressemble à une exposition canine, de celles où les maîtres font défiler les bêtes tenues en laisse pendant que le jury vote. Regina n'a jamais dû avoir droit au podium, vu que c'est une récidiviste du speed dating.

« Quelqu'un t'a déjà recontactée ?

– Oui, mais je ne suis jamais sortie une deuxième fois.

– Qu'est-ce que tu veux dire par deuxième fois ?

– Je suis allée dîner au restaurant avec trois ou quatre numéros, pour voir s'il y avait un peu de feeling, mais nous ne nous sommes pas revus... »

Cette fois j'ai compris, et je me demande qui pourrait sortir deux fois de suite avec une femme qui dit un mot à la minute et se fiche des plaisirs de la table. « Si je coche "Non" partout, personne ne peut me contacter, c'est bien ça ?

– Oui, mais pourquoi tu le ferais ? Tu gaspillerais les vingt-cinq euros d'entrée... »

Je me trahis : « Vingt-cinq euros pour cette connerie ? »

Regina ne comprends pas que je puisse plaisanter : « Pourquoi dis-tu ce mot ? »

Mieux vaut raccrocher vite. « Excuse-moi, je plaisantais. »

Elle reprend de sa voix lasse : « Je t'envoie le mail, si tu me donnes ton adresse. »

Je la lui épelle, elle émet son gémissement habituel : « Saluuut... », et raccroche sans attendre que je lui dise au revoir.

Je retourne à la cuisine où mes parents m'attendent à table.

« Alors ? demande ma mère en souriant enfin.

– C'est mardi prochain. Vous passerez me chercher ? »

Papa me regarde avec étonnement, il se demande sans doute comment j'ai pu capituler aussi vite. Pendant qu'il me fixe de ses yeux écarquillés, j'ai une idée formidable : je raconterai à ma mère que j'ai réussi à trouver un fiancé au speed dating, et je n'aurai plus jamais à y retourner avec Regina !

Mardi prochain il me suffira de cocher toutes les cases « Non » et d'essayer de ne pas rire au nez des vingt-cinq messieurs appelés à noter les vieilles filles exposées. Puis j'attendrai une quinzaine de jours pour annoncer officiellement : « Maman, j'ai fait la connaissance d'un homme merveilleux. Nous parlons déjà mariage, tu es contente ? »

« Alors, tu descends ? » demande papa à l'interphone.

Je me regarde rapidement dans la glace à côté du portemanteau, je ne suis pas si mal. J'ai les cheveux enduits de gel, effet frisé mouillé. Au moins ils ne ressemblent plus à des serpents. Et je suis arrivée à entrer dans une petite robe noire que je ne mettais plus depuis deux ans ; se présenter en robe de chambre au speed dating c'était trop, même pour moi. Mais pas de maquillage, les vingt cinq hommes ne méritent pas du rouge à lèvres, il ne faut pas qu'ils pensent que j'ai des intentions sérieuses.

Quand ma mère me voit, elle a un sourire surexcité : « Tu es très belle, trésor, ça va être ta soirée !

– J'en ai l'impression moi aussi. » J'ai répondu avec une gaîté tellement feinte qu'elle ne tromperait personne. Mais il vaut mieux préparer le terrain pour les fiançailles avec le prince charmant rencontré au premier et dernier speed dating de ma vie.

Papa m'observe dans le rétroviseur, il n'est pas convaincu par mon nouvel enthousiasme. Tant pis pour lui, ça lui apprendra à m'envoyer dans des rencontres pour célibataires.

« Maman, combien pèse Mme Giovanna ? À mon avis, plus de cent kilos. Elle devrait se mettre au régime au lieu d'aller dîner au restaurant, ce n'est pas bon pour la santé !

– Francesca, pourquoi faut-il que tu dises du mal d'une dame aussi gentille ?

– Je ne dis pas de mal d'elle, je fais une constatation.

– Bien, mais ne sois pas impolie quand nous allons la retrouver. »

Je me sens d'humeur rouspéteuse et je grogne : « OK. »

Une demi-heure plus tard nous nous garons devant la Happy House et les deux autres sont déjà là. Mme Giovanna gesticule pour que nous la voyions – difficile de ne pas la repérer, même dans le brouillard de la région – tandis que sa fille est plantée comme un poteau télégraphique. Elle s'est fait une coiffure bizarre, les cheveux crêpés et noués dans une espèce de queue-de-rat. J'entrevois aussi une paire de chaussures à talons très hauts qui lui donne une silhouette osseuse à décourager un obsédé sexuel en manque.

Ma mère se précipite hors de la voiture et disparaît dans l'opulente poitrine de la mégère, qui la serre sur son cœur comme si elles ne s'étaient pas vues depuis dix ans. Je ricane involontairement ; combien de temps pourra durer leur amitié quand ma mère lui racontera que j'ai rencontré « un garçon sérieux » et que nous sommes sortis ensemble une deuxième fois ?

Mme Giovanna s'en rend compte et me demande : « Quelque chose ne va pas, Francesca ?

– Oh non, je suis très heureuse, je sens qu'il va m'arriver quelque chose de bien !

– La première fois ? Tu aurais beaucoup de chance...

– C'est ce soir ou jamais, je sens ces choses-là. »

Mais elle ne peut vraiment pas ne pas être une peau de vache. « Tu as eu aussi des pressentiments pour ton mariage ? Je croyais que tout avait été soudain. »

Je me retiens de lui mettre mon poing dans la figure, parce que c'est la dernière fois que je la vois. Je prends Regina par le bras et l'entraîne à l'intérieur. « Allons-y ! » Si je réfléchis une demi-seconde de plus, je tourne les talons et je m'en vais.

Dès que nous entrons dans la Happy House je me sens mal. Des hommes de tous les âges regardent autour d'eux comme s'ils voulaient nous manger toutes crues. Ceux qui font le plus peur sont les vieux garçons en costume cravate. Deux d'entre eux ont les cheveux teints dans un châtain presque blond qui entre en collision avec le gris de leur barbe. Un autre s'est carrément fait faire des mèches, de longues touffes blondasses plaquées par une coiffeuse manifestement complaisante.

Je murmure à l'oreille de Regina : « Je les trouve un peu vieux. »

Elle grimace : « Je te rappelle que nous nous sommes inscrites à la soirée des trente-cinq, quarante ans, même si tu en as trente-quatre, je ne pense pas que ça t'aurait plu de rencontrer des vingt, trente ans, ils sont trop jeunes pour chercher une relation sérieuse. »

J'aimerais lui demander si, à son avis, un quinquagénaire teint en blond ou avec des mèches s'inscrit à un speed dating pour chercher une épouse, mais Regina est déjà dans la file d'attente à la caisse et me fait signe de la suivre. Quand son tour arrive elle débourse les vingt-cinq euros et reçoit une étiquette adhésive portant un numéro. Elle se la colle dessus pendant que je sors les vingt-cinq euros les plus mal dépensés de ma vie.

J'ai le numéro 27, la bonne femme de la caisse me le remet avec un petit fascicule d'instructions. À la dernière page figure une sorte de tableau à remplir, intitulé « Réservé à tes notes ! ».

Quand la fille me tend mes accessoires j'ai l'impression de lire dans son regard un mélange de pitié et de mépris, elle nous trouve réellement pathétiques, j'en suis sûre.

Pendant tout ce temps je sens dans mon cou le souffle des hommes qui tournicotent en cherchant à repérer la meilleure proie. Tous m'étudient avec un sourire sournois.

Je baisse instinctivement les yeux et rejoins Regina qui m'attend non loin de là. Laconique, elle m'ordonne : « Mets ton numéro ! »

Je ne suis pas encore prête. « Dans cinq minutes peut-être... et maintenant qu'est-ce qu'on fait ?

– Tu peux boire quelque chose et te servir au buffet, je t'attends ici », et elle s'installe à une grande table où une douzaine d'autres célibataires sont déjà alignées.

Je regarde en direction du bar, mais il y a une cohue horrible. Je n'ai pas envie de me battre pour boire un mojito ou me servir une petite assiette d'olives et de pâtes froides. Je me résigne à occuper le siège vide sur le banc à côté de Regina, qui reste muette comme si nous étions dans la salle d'attente du dentiste.

Mais – horreur ! – un quinquagénaire vient s'asseoir en face de nous. Chauve et bronzé aux UV.

Il demande insolemment : « Vous vous appelez comment vous deux ? »

Au lieu de l'ignorer, le hareng saur lui répond avec un petit rire satisfait : « Moi, Regina, et elle, Francesca ! Et toi ?

– Enzo », répond-il d'un air décidé, et il nous fixe avec avidité pendant quelques secondes. Puis il nous adresse un sourire mauvais. « Vous me donnez vos numéros de portable ? » Il nous prend pour des prostituées sorties à deux dans l'intention délibérée d'élargir leur clientèle ?

Regina elle-même comprend que quelque chose ne va pas. « Tu n'as pas lu le règlement ? On ne peut pas demander leur numéro de portable aux participants », réplique-t-elle sèchement.

Mais le super bronzé n'a peur de rien. « Je me fous du règlement, vous me le donnez ce numéro ou pas ? »

Regina se lève et s'éloigne. « Tu es vraiment un grossier personnage ! Viens, Francesca, allons-nous-en ! »

Nous nous asseyons à une autre table. Personne n'essaie plus d'engager la conversation et je peux enfin jeter un coup d'œil aux alentours. Les femmes sont toutes maquillées et habillées décemment, sans trop viser le sexy. Seulement deux d'entre elles sont décolletées et en léopard, les cheveux très blonds et la hanche assassine qui ondule sur des talons aiguilles, mais le style général est sobre et presque digne. À la différence des hommes, aucune ne regarde autour d'elle comme un prédateur dans la savane.

L'endroit se remplit très vite, un des organisateurs passe entre les tables et y dépose une bougie allumée et des feuilles marquées d'un numéro.

Regina examine sa feuille avec la fixité d'un oiseau de proie. Je lui demande : « Et maintenant qu'est-ce que nous devons faire ?

– Quand la cloche sonnera, nous irons à la table portant le numéro qu'ils nous ont donné. » Puis elle se concentre sur ses ongles et s'enferme dans son silence ordinaire. Elle paraît indifférente à tout ce qui se passe autour d'elle ; sa mère, avec son enthousiasme pesant, a réussi à éteindre en elle toute réaction normale de survie. Tandis que moi, je ne sais pas ce que je donnerais pour ne pas m'asseoir devant la bougie allumée, telle une tireuse de cartes. Et avec la chance que j'ai, je tirerais sûrement celle de la Mort.

Heureusement l'attente ne dure pas. La cloche sonne, Regina se lève et trouve tout de suite sa place. Quant à moi, j'erre dans la salle jusqu'à ce que je voie la table numéro 27, un peu cachée dans un coin. J'y trouve déjà installé un type souriant, avec les cheveux blancs, qui à mon avis a triché sur son âge, il fait bien davantage que les cinquante ans prévus par le règlement.

Je m'assois en face de lui un peu embarrassée.

« Salut, je m'appelle Aldo. C'est la première fois que tu viens ? »

Je voudrais lui répondre : « La première et la dernière », mais je laisse courir et je sors une réponse au hasard pour tenir jusqu'à la fin des deux cents secondes : « Oui, une amie m'a amenée... et toi ? »

Lui n'hésite pas à avouer la vérité : « Eh bien, ça va faire deux ans que je fréquente les speed dating. »

Il porte une chemise ouverte sur sa poitrine velue et une montre tape-à-l'œil, mais il n'a pas l'air d'un playboy professionnel. C'est peut-être un divorcé qui laisse ses enfants à son ex-épouse pour aller chercher de la chair fraîche. Son visage de père de famille arrive quand même à chasser ma gêne et ma langue commence à se délier. « Si tu continues de venir ici au bout de deux ans, ça veut dire que tu n'as pas rencontré de femmes intéressantes... »

Il proteste indigné : « Je ne viens pas chercher des femmes, mais des amies ! Tu te trompes si tu penses que tout tourne autour du sexe. »

Ben voyons. Il trouve sans doute qu'il vaut mieux commencer par la théorie de l'amitié platonique plutôt que de viser droit la chambre à coucher.

Je fais comme si je ne l'avais pas entendu : « Tu as des enfants ? »

Il pousse un soupir. « Deux... une fille de dix-sept ans et un garçon de quatorze. »

J'insiste : « Donc tu es divorcé ?

– Oui... » Et il se met à me raconter l'histoire de son mariage raté, mais la cloche sonne. Dring ! C'est l'heure !

Au bout de deux ans de speed dating, Aldo connaît la musique. Après un dernier sourire cérémonieux il se lève, se décale d'une place et va s'asseoir à la table d'à côté, où l'attend une autre célibataire avec sa jolie bougie de sorcière.

Il a laissé sa place au prétendant suivant, un Superman, la quarantaine, qui n'arrête pas de parler de salle de sport et de cardio-fitness jusqu'à ce que j'entende le dring ! La cloche est aussi libératrice qu'à l'école, lorsqu'elle nous envoyait dehors en récréation. Le sportif logorrhéique se lève et le cirque recommence.

À ma table se succèdent pendant une heure et demie des hommes tristes qui se plaignent de leur ex-épouse et d'autres qui font semblant d'être gais, bien qu'il soit évident que s'ils avaient plus de deux cents secondes devant eux ils se plaindraient de quelque chose.

Je réussis à garder tout le temps un sourire figé qui me fait mal aux muscles du visage, jusqu'à ce qu'un type s'asseye en face de moi en annonçant d'une voix aiguë : « Salut, je suis le dernier des vingt-cinq ! »

Je pousse un soupir de soulagement. Dans deux cents secondes tout sera fini. Mon ultime examinateur est chauve, mais avec une belle tonte soignée et une moustache taillée de frais. Même sa chemise paraît tout juste repassée, et il émane de lui une efficacité tranquille. Il a son tableau à la main et le pose sur la table en veillant à ne pas montrer où il a mis les croix.

Puis il me regarde dans les yeux et dit sur un ton décidé, comme si nous étions à un entretien d'embauche : « Alors, comment tu t'appelles ?

– Francesca.

– Bien, Francesca, dis-moi… » Et il se met à me regarder en silence, avec l'air du type qui n'a pas trop de temps à perdre.

Il s'attend sans doute à ce que je lui présente les qualités et les avantages de la marchandise en lui expliquant ce que je suis, ou plutôt ce que je ne suis pas, du moins depuis un an – douce, timide, chaleureuse, ironique, optimiste –, parce que si je suis là ça veut dire que j'ai accroché la pancarte : « À vendre. » Et lui, avant d'acheter, il veut vérifier qu'il ne se fait pas avoir.

Je finis par lui répondre pleine d'entrain : « Toi, dis-moi ! »

Il perd tout son aplomb : « Tu ne veux pas te présenter ?

– Non. »

Il a l'air secoué, il réfléchit une seconde puis il me sort fièrement son curriculum : « Alors je te parle de moi, Francesca. Je m'appelle Paolo, j'ai quarante-deux ans et je travaille dans un hôpital, mais je ne suis pas médecin. Je m'occupe de l'approvisionnement, depuis le matériel médical jusqu'aux draps des patients. Ce sont des choix très délicats, et c'est pour ça que lorsqu'il s'agit de gros investissements nous préférons mettre les fournisseurs en compétition... »

Je m'attends à ce qu'il me montre un échantillon du dernier lot de seringues qu'il vient d'acquérir. J'attends que sonne l'ultime cloche et je produis un petit sourire dont il comprend parfaitement le sens : « Allez vous faire foutre toi et tes draps ! »

Il reprend son tableau et fait une croix, forcément sur le « Non », en appuyant sur son stylo à bille à le casser. Puis il se lève et s'en va sans même me dire au revoir.

Je reste assise, je retourne mon tableau et je coche vite vingt-cinq « Non ». Je le dépose au comptoir des organisateurs à côté de l'entrée, en faisant attention à ne pas me faire intercepter par Regina. Je l'attends un moment, mais le hareng saur n'apparaît pas. Je vais la chercher à sa table. Elle est encore assise devant sa bougie avec un air de profonde concentration. Elle regarde pensivement son tableau et relit ses notes, comme si elle devait prendre des décisions de portée internationale dignes d'un chef de gouvernement.

Comme je ne veux pas rester à la Happy House une minute de plus, je lui demande : « Alors ?

– J'hésite encore… comment c'était avec le numéro treize ? Tu as coché oui ou non ? »

Je dois trouver un moyen de la faire sortir. « J'ai mis un seul "OK", sur un numéro que je ne peux pas te dire, c'est un secret. Dis-moi, ta mère ne se fâchera pas si tu arrives en retard ? Ils ont dit qu'ils nous attendaient dehors. »

Elle se lève d'un bond tel un robot. « Si, voilà, j'arrive ! » Elle remet vite son tableau et court dehors. Sa mère nous attend pleine de fierté sur le trottoir. Mes parents se tiennent quelques pas derrière elle comme des anges gardiens involontaires.

« Alors, les filles, comment ça s'est passé ? » hurle la grosse sans la moindre retenue, pendant que ceux qui sortent de la Happy House échangent des regards incrédules. Qui peut encore se faire attendre par ses parents ?

Je la prends par le bras. « Excellente idée, ce speed dating. Je crois que j'ai rencontré l'homme de ma vie ! Je n'ai mis qu'un "OK" sur mon tableau, mais s'il m'a choisie lui aussi alors j'aurai cessé de souffrir. Je ne pourrai jamais assez vous remercier ! »

Elle comprend qu'il y a anguille sous roche parce qu'elle me regarde de travers. « Tu es sûre de ce que tu dis, chère petite ?

– Absolument sûre. »

Je lâche son bras et prends ma mère par la manche de son manteau en la tirant vers la voiture. « Dis au revoir à Mme Giovanna, maman. Je te raconterai tout en chemin. »

Elle salue de la main comme si elle était la reine Elizabeth. « À demain ! » Puis, plaintive : « Ne me traîne pas comme ça, trésor, ça n'est pas un enlèvement.

– Tu ne veux pas savoir comment est l'homme merveilleux que je viens de rencontrer ? » Je l'enfourne dans la voiture.

« Bien sûr, je veux tout savoir sur lui.

– Il a deux ans de plus que moi et c'est vraiment un beau garçon... » Je commence à raconter pendant que papa m'observe pensivement dans le rétroviseur. Après tout, c'est lui qui m'a fait prendre le chemin méprisable du mensonge. Il n'a que ce qu'il mérite.

La sonnerie du téléphone retentit peu après neuf heures et je dors encore. Hier soir je n'arrivais pas à éliminer l'adrénaline accumulée à la Happy House et j'ai regardé la télé pendant des heures en espérant me détendre.

« Francesca... me dit papa d'une voix qui ne laisse rien présager de bon.

– Quelque chose ne va pas ?

– Je dois t'annoncer une mauvaise nouvelle, trésor. J'ai pensé qu'il valait mieux que tu l'apprennes par moi.

– Dis vite !

– Il s'agit de Ferrari... un gardien l'a trouvé mort ce matin. Il paraîtrait qu'il a été mis à l'isolement hier parce qu'il avait eu une crise de nerfs. Il s'est pendu aux barreaux avec ses draps. »

Je me mets à pleurer, des sanglots qui me coupent la respiration. Ferrari est mort. Je halète comme si ma gorge allait se coincer, puis elle se débloque et les larmes continuent de couler.

Papa cherche à me consoler : « Je sais que ça te fait de la peine, mais s'il a décidé de se suicider c'est peut-être par culpabilité. »

Je lui crie entre deux hoquets : « Ferrari n'aurait jamais attendu Santi dans un garage pour l'étrangler ! Et il n'aurait pas été capable non plus de tuer Sereni ! »

Mais il insiste : « Il a pourtant laissé un message bizarre que personne ne comprend.

– Lequel ?

– Trois mots : “Je vous hais.” Ils étaient écrits sur un bout de papier posé sur son lit », me dit-il troublé.

Je n’y crois pas. « Il a réellement laissé ce message ?

– Oui, c’est ce que disaient tous les journaux télévisés.

– Mon Dieu… comme ce pauvre homme a dû souffrir ! »

Papa essaie de me raisonner : « Écoute, trésor, tu dois admettre que Ferrari n’a pas eu un comportement très équilibré depuis son arrestation.

– Tu essaies de dire que les draps autour de son cou sont la preuve que c’était lui l’étrangleur ?

– Francesca, ce ne serait pas mieux si le tueur était effectivement Ferrari ? Ta mère et moi n’aurions plus à redouter que quelqu’un te tue ! »

Les sanglots brouillent ce que je dis : « D’accord, papa, je comprends que vous ayez envie d’être un peu tranquilles. Mais telles que je vois les choses, le véritable coupable court encore.

– Ne dis pas ça à ta mère ! »

Je n’en peux plus que papa continue à garder maman sous cloche. Comment se fait-il qu’elle soit toujours la seule et unique à avoir le droit de souffrir, pendant que tous les autres doivent la consoler et lui raconter des bobards pitoyables pour qu’elle arrête de prétendre qu’elle veut se tuer à cause des malheurs de sa fille ?

J’en ai par-dessus la tête, j’ai moi aussi le droit d’être prise en considération. « Tu sais ce que je vais faire, papa ? Ce soir je vous apporterai une bouteille de champagne pour trinquer au suicide de Ferrari et à mon mariage, bien que je ne puisse pas vous y inviter puisqu’il n’aura jamais lieu ! Mais ce n’est qu’un détail idiot, tu ne crois pas ? La seule chose qui compte c’est ce que nous disons à maman. Et si tu lui racontais que j’ai gagné un million au loto ? Imagine comme elle serait heureuse ! »

Papa se radoucit : « Tu as raison, ma chérie, j'ai un peu exagéré... mais tu es ma fille, nom d'un chien, je m'inquiète pour toi ! Si ce n'était pas Ferrari, qui ça pourrait être ? »

Je me le demande aussi. « Je ne sais pas, mais quelqu'un qui travaille chez nous, j'imagine... » Je ne termine pas ma phrase parce que j'entends ma mère chuchoter quelque chose. Papa raccroche précipitamment : « Je te rappelle. »

Je suis prise de tremblements, le froid me pénètre jusqu'aux os et me fait claquer des dents. Je vais prendre une douche en espérant que l'eau emportera le désespoir qui m'envahit. Je reste sous le jet de chaleur jusqu'à ce que la salle de bains soit tout embuée. J'ai la tête qui tourne et les jambes molles, si je ne sors pas de la douche je vais m'évanouir. J'ouvre la cabine avec mes dernières forces et je m'échappe. Pourquoi Ferrari s'est-il suicidé ? Il n'y avait pas de preuves contre lui, il aurait pu prouver son innocence... Je m'étends sur mon lit encore trempée. Je remonte la couette mais je tremble toujours, mes cheveux dégoulinent. Si je ne me lève pas, je vais finir par nouer mes draps moi aussi. Je me sèche les cheveux, je prends mon PC et je m'installe sur le canapé.

Les premières pages des journaux en ligne sont toutes les mêmes. Il y a de nouveau la photo de Ferrari menottes aux poignets, sur laquelle ils ont collé des titres bien peu originaux : « Le tueur d'employés s'est tué », « Le tucur d'employés se pend dans sa cellule », « Suicide du tueur en entreprise ». Mais personne n'a eu le courage de mettre en une le dernier « Je vous hais » de Ferrari. Certains n'osent même pas le citer, sauf pour le décrire comme « un message d'adieu laconique laissé par le suicidé assassin ». Pitoyable.

Dans les articles la thèse du « suicide égale confession » s'affirme, et l'un des experts habituels émet carrément l'hypothèse d'un dédoublement de la personnalité : « Le tueur n'avait pas le courage de s'avouer la vérité, à savoir qu'il était l'assassin de ses subordonnés. Le mécanisme de refoulement fonctionnait probablement ainsi : Ferrari rejetait la faute sur un autre soi mauvais, distinct du noyau principal et conscient de sa personnalité. Un soi divisé qui oscillait entre des sentiments contradictoires. D'un côté la fierté et la satisfaction d'avoir tué deux personnes qu'il ne supportait pas, et de l'autre – dans ses moments de lucidité – la réprobation quand il prenait conscience des implications moralement négatives de crimes provoqués par des motifs aussi futiles que l'antipathie. »

Je continue de lire, on dirait qu'ils sont tous d'accord pour boucler la boucle sans tenir compte des écarts de Ferrari par rapport au cercle parfait dans lequel l'enferment les partisans de sa culpabilité ; écarts qui passent sans mal du traumatisme de la mort de ses poissons discus au « Je vous hais » d'un homme qui va mourir.

Mais si le tueur frappe encore, que diront les journalistes, les criminologues et les magistrats : « Excusez-nous, tout le monde peut se tromper » ?

## Une vallée de larmes

Me voilà de nouveau enfermée chez moi à pleurnicher en pensant à Ferrari. Quand je parviens à m'arrêter et que j'allume la télé, ça me reprend. Il n'y a que des émissions consacrées au tueur en série qui vient de mourir, et sur les plateaux sont apparus des draps entortillés comme ceux que Ferrari a utilisés pour se pendre. On a même diffusé une vidéo où un acteur à l'air dément interprétait la scène du suicide, avec un fondu au noir atroce. Le cadavre était ensuite cadré pendant qu'un gardien le décrochait de la fenêtre, et l'acteur laissait pendre sa tête, mâchoire tombante. Abominable.

Mon portable sonne sans arrêt, mais je ne réponds pas. Les journalistes ont dû se donner mon numéro et ils me laissent des messages pour m'inviter à passer à la télé. Ils veulent stimuler leurs conversations de salon, toujours animées par les mêmes invités qui passent d'une émission à l'autre et répètent la même chose.

La seule nouveauté est un criminologue qui joue le rôle du partisan de l'innocence. Je l'ai vu une ou deux fois lancer l'hameçon : « Et si ce n'était pas lui ? », ce qui déclenchait un chahut incroyable : « Tu as déjà vu un innocent se suicider après son arrestation ? » Je crois être la seule dans toute l'Italie à rester convaincue que Ferrari n'y est pour rien. Et j'ai décidé d'aller à son enterrement.

Ce matin encore je lis les avis de décès du *Corriere della Sera*. Le sien y sera peut-être. Le voilà ! Il est perdu au milieu d'une vingtaine d'avis concernant la comtesse Ninin Della Porta Raffo, quatre-vingt-douze ans, sans doute partie pour le paradis dans une Rolls Royce conduite par son majordome. Celui de Ferrari ne provient que de sa femme Luisa : « Un homme qui a vécu honnêtement est mort tragiquement. Le temps lui rendra justice, mais ne pourra pas lui rendre la vie. Son épouse se souviendra toujours de lui avec estime et amour. Les obsèques civiles auront lieu au cimetière de Lambrate le 19 mars à 16 heures. »

Mon ex-chef de service n'était pas du genre à aller à la messe le dimanche. Demain j'irai à Lambrate.

Je me suis garée près de l'entrée du cimetière. Je demande au gardien où se déroulent les cérémonies civiles et il me susurre à travers la vitre : « Dans le bâtiment gris, devant la pelouse. » Je me dirige vers le petit bâtiment trapu dans une grande agitation. Le vert intense de l'herbe, très bien entretenue, ne me calme aucunement. J'entre sur la pointe des pieds, parce que se présenter à l'enterrement de quelqu'un qui n'était ni un ami ni un parent est presque déplacé. Il ne me semble pas voir de photographes comme à la messe en l'honneur de Sereni. Visiblement, les funérailles des suicidés ne plaisent à personne.

La scène que je trouve à l'intérieur est différente de celle à laquelle je m'attendais, triste et austère : on se croirait au supermarché des obsèques, les cercueils sont posés sur des chariots et installés dans de petits box. Les parents sont debout autour des bières en attendant que leurs chers disparus soient transportés dans la salle des cérémonies.

J'ai du mal à m'orienter. Comment trouver le cercueil de Ferrari ? Je jette un regard rapide au premier box, mais il y a là une veuve d'au moins quatre-vingts ans, entourée de ses enfants et petits-enfants. Dans le deuxième, un groupe de Sud-Américains pleure bruyamment, enfants compris.

Le mort était sans doute jeune. Puis je vois une famille italienne : cette fois, la veuve a dans les cinquante ans.

Je m'avance, un peu gênée. « Vous êtes la famille de M. Ferrari ? »

Ils me regardent ahuris, comme si je leur avais demandé où j'avais atterri, sur Mars ou sur la Lune. Confuse, je murmure « Excusez-moi » et j'essaie le box suivant. Il n'y a que trois personnes : une femme et deux hommes, tous trois très dignes, silencieux, et qui ne pleurent pas. Je me hasarde à dire : « Je cherche les parents de M. Ferrari. »

La femme répond avec brusquerie : « Et vous qui êtes-vous ? »

Ce doit être le bon endroit. « Je m'appelle Francesca Zanardelli, je travaillais dans son bureau. »

Mme Ferrari – c'est bien elle ! – me sourit presque. « Mon mari m'avait parlé de vous... vous aviez été la seule à lui dire que vous témoigneriez en sa faveur contre Santi. »

Je ne parviens pas à retenir mes larmes. « Santi était un homme mesquin et rancunier, il voulait faire payer tout le monde, y compris ceux qui n'y étaient pour rien comme votre mari !

– Je sais, je sais », répond sa veuve, et elle me serre affectueusement le bras. Puis elle indique les deux hommes qui l'accompagnent : « Francesca, je vous présente deux camarades d'université de Gianfausto. Ils le connaissaient depuis trente-cinq ans et n'ont jamais cru que c'était lui le monstre qui étranglait ses collègues. On dirait qu'ils sont les seuls. »

Je tends la main à ces deux messieurs dignes, faits du même bois que mon ex-supérieur. Ils la serrent avec une vigoureuse amabilité, en me regardant dans les yeux.

Mme Ferrari poursuit : « Tous les autres, à commencer par nos voisins, sont convaincus que Gianfausto est le tueur en série. Je vais déménager, je ne peux plus vivre à côté de ces gens.

– Vous voulez parler de la dame qui habite au-dessous de chez vous ?

– Oui. Le lendemain de l'arrestation de Gianfausto elle aussi a porté plainte contre lui. Vous connaissez cette histoire stupide des fuites d'eau sur son balcon ? À l'entendre, mon mari voulait la tuer ! Je ne pensais pas qu'il existait des personnes aussi méchantes. »

Je suis prise d'une rage incoercible. « Pourquoi elle n'est pas morte à la place de M. Ferrari cette garce ? Elle n'a pas honte d'être aussi répugnante ? »

Mais la veuve a retenu la leçon : « Je vous en prie, Francesca, ne commettez pas les erreurs de mon mari ! S'il s'était tu, il serait encore en vie. C'est inutile de se battre contre la mesquinerie des autres. »

Je suis émue encore une fois : « Comme M. Ferrari a dû souffrir pour lâcher toutes ces folies sur le tueur.

– En prison, Gianfausto ne dormait plus, il refusait toute nourriture, il était devenu agressif, incontrôlable, il délirait... il aurait fallu le soigner au lieu de continuer à l'interroger, dit-elle en soupirant.

– Le procureur vous a accusée de faux témoignage ?

– Non, il ne pouvait pas m'inculper alors que la culpabilité de mon mari n'était pas prouvée. »

J'exprime mes sinistres prévisions en élevant le ton : « Je suis sûre que celui qui a étranglé Santi et Sereni va tuer de nouveau, et Guidoni vous présentera des excuses pour avoir accusé votre mari, même s'il est trop tard. »

La pauvre femme répond dans un murmure : « Je pense comme vous, mais on ignore quand l'assassin récidivera. »

Je crie : « Entre les morts de Sereni et de Santi il ne s'est écoulé qu'un mois. Vous verrez, quelqu'un d'autre sera bientôt étranglé !

– Francesca, s'il vous plaît, n'en parlez à personne ! Essayez de ne pas attirer l'attention du tueur, le vrai, et ne risquez pas votre vie vous aussi ! » me supplie-t-elle.

il devait être plus fou qu'il n'y paraissait. Si vraiment ce n'était pas lui, pourquoi a-t-il dit que le tueur avait bien fait de s'en débarrasser ? »

Parodi et Gavazzeni répondent par un soupir. Au fond, nous aimerions tous avoir la certitude que Ferrari était bien l'étrangleur ; nous cesserions d'avoir peur et nous pourrions retourner à notre vie tranquille, avec seulement quelques mauvais souvenirs à oublier.

Bien que je sois persuadée de son innocence, je n'ai aucune envie de discuter avec cet excité de Colombo et je décide d'aller dire bonjour à Paolo. Dans le couloir qui mène à son bureau je croise un type que je n'ai encore jamais vu ; un nouvel employé ? Bizarre qu'en ces temps de crise Vernini engage quelqu'un. C'est peut-être un de ces consultants externes qui viennent de temps en temps travailler chez nous. Il a une barbe très courte et des cheveux châtains. Nous échangeons un regard rapide. Il a l'air timide et gentil, et la tête de quelqu'un qui ne raconterait jamais de salades, mais allez savoir si c'est le cas. Après ce qui s'est passé avec Maurizio, je pourrais passer dix ans avant de faire confiance à quelqu'un. Non, plutôt cent.

Mais quand j'arrive dans le bureau de Paolo je sens une petite vague de bonheur me caresser le cœur. À cause du regard échangé dans le couloir avec l'inconnu ?

Paolo s'affaire sur son ordinateur et lève les yeux pour me dire bonjour. Après quelques civilités rapides – je ne l'ai pas vu depuis un bout de temps ! – je crache une question que je n'aurais jamais pensé lui poser : « Tu connais le nouveau avec une petite barbe ? »

Pour lui, ce n'est que de la curiosité, de celle, un peu inutile, qui est propre aux femmes. « Qui ça, Federico ? C'est un informaticien. Il travaille pour une société extérieure, je ne sais pas combien de temps il va rester chez nous. » Puis il se tait, parce que, pour lui, la vie des autres n'est digne que d'un respect poli, sans que personne y fasse intrusion. Même si je voulais en savoir davantage sur le nouveau collègue, je ne tirerais plus rien de lui. En plus, je ne suis pas d'humeur. J'ai seulement envie de me faire consoler: «Je vais très mal, Paolo, je n'arrive même pas à passer devant le bureau de Ferrari.»

Mais il m'expédie tout de suite: «Francesca, excuse-moi, mais j'ai des trucs urgents à faire. On se retrouve à la porte à midi trente et on en parle tranquillement, d'accord?

– D'accord, à plus tard.» Et je retourne à mon poste, découragée.

Je devrais peut-être chercher une autre amitié, avec une collègue. Elle pourrait être un peu plus communicative que Paolo. Avant que ce salaud de Maurizio me plaque, je déjeunais quelquefois avec deux femmes, mais j'ai su plus tard que c'étaient elles qui avaient raconté partout que j'avais fait une tentative de suicide. Et si j'essayais de bavarder dans les cagibis à café je sais que nous finirions par parler de Sereni, de Santi et du «bureau de la mort», comme l'appelle quelqu'un. Je sens sur moi une curiosité poisseuse que je fuis dès que je comprends qu'il y a quelqu'un qui cherche à engager la conversation.

En sortant de l'ascenseur au quatrième je tombe sur le directeur. «Voilà notre Zanardelli! Vous avez passé de bonnes vacances?» me demande-t-il d'une voix tonnante.

De bonnes vacances? Comme si j'étais allée aux Seychelles! Je laisse échapper la réponse qu'il mérite: «Espérons que quelqu'un d'autre se fasse bientôt tuer, nous aurons encore deux semaines de congé!»

Vernini est stupéfait: «Comment vous permettez-vous de plaisanter sur un tel sujet! Venez me voir tout de suite!», et il se dirige vers la salle de torture. Je me demande quelle sera ma punition, cette fois j'y suis vraiment allée un peu fort.

Nous entrons dans son bureau et il ferme la porte. Il me fait signe de m'asseoir et s'enfonce dans son fauteuil directorial. Il a l'air fou de rage, ses narines frémissent. «Je vous avais dit de vous tenir tranquille et de ne pas vous attirer d'ennuis, mais vous êtes allée à l'enterrement de Ferrari ! Et maintenant la police va vous demander quelles relations vous entreteniez avec quelqu'un qui a tué deux personnes.»

Vernini ressemble au chef de la CIA, il sait toujours où et avec qui nous nous trouvons... mais j'ai le droit d'aller à l'enterrement de qui je veux, non ? Je réponds du tac au tac : «J'ai travaillé deux ans avec Ferrari, j'ai considéré que c'était un devoir.»

Vernini le prend mal. «"Un devoir" d'assister aux obsèques d'un tueur en série qui projetait peut-être de vous tuer ? Et vous comptez aussi être présente à l'enterrement du fiancé qui ne vous a pas épousée ?»

Le directeur est passé maître en coups bas, y compris illégaux, attendu qu'il s'agit de ma vie privée. Mais ce n'est pas le moment de brandir la loi sur cette question. «Je voulais seulement dire à la femme de Ferrari qu'à mon avis son mari n'était pas un assassin, et qu'il a seulement eu la légèreté de céder aux provocations de Santi.»

La fureur de Vernini augmente encore. «Écoutez, nous faisons notre travail et les magistrats font le leur. S'ils l'ont arrêté, c'est qu'il y avait une raison, et il n'a certes pas fait bonne impression pendant qu'il était en prison !

– Je sais, mais il n'y a aucune preuve qu'il a tué ces deux personnes.

– Écoutez-moi bien, Zanardelli, si vous allez clamer partout que Ferrari était innocent et que l'assassin est encore libre, je vous licencie ! Je trouverai un moyen, ou plutôt j'en inventerai un pour pouvoir vous flanquer dehors malgré votre contrat. Et quand vous chercherez un poste dans la coopérative qui assure l'entretien de nos locaux j'aviserai ces gens-là que si je vous rencontrais par hasard dans les couloirs avec votre balai je me débarrasserais aussi de la coopérative ! J'ai été clair ? »

Je voudrais lui dire que c'est moi qui ai raison, et que tout le monde s'en rendra compte tôt ou tard. L'assassin attend avant de supprimer quelqu'un d'autre. Ferrari n'a pas tué Santi et Sereni. Leur véritable meurtrier a probablement encore chez lui une bonne réserve de corde blanche.

Mais je me tais et je retourne à mon bureau. Non, ce ne sera pas agréable de clamer : « Vous avez vu ? Je vous l'avais dit ! », quand il y aura un énième collègue à enterrer.

Il vaut mieux attendre que la chose arrive pour de vrai.

Nous avons recommencé à travailler depuis une semaine et c'est comme si Santi n'avait jamais existé. Vernini n'a pas organisé de messe à son intention comme pour Sereni ; Laura m'a dit qu'il avait trop peur de la presse.

Santi et Sereni ont laissé derrière eux un souvenir tellement déplaisant que personne ne se risque à prononcer leur nom. En plus, l'affaire est officiellement résolue. La version répandue par les enquêteurs est que Ferrari était une sorte de justicier qui tuait les employés qui ne lui étaient pas sympathiques, mais sans avoir l'étoffe du véritable tueur en série, vu qu'il s'était pendu dès son incarcération.

Au bureau, tout le monde est convaincu de sa culpabilité, et Laura m'a confié que bientôt les caméras de surveillance seront supprimées.

Sa source devait forcément être le directeur, et j'ai bêtement demandé confirmation : « C'est Vernini qui te l'a dit ? Et on le fera quand ? »

La pauvre Laura s'est affolée et elle m'a planté les ongles dans le bras en serrant très fort tout en chuchotant : « Jure-moi que tu ne le diras à personne ! Vernini me licencie s'il apprend que je parle de ces choses-là ! »

Je l'ai immédiatement rassurée : « Ne t'inquiète pas ! Tu peux me faire confiance ! », comme si elle venait de me révéler des secrets d'État sur les projets nucléaires iraniens. Caméras ou pas, il règne un climat chaleureux d'après-guerre. On entre et sort seul des toilettes dans la paix et la bonne humeur, et dans les salles de réunion il arrive qu'on trouve de nouveau quelque collègue solitaire en quête d'un peu de tranquillité et de concentration pour rédiger un document.

Le seul problème c'est que Planification et Contrôle est en train de devenir Réfutation et Massacre, comme dit Colombo, attendu que Galli applique soigneusement ses stratégies pour éviter de prendre des décisions ou se faire reprocher quoi que ce soit. Il n'envoie pas de mails et ne répond pas à ceux qu'on lui envoie. Le maximum qu'on puisse espérer est un coup de téléphone pour échanger deux mots sur ce qu'on lui a écrit. Mais il veille à ne laisser aucune trace écrite de ce qu'il fait, de façon à protéger ses fesses en cas de besoin.

Notre service est en train de glisser vers une dangereuse anarchie comptable, et des discussions surgissent entre nous quatre ; elles éclatent comme des feux follets pour s'éteindre en un clin d'œil dès que le directeur met le nez dans notre pièce, attiré par les hurlements de Colombo, qui est toujours le plus bagarreur. Je reconnais qu'il me devient presque sympathique, il a un caractère de cochon, mais au moins il trouve le courage de dire – ou plutôt, de crier – ce qu'il pense.

Hier, par exemple, il a essayé vainement d'entraîner Galli à la réunion avec nos collègues de l'exportation. Ferrari ne la manquait jamais, elle était indispensable pour vérifier qu'ils n'avaient pas visé trop haut dans leurs prévisions de ventes, rien que pour faire bonne impression. Mais la lâcheté du Flan est allée jusqu'à téléphoner à Colombo cinq minutes avant en lui disant qu'il attendait un appel extrêmement important, et qu'il arriverait avec une demi-heure de retard. Puis il s'est enfermé dans son bureau et n'en est sorti qu'à six heures et demie. Il est apparu avec l'air le plus angélique du monde et a demandé : « Ils sont déjà tous partis ? »

Colombo lui a hurlé le « oui » le plus aigre que j'aie jamais entendu et l'a agressé : « Et maintenant qui va s'assurer que ces fichus chiffres sont réels ? »

Ferrari les aurait massacrés pour obtenir la vérité, mais Galli ne veut pas d'ennemis et il est terrorisé à l'idée que l'un de nous démasque les menteurs. Le Flan, comme tous les timorés, est faible avec les forts et fort avec les faibles, il ne perd donc pas une occasion de nous réprimander chaque fois que nous nous risquons à contester un de ses amis.

Aujourd'hui le savon est pour moi, parce que ce matin j'ai envoyé au responsable des ventes en Europe un mail où je mettais en doute ses prévisions triomphantes, et j'ai commis une triple erreur. Tout d'abord, j'ai écrit au lieu de téléphoner. Ensuite j'ai insinué qu'un autre collègue racontait des salades, alors que détecter une telle éventualité est réservé aux dirigeants, c'est-à-dire à Galli. En enfin, je ne lui ai pas fait lire mon mail avant de l'expédier.

Une des manœuvres sournoises du Flan consiste en effet à censurer nos mails. Il nous a prévenus le premier jour, en parlant de lui à la troisième personne comme un empereur : « Votre chef de service veut savoir ce que vous écrivez ! »

Autrement dit, avant d'envoyer un mail nous devons le lui communiquer, et en général il le bloque à jamais, sous prétexte qu'il n'a pas le temps de le lire. Ou alors il en rédige une version expurgée que nous devons envoyer en notre nom, sans signaler qu'il en reçoit une copie.

Quand je m'assois en face de lui, il me regarde d'un air déçu. De plus en plus maussade, il commence enfin son prêche : « Francesca, dans une entreprise on travaille ensemble. » Et afin de souligner la notion d'« ensemble », il entrelace ses doigts pour illustrer l'union solide. Il reste quelques secondes dans cette posture ridicule puis reprend avec autant de clarté que la sibylle de Cumes : « Les relations doivent être réciproques, vous comprenez ? » L'idée est lumineuse : il est en train de me dire de ne plus rien faire de ma propre initiative.

« Francesca, poursuit-il, nous avons tous des défauts. Mais si nous les connaissons nous pouvons apprendre à les contrôler. Vous êtes trop impulsive ! Vous devez éviter de suivre votre instinct quand il vous porte dans la mauvaise direction. Il suffit parfois de penser à toutes les conséquences possibles de nos actions pour comprendre ce qu'il faut faire. J'ai été clair ? Les entreprises ne tiennent debout que si les personnes ont confiance les unes dans les autres. Mettre en doute la bonne foi d'un collègue est une erreur que nous ne devons pas commettre. Et si cela vous arrivait ? Si quelqu'un ne vous croyait pas, comment réagiriez-vous ? Vous devez apprendre à vous mettre à la place des autres sans partir du principe qu'ils ont tort. »

Il fait une pause pensive, presque ému par sa loquacité inspirée. Puis il repart, sa crise de logorrhée n'est pas finie. « Francesca, vous devez savoir qu'un chef est respecté parce que son objectif est de défendre son personnel. J'ai confiance en mes collaborateurs », et il s'interrompt encore quelques secondes, pour laisser son âme limpide et pure se libérer dans les airs. Il reprend avec l'intensité d'un ange incompris : « Pourquoi ne me faites-vous pas confiance ? Mon unique objectif est d'aider mes collaborateurs en utilisant toutes les incitations à notre disposition pour qu'ils apprennent à se comporter du mieux possible. »

Arrivé là il me regarde droit dans les yeux, il sait très bien que j'ai compris le message. Les incitations auxquelles il se réfère ne concernent pas la nourriture de mon esprit, mais des aspects plus matériels de mon existence, tels que mon accès au statut de cadre, par exemple – dont je crains qu'il n'arrive jamais –, ou la minuscule prime de juillet que Ferrari m'accordait toujours pour me montrer combien il appréciait mon professionnalisme.

La leçon du Flan est heureusement interrompue par Colombo, qui ouvre la porte sans frapper et tempête : « J'ai appelé ceux des ventes et je leur ai dit que s'ils ne nous envoient pas les chiffres réels d'ici à jeudi je ferai un rapport à l'administrateur délégué. On ne peut pas continuer comme ça ! »

Galli se recroqueville comme s'il avait reçu un coup de poing dans l'estomac. Toute son audace oratoire disparaît d'un coup, il pâlit et son front se couvre de sueur. Comprendra-t-il un jour que c'est plus facile de travailler plutôt que tout faire pour l'éviter ? Je me lève et file vers la sortie pendant que Colombo s'assoit à ma place avec un sourire goguenard. Le Flan n'a pas la promptitude de Vernini, qui l'aurait immédiatement fichu dehors. Une demi-heure plus tard ils sont encore enfermés. Pauvre Galli…

Il y a deux jours j'ai reçu un mail du speed dating : « Chère Francesca, nous te communiquons les résultats de la rencontre de février à la Happy House. Tu avais obtenu huit préférences, mais comme tu n'en as indiqué aucune nous n'avons pas pu t'assortir à des participants. Nous t'invitons à jouer une autre fois avec nous ! »

J'ai effacé le message et enregistré aussitôt l'adresse de l'expéditeur comme courrier indésirable, au cas où on m'écrirait encore pour m'inviter à « jouer » avec eux.

Regina aussi a reçu un mail, ma mère me fait bombarder de coups de téléphone par papa pour savoir combien de préférences j'ai obtenues. D'après Mme Giovanna, sa fille en aurait eu quinze, dont au moins douze parmi lesquelles se cache sûrement un futur mari pour le hareng saur. Sans doute un calmar ou un poulpe.

J'ai fait croire jusqu'ici que ma boîte de réception était vide, mais je suis fatiguée des appels de papa, qui n'a plus la force de s'opposer à la nouvelle amitié de ma mère.

Mon portable sonne pour la énième fois, c'est lui, naturellement.

À ce stade il ne me reste plus qu'à mettre en œuvre le plan du prince charmant, et ils me laisseront un peu tranquille.

« Bonjour papa, j'ai enfin une bonne nouvelle ! »

Je perçois derrière la voix de mon père celle de ma mère qui demande tout excitée : « Elle a reçu un mail ? », et mon père qui essaie de la calmer : « Maria, laisse-moi parler avec Francesca, elle dit qu'elle a une bonne nouvelle. »

« Papa, les résultats sont finalement arrivés ! Je viens dîner ce soir et nous en parlerons.

– Parfait, trésor, à ce… », mais il ne peut pas terminer sa phrase parce que ma mère le harcèle : « Demande-lui combien elle a eu de voix ! »

Je reste inébranlable : « Je vous raconterai tout ce soir ! » Et je raccroche.

Quand j'arrive, c'est ma mère qui m'ouvre. Elle porte une robe noire qui fait ressortir ses yeux verts, et un léger maquillage. Après le suicide de Ferrari elle a quitté son lit, elle a arrêté de regarder ses séries sanglantes et s'est fait acheter par mon père les DVD de toutes les saisons de *Don Matteo*. Et maintenant que l'affaire du tueur en entreprise est classée, elle ne pense qu'à une chose, mon futur fiancé. Et elle attaque tout de suite : « Combien tu as reçu de "OK" ? »

Je réponds fermement : « Asseyons-nous au salon, je vais tout vous raconter. »

Elle s'affale sur le canapé, et papa arrive avec son tablier de cuisinier. Ma mère a recommencé à s'occuper d'elle, mais on dirait que sa grève des fourneaux dure encore. Je démarre en trombe : « Comme je vous l'avais dit, au speed dating il n'y avait qu'un homme qui me plaisait beaucoup, et je lui avais donné mon seul "OK" en espérant qu'il me choisisse lui aussi, et j'aurais enfin trouvé mon prince charmant. »

J'y vais peut-être un peu trop fort, parce que papa me regarde d'un air soupçonneux, il a compris que je mens, mais il ne voit pas encore où je veux en venir. J'essaie de paraître émue : « La bonne nouvelle, c'est que lui aussi a mis "OK"... je lui ai plu ! »

Mais ma mère n'est pas satisfaite : « Enfin, trésor, tu en as eu combien ?

– Un seul, maman, j'en ai eu un ! Le seul qui comptait pour moi.

– Rien qu'un ? La fille de Mme Giovanna en a eu quinze ! »

Cette fois je vais l'étrangler sans même l'anesthésier. « Maman, dans les speed dating ce n'est pas celui qui recueille le plus de voix qui gagne, mais celui qui trouve une personne qui lui plaît réellement ! Et j'ai eu cette chance.

– Mais si Regina en a reçu tellement c'est qu'elle plaît davantage que toi !

– Tu crois vraiment que Regina a plu à quinze hommes sur vingt-cinq ? En pourcentage ça voudrait dire que deux hommes sur trois seraient prêts à sortir avec cette espèce de hareng crêpé ! Ça te paraît vraisemblable ? Il doit y avoir une raison pour qu'elle vive encore chez sa mère.

– Trésor, ne fais pas des discours de comptable, en plus, Mme Giovanna m'a dit...

– Mme Giovanna raconte d'énormes bobards ! Et elle est méchante, parce qu'elle te les raconte à toi, qui as vu ta fille se faire plaquer devant l'autel. Ta prétendue "amie" n'a pas une miette de sensibilité.

– Francesca, tu ne peux pas offenser quelqu'un que tu ne connais pas, et si Mme Giovanna ne t'a jamais été sympathique c'est parce que tu étais de parti pris.

– Tu ne sais pas à quel point tu te trompes, maman, mais laisse-moi finir, nous reviendrons à Mme Giovanna plus tard. Tu veux le savoir ou pas, comment ça s'est passé avec ce seul homme à qui j'avais dit oui?

– Bien sûr que je veux le savoir, trésor!»

Le moment est venu d'abattre mon poker de faux as en espérant qu'elle ne comprenne pas que je bluffe. «Nous sommes sortis ensemble, hier soir! Je ne voulais rien vous dire avant!»

Ma mère se lève et fait une pirouette en battant des mains. «Dis-moi, Francesca, c'est vraiment ton prince charmant?»

Je lance un dernier regard ardent à mon public en délire et je déclare d'une voix décidée: «Oui, c'est lui!»

Ma mère sautille, elle ne se tient plus de bonheur et crie à mon père, anéanti sur le divan: «Nous avons réussi, Amedeo, nous avons réussi!» Puis elle se précipite vers le téléphone: «Je vais tout de suite le dire à Mme Giovanna!»

Mais je suis plus rapide qu'elle et je l'arrête avant qu'elle n'atteigne l'appareil. «Tu veux savoir si je reverrai Federico?» Le nom de mon collègue aux yeux bleus m'est venu instinctivement.

«Bien sûr, mais quel rapport avec Mme Giovanna?

– Maman, tu dois respecter une condition si tu veux que je te parle encore de mon histoire avec lui! Sinon tu ne viendras même pas à mon mariage, je me marierai en cachette, c'est clair?

– D'accord, dis-moi.

– Tu ne devras plus jamais parler avec Mme Giovanna, parce qu'elle mourra de jalousie quand elle saura que j'ai rencontré l'homme idéal, et elle fera tout pour me gâcher la vie, surtout la tienne.

– Mais quelle excuse trouver pour ne plus lui parler?

– Ne t'inquiète pas, maman, je m'en occupe. »

Je prends le téléphone. Mme Giovanna ne perd pas de temps en cérémonies et enquête aussitôt: « Alors, Francesca, du nouveau? Je pense que tu n'as pas encore reçu de mail! »

Inutile de tergiverser, je lui envoie d'emblée: « Je voulais faire une surprise à ma mère. Je suis déjà sortie une fois avec le seul garçon qui me plaisait. »

La fouineuse n'a pas confiance. « Et quel numéro avait-il? Regina lui plaisait peut-être aussi. Tu sais, elle a eu quinze voix, et il était sûrement de ceux qui l'ont choisie! Je comprends très bien les hommes, ils disent oui à toutes les femmes parce qu'ils veulent mieux les connaître avant d'entamer une histoire sérieuse! Alors à ta place, ma petite, je ne me ferais pas trop d'illusions... »

Ça suffit, elle me fatigue vraiment. « Madame, si votre fille devait sortir avec quelqu'un, il suffirait qu'elle l'emmène une seule fois chez vous pour le faire disparaître à tout jamais. Vous détruiriez la vie de quiconque vous tombe sous la main et votre malheureuse enfant restera vieille fille! Pour l'éternité! »

Ma mère est saisie de stupeur, mais je continue: « Je vais vous raccrocher au nez, mais avant, je veux vous mettre en garde: si vous appelez encore ma mère, je dépose plainte contre vous pour harcèlement! » J'ai à peine le temps de l'entendre dire: « C'est moi qui porte plainte, tu n'es qu'une déséquilibrée! », et je raccroche. J'ai arrêté de jouer à la gentille fille et de satisfaire les lubies de ma mère. Je sens la colère couler dans mes veines, et je l'accueille presque avec gratitude. Si je dois me battre pour ma tranquillité, cette fois je ne reculerai pas.

Ma mère s'est naturellement remise à pleurer, mais papa ne fait pas un geste pour se lever du canapé. De toute évidence il est de mon côté.

Alors elle s'approche de lui en tremblant et bredouille : « Amedeo, tu ne dis rien ?

– Cette femme est vraiment insupportable ! Si tu l'appelles encore, tu ne me verras plus ! » Il se lève et se dirige vers la cuisine. « Je vais manger quelque chose, quelqu'un me tient compagnie ? »

Je le suis en silence sans tenter de convaincre maman de s'asseoir à table. Si elle a faim, elle viendra sur ses deux jambes.

Elle arrive peu après. Elle a le regard clair, on dirait qu'elle s'est réveillée d'un sommeil de cent ans. Elle me prend la main et chuchote d'une voix contrite : « Je suis désolée, Francesca, mais quand tes collègues ont été tués j'ai pensé que je ne le supporterais pas. Heureusement, Amedeo m'a aidée. À présent nous n'avons plus de raisons de nous inquiéter, le tueur en série n'est plus, et tu as enfin rencontré un brave garçon. Je dois être courageuse et recommencer à vivre normalement. » Elle a un sourire reconnaissant pour mon père et serre aussi sa main. « Mon chéri, demain je t'accompagnerai faire les courses et je préparerai peut-être quelque chose de bon. » Puis elle se tourne vers moi et me demande : « Quand vas-tu nous présenter Federico ? Tu pourrais l'inviter un de ces soirs à dîner. »

Papa me lance un coup d'œil. Comme il croit toujours pouvoir trouver une solution à tout, je me demande ce qu'il va inventer. Il louera peut-être un acteur comme on loue les costumes de carnaval, et il écrira les dialogues du dîner en famille : « Bonsoir, madame, comme je suis heureux de faire votre connaissance, etc., etc. » Il serait tout à fait capable d'organiser un faux mariage, dans une fausse église, avec un faux prêtre, de faux témoins et de faux invités. Si papa s'y met, il peut le faire.

## Réorganisons-nous

Au bureau le bruit court qu'il va y avoir une réorganisation. Tous les deux ans, le siège central lance un nouveau slogan: «Nous voulons des petites structures souples!», «Plus de perspective et moins de personnel!», «Efficacité et synergie entre les branches!», avec pour résultat que pendant deux mois on ne parle que de la prochaine volte-face dans le programme, et que tout le monde essaie de deviner quels seront nos collègues «promus» ou «mis dehors».

Je n'ai jamais été une mordue de ces débats, mais je n'arrive pas à les éviter parce que Colombo les adore. Cette fois il fait une campagne de dénigrement contre le Flan en diffusant généreusement toutes les vacheries possibles sur le nouveau chef du service «Réfutation et Massacre».

Il est assis sur sa table jambes croisées et se vante de ses hauts faits de délateur. Selon lui, le directeur serait très inquiet pour nos anciens bilans qui vont à vau-l'eau et il voudrait comprendre ce qui se passe dans notre unité éprouvée. Il l'aurait convoqué deux ou trois fois, comme Colombo le raconte avec un air plus inspiré que d'ordinaire: «Ça n'est pas facile d'expliquer à Vernini qu'il faut des couilles pour faire notre boulot! Il faut contrôler les données qu'on nous envoie et avoir le courage de demander des vérifications. Parce qu'ensuite il y a des erreurs, et nous devons revoir le bilan pour que les comptes soient justes. Nous ne pouvons pas le corriger deux fois par semaine! Nous serions des clowns, pas des planificateurs.»

Le taciturne Parodi intervient: « À propos, qui est entré hier soir dans le fichier du bilan et a retiré deux millions des dépenses pour que ça colle avec l'actif? Ça ne serait pas toi ? »

Colombo s'indigne. « Comment tu peux insinuer que j'ai modifié en cachette des données que j'ai insérées moi-même ? C'est sûrement Galli ! »

Parodi ne lâche pas prise : « Le Flan ne sait rien faire, tu peux m'expliquer comment il aurait pu déplacer deux millions ? Je n'y croirais pas même si je le voyais. »

L'autre insiste : « Qui d'autre, sinon ? Quand Ferrari était là il nous racontait toujours ses manœuvres. Et personne ne l'a jamais accusé de tricher sur les budgets. Il avait de la classe, lui ! »

Parodi n'en démord pas : « Alors hier soir ça n'était pas toi ? »

Colombo continue de nier : « Je te jure que non ! Il doit y avoir parmi nous un Judas qui entre en cachette dans le bilan et fait ce que lui demande Galli ! » Puis il saute de sa table, se plante au milieu de la pièce et s'exclame, emporté par ses propres paroles incandescentes : « Je veux savoir qui ment : allons, Judas Iscariote, avoue ! »

Gavazzeni se tait, serait-ce lui le traître ? Ou bien c'est Parodi, qui pour se défendre rejette la faute sur les autres.

Colombo voyage à présent sur les ailes de son mysticisme : « Seul le Sauveur pourrait nous tirer du pétrin où le Flan nous a mis, notre unique espoir c'est qu'il disparaisse avec la prochaine réorganisation ! »

Parodi s'informe prudemment : « À propos, tu sais quelque chose ? Quand sera définie la nouvelle structure ? »

Colombo en sait moins que nous, mais jamais il ne l'admettrait. « Il paraît que c'est pour bientôt... peut-être avant la fin du mois. Espérons que Galli retournera tailler ses crayons dans le bureau où il était avant !

– Comment fait-il pour s'en tirer chaque fois ? demande soudain Gavazzeni. Les dirigeants ne sont jamais licenciés ? »

J'interviens : « Non, on les fait monter au Paradis de leur vivant, parce que ce serait trop vulgaire d'attendre leur mort. Seuls les cadres et les employés meurent, les dirigeants, eux, s'envolent au ciel et sont assis à la droite du Père ! »

Je réussis à faire rire Colombo qui me répond : « Oui, et quand ils arrivent là-haut ils établissent un organigramme pour décider qui doit être le plus près de Notre-Seigneur. »

J'en rajoute : « Et quelqu'un d'autre prépare leurs cartons. Tandis que nous, nous devrons empaqueter nos paperasses même si on nous expédie en enfer ! »

Colombo laisse transparaître un brin d'amertume : « À qui le dis-tu... je n'en peux plus de déménager, mais cette fois on nous laissera peut-être au quatrième étage. » Et il se tait, démoralisé.

J'ai appris à accélérer la mise en cartons de mes affaires, mais avec les réorganisations on ne sait jamais ce qui peut arriver. Vous pouvez finir dans un bureau sombre avec deux ou trois collègues qui passent des heures au téléphone et vous empêchent de travailler, ou vous retrouver tout aussi bien dans une belle pièce claire et en profiter au maximum, parce que la chance pourrait ne pas durer longtemps.

Je me mets au travail pour chasser l'inquiétude que je sens monter, mais je m'aperçois soudain que Parodi a raison, quelqu'un est entré dans le bilan et a brassé les chiffres à tort et à travers dans une gigantesque macédoine comptable. Je ne peux pas retenir un hurlement : « Il y a vraiment un traître parmi nous qui défait la nuit ce que nous faisons le jour, mais il n'a pas le courage de le dire parce que c'est un espion de Galli, ou plutôt un collaborationniste qui veut recevoir une prime en juillet ! Il détruit notre travail pour trois mille euros ! Brut, même pas net. »

Colombo n'en croit pas ses oreilles : je me suis lancée moi aussi sur le ring et je meurs d'envie d'envoyer le coupable au tapis. Il m'encourage : « Bravo Zanardelli ! Nous devons le démasquer ! », et en proie à une vibrante ardeur il déclare : « Et le punir ! » Il ne manque plus que les cris « au bûcher, au bûcher ! » pour que notre bureau se transforme en tribunal de la Sainte Inquisition.

Mais voilà que la voix de Vernini se fait entendre : « Qui voulez-vous punir ? » Il est entré furtivement dans la pièce, aussi silencieux qu'une couleuvre. Personne n'a le courage de lui répondre, comme s'il nous avait surpris en train d'allumer pour de bon le feu purificateur dans lequel jeter le comptable déloyal. Il insiste : « Alors, lequel de vous mériterait une punition ? »

La première surprise passée, Colombo retrouve sa voix et crache toute son aigreur : « M. Galli ne sait pas faire la différence entre dépenses courantes et mouvements du compte courant, mais comme il est prétentieux il veut quand même avoir la main sur nos bilans. Or, il ne sait pas utiliser les programmes, et donc il se fait aider en cachette par quelqu'un pour effectuer quelques changements après sept heures du soir, quand il n'y a plus personne dans le bureau. »

Le directeur reste quelques secondes silencieux et sort de la pièce furieux en grommelant : « Je vais enquêter. » Il s'enferme dans le bureau du Flan en claquant la porte. À voir la tête qu'il fait, il pourrait aller jusqu'à lui arracher les ongles pour le faire avouer.

Aujourd'hui je me sens plus légère, presque de bonne humeur, peut-être parce qu'hier je suis allée voir Paolo dans son bureau et que je l'ai trouvé avec Federico, en train de bavarder tranquillement de randonnées en montagne. C'était la première fois que je voyais Paolo aussi serein, il m'a même dit: « Je peux te présenter Federico Palizzi ? Nous allons travailler ensemble ! »

Du coup j'ai tendu la main au garçon avec une petite barbe, sans pouvoir sortir un mot. Pendant que je le regardais comme une crétine, il me l'a serrée avec fermeté et il est seulement arrivé à dire : « Enchanté, Federico ! », avant de s'enfuir dans le couloir comme si un incendie s'était déclaré.

Il me semblait que sa main me brûlait. Je sentais même un fourmillement bizarre à la pointe de mes doigts, comme si le sang avait recommencé à circuler après une longue période de stagnation.

À présent Paolo m'attend comme toujours devant la porte tournante. Je n'ai pas encore compris comment il fait pour arriver à midi trente pile, alors que je suis très souvent en retard, ce qui d'après lui indique un « manque de sérieux ».

Je lui hurle depuis l'escalier : « Je suis là, Paolo ! », en sachant que je me suis levée de ma table à midi trente et une, et qu'il doit être au moins trente-quatre. Il fait son petit sourire qui veut dire « tu ne changeras jamais », il passe son badge sur le scanner et sort de son pas de chasseur alpin.

Aujourd'hui je suis parvenue à le convaincre de ne pas aller au bistrot habituel. Naturellement, il était contre, parce qu'il ne tolère pas l'imprévu, surtout quand il risque d'entraîner un retard sur son horaire qui prévoit un maximum de quarante-cinq minutes pour le déjeuner. Mais moi, je suis écœurée par la côtelette surgelée accompagnée de salade flétrie. Et en explorant les petites rues autour de notre bâtiment, j'ai déniché une trattoria de dix tables, où le menu complet coûte huit euros, café compris. Après une longue insistance de ma part, Paolo a accepté d'y aller, à la seule condition que le service soit rapide, sinon il n'y remettra plus les pieds.

Nous entrons un peu hésitants dans la trattoria, mais le patron, qui a l'air d'être égyptien, nous installe immédiatement à une table pour deux, et en moins d'une seconde il nous a déjà apporté le menu, où doit figurer l'immanquable côtelette. Je joue le tout pour le tout et je décide de la commander, parce que si elle est réellement faite de viande et sautée à la poêle, et non décongelée au micro-ondes, alors on peut être sûr que les propriétaires de l'établissement sont des gens honnêtes. Si au contraire c'est une de ces horreurs fabriquées avec de la chair de poulet spongieuse, alors le reste sera tout aussi répugnant.

En plus de la côtelette, je commande aussi les spaghettis aux courgettes et aux crevettes – vraiment tout ça pour huit euros ? – pendant que Paolo regarde autour de lui sans rien avoir à critiquer. L'endroit est propre et bien rangé.

J'espère avoir trouvé pour de bon une alternative à notre bistrot. Parce que si la trattoria réussit l'épreuve, Paolo sera disposé à revenir. Mais si elle est recalée, je n'aurai pas la possibilité de faire de nouvelles expériences pendant je ne sais combien de temps.

Pendant que nous attendons d'être servis, je commence à raconter ce qui vient de se passer avec le directeur, mais si Paolo perçoit une odeur de ragots il fait un sourire de Joconde et actionne une membrane spéciale qui ferme ses conduits auditifs et le rend pratiquement sourd.

J'essaie de trouver un sujet de conversation en mesure de les lui rouvrir, et comme je sais qu'il lit en ce moment, sur une période précise, une encyclopédie en douze volumes dont il ne compte pas sauter une ligne je lui demande : « Alors, comment va le Moyen Âge ?

– Pas mal, j'en suis vers la page six cent du quatrième volume. »

La tentation de me moquer de lui est plus forte que moi. « Tu es arrivé à quelle page exactement ? Six cent une ? Six cent deux ? »

Il n'est pas assez bête pour ne pas comprendre que je le charrie et il répond: «J'en suis à la page trois mille trois cent vingt-deux. Tu veux que je te les raconte toutes?»

J'abandonne et lui pose la seule question qui me tient réellement à cœur: «C'est quel genre, ton nouveau collègue Federico? Il a l'air gentil...

– C'est vrai, il est très gentil! Il existe des animaux de sexe masculin qui sont polis et attentionnés. Je ne te parle pas des jars de Konrad Lorenz, je te parle d'êtres humains. Il suffit de les choisir avec soin... dit-il sournoisement.

– Il est marié?»

Paolo a un petit sourire de chat qui vient d'apercevoir une souris. «Si tu veux savoir, hier nous avons parlé de comment aller à Teolo, un village de Vénétie où deux de ses amis vont se marier. Federico a dit qu'il ne voulait pas y aller en voiture parce qu'il a peur de s'ennuyer en faisant le trajet seul. Je dirais donc qu'il n'a ni femme ni fiancée, mais mon opinion ne vaut pas grand-chose. Il a peut-être une compagne, mais il la laisse à la maison pour aller s'amuser, bien que ça ne me paraisse pas vraiment son genre...»

Je suis en train de penser que si Federico était marié ça ne changerait strictement rien à ma vie, quand le serveur nous apporte les spaghettis aux courgettes et aux crevettes, que Paolo a commandés aussi. Les pâtes ont un air tout à fait honorable et le cuisinier les a probablement fait revenir à la poêle. Nous les goûtons, elles sont al dente! Paolo lui-même est stupéfait qu'elles n'aient pas cette mollesse humide qui caractérise les pâtes réchauffées au micro-ondes.

Nous mangeons en silence quelques minutes et je décide de changer de conversation. Je reviens à la restructuration. «Tu as du nouveau? Il y a un tas de rumeurs, mais on n'y comprend rien.»

Paolo répond avec une moue déçue: «Ne les écoute pas, le pire qui puisse t'arriver c'est de changer de bureau. J'en ai vu au moins dix, des restructurations, toujours présentées comme définitives. Au début, rien ne va, et la nouvelle structure doit corriger tous les défauts précédents. Au bout d'un an on en fait une autre et c'est le même refrain. Dorénavant je n'y fais plus attention, de toute façon, mon travail est toujours le même. »

Comment lui donner tort ? Le serveur nous apporte à présent la côtelette, la panure est dorée et croquante, la viande, excellente. Épreuve réussie avec succès. Nous ne retournerons plus au bistrot avec ses photos de sandwichs.

À une heure et demie, l'estomac plein, je suis de retour au bureau. Colombo est encore déchaîné, l'histoire des deux millions déplacés en cachette lui est montée à la tête et il est en train d'incendier Gavazzeni et Parodi.

« Vous devez me demander la permission pour apporter des modifications au bilan, c'est clair ? Ne touchez pas à ces chiffres sans m'en parler ! Je suis le responsable du bilan ! Ce sont mes chiffres, compris ? Les miens ! » Il hurle comme un fou, les cheveux dressés.

Je fais immédiatement demi-tour pour ne pas voir l'expression humiliée des deux autres et je vais me prendre un verre d'eau dans le bunker à café. Mais à mon retour je trouve Gavazzeni et Parodi assis devant la table de Colombo, l'oreille basse et les yeux mouillés de bébés cockers grondés par leur maître.

« Zanardelli, prends ton siège et viens ici ! m'ordonne Colombo. Contrairement à eux, tu es digne de confiance, mais je veux être sûr que vous respectiez tous les règles ! »

Je serais tentée de m'enfuir de nouveau, mais quand Colombo a ses crises de folie il vaut mieux lui obéir. Il commence sa harangue d'une voix très forte : « Personne n'est autorisé à changer une seule virgule sans ma permission... »

Au bout de vingt minutes de tempête il ne s'est pas encore calmé. Ses cris et ses menaces continuent. Mon portable sonne, c'est le numéro de papa. Je sors de la pièce, ce qui me vaut un regard mauvais. Si les yeux pouvaient tuer, je serais morte et enterrée.

« Bonjour papa, tout va bien ?

– Oui, et toi ? Tu sors ce soir ?

– Non, je peux venir chez vous ?

– Tu sais que tu peux venir quand tu veux, mais aujourd'hui c'est vendredi et j'espérais que tu sortirais, peut-être avec une amie.

– Je n'en ai pas envie !

– Trésor, écoute-moi, tu dois reprendre une vie normale. Il s'est passé beaucoup de temps depuis que c'est fini avec Maurizio et tu es devenue un ours. Tu ne peux pas continuer comme ça ! Prends de belles vacances, pourquoi pas aux Maldives ?

– Papa, on va aux Maldives en voyage de noces.

– Aucune importance, vas-y avec une amie !

– Pour envier les couples en lune de miel ? »

Il essaie de plaisanter : « Ta mère a raison de penser que tu dois te marier et partir en croisière !

– Ne me parle pas de croisière, tu te rappelles ce qui est arrivé à celle que j'ai réservée la dernière fois ?

– Oui, excuse-moi… mais pourquoi ne pas aller prendre l'apéritif ce soir avec une collègue ou aller voir un film ?

– Je n'en ai aucune envie, comment je dois te le dire ? Et je n'ai même plus envie de venir chez vous. Je regarderai un film chez moi.

– Ça t'ennuie si je dis à ta mère que tu sors avec Federico ?

– Papa, tu n'as pas compris qu'à force de raconter des salades on n'a que des ennuis ?

– Francesca, cette fois c'est toi qui en as raconté, je me borne à garder ta mère en vie ! Il n'y a rien de mal à ce que je lui dise que tu sors de temps en temps avec ce Federico. Elle va mieux, et je ne voudrais pas devoir lui expliquer qu'il n'y a pas de prince charmant.

– Fais comme tu veux, mais préviens-moi si tu te prépares à organiser le mariage. J'aimerais choisir au moins les demoiselles d'honneur, douze, ça serait suffisant ?

– Ne t'inquiète pas, trésor, j'ai déjà pensé à tout. En ce qui concerne Federico nous nous en tenons aux fiançailles et nous les faisons durer aussi longtemps que tu voudras. Nous dirons à ta mère que c'est un garçon extrêmement réservé et qu'il n'a pas le courage de nous rencontrer. Quand tu trouveras un vrai fiancé, tu l'amèneras à la maison pour nous le présenter.

– Et si mon futur fiancé ne s'appelle pas Federico, qu'est-ce qu'on fait ? Nous disons à maman que je m'étais trompée de nom et qu'en réalité Federico s'appelait Marco ou, je ne sais pas moi, Roberto ?

– Nous y penserons le moment venu. Une chose à la fois !

– Tu veux dire un mensonge à la fois !

– Ma chérie, ne sois pas agressive, allons... nous le faisons pour le bien de ta mère, et de toute façon je suis sûr que tout se passera à merveille.

– Si tu le dis... au revoir, à demain soir. »

En raccrochant j'ai comme une crampe au cœur ; je ne peux plus passer ma vie à écouter ma mère dire que Dexter est un joli garçon et que je dois épouser le premier qui passe.

Que faire ? Aller expliquer à un psychiatre que je suis déprimée parce que tous ceux qui sont assis en face de moi au bureau meurent étranglés ?

Je devrais peut-être préciser au tritureur de cervelle que j'étais déjà déprimée avant et que pour être tout à fait franche les deux victimes ne me manquent pas plus que ça. Il penserait alors que je suis une ordure déprimée, parce qu'il serait honnête de l'informer que je me fiche complètement de mon ex-futur mari. Si par exemple il finissait sous les roues d'une voiture, je n'irais même pas à son enterrement.

Au contraire, je ferais une superbe fête, si seulement je trouvais quelqu'un à inviter.

C'est samedi matin et je reste recroquevillée dans mon lit. Le réveil s'annonce toujours par une légère mauvaise humeur qui remplace lentement les cauchemars. Il y a deux nuits j'ai rêvé que je mourais écrasée par un gigantesque fichier Excel qui me tombait dessus avec la puissance d'une presse. J'appelais au secours en hurlant, mais personne ne venait me sauver. J'essayais de m'enfuir dans le couloir, mais le corps de Sereni dépassait des toilettes, la corde autour du cou. C'est là que je me suis réveillée terrorisée et couverte de sueur. Je dois vraiment avoir besoin de vacances pour oublier ces derniers mois.

J'ouvre les yeux dans la pièce sombre. Un rai de soleil filtre à travers le store, premier signe de printemps après l'interminable hiver lombard. Le téléphone sonne. Le réveil sur la table de nuit indique huit heures cinquante-cinq. À coup sûr, c'est papa.

Sans même vérifier que c'est bien lui, je dis : « Bonjour papa, qu'est-ce qu'il y a ? »

Il répond d'une voix sinistre que je n'avais pas entendue depuis longtemps : « Trésor, il vaut peut-être mieux que tu regardes les nouvelles régionales. Mais avant, je vais te dire une chose terrible. Hier on a tué Galli, ton nouveau chef de service. C'est toi qui avais raison, Ferrari n'y était pour rien. Maintenant va voir les informations, je te rappelle dans un moment. »

Je cours allumer la télé, le journal est dans trois minutes. Je regarde anxieusement l'écran ; mon cœur bat tellement fort qu'il résonne dans ma tête. Je vais avoir un infarctus et mourir sur mon canapé, toute seule, les pompiers devront défoncer la porte pour entrer.

Le journal démarre. Après le générique – le globe terrestre qui tourne, la musique de thriller – une présentatrice apparaît enfin, blonde, l'expression qui s'impose pour une nouvelle tragique. Elle regarde droit l'œil de la caméra et annonce : « Le tueur des employés de bureau est de retour. Il a tué un dirigeant, Graziano Galli, quarante ans, alors qu'il traversait hier le parc de la Martesana pour rentrer chez lui… »

Derrière la journaliste apparaît une photo d'identité géante sur laquelle Galli sourit avec insouciance comme s'il vivait encore.

La blonde se tait le temps que nous contemplions le visage du mort, puis elle reprend : « L'assassin l'attendait caché derrière un arbre et il l'a assommé d'un coup violent à la nuque, porté avec une barre de fer ou un objet lourd. Puis il a appliqué sur son visage un tampon de coton imbibé d'éther, probablement pour s'assurer que sa victime perde complètement connaissance. Ensuite le tueur a conclu son crime en l'étranglant avec une corde blanche. Graziano Galli n'avait pas d'enfants, et son épouse et lui étaient séparés. Son corps a été découvert par un passant… »

La présentatrice fait une nouvelle pause théâtrale puis poursuit sur un ton encore plus angoissant : « Le tueur a disposé le cadavre dans la même position convenable que pour les précédents homicides, les mains jointes sur la poitrine. »

La photo de Galli disparaît de l'écran et laisse place à celle de Ferrari prise le jour de son arrestation. « Après le suicide de M. Gianfausto Ferrari, l'affaire du tueur des employés de bureau avait été classée. Mais les enquêteurs doivent répondre à présent à la question : qui est le véritable assassin ? La seule certitude est qu'il s'agit d'un homme de taille moyenne à grande. Sur cette dernière scène de crime il n'a pas été trouvé non plus de traces biologiques, et le seul indice est l'empreinte d'une chaussure neuve, à semelle de cuir lisse, pointure quarante-trois, exactement comme dans les assassinats de Marinella Sereni et de Savino Santi. »

Je me dis que Galli doit se retourner dans sa tombe à l'idée d'avoir été étranglé par le tueur des employés, lui qui était un dirigeant. Commence alors une séquence probablement tournée il y a quelques semaines. On y voit une foule de personnes sortir de notre malheureux bâtiment à l'heure du déjeuner. Parmi elles, Cruella, qui regarde vers la caméra, l'air furieux. Quelqu'un a dû l'aviser de la présence des journalistes et elle a couru vérifier ce qui se passait. Elle est cadrée pendant qu'elle marche d'un pas décidé vers l'objectif. Puis le film s'interrompt comme si le caméraman s'était enfui en la voyant.

La journaliste continue : « L'entreprise milanaise bien connue a été le théâtre d'homicides impressionnants ; toutes les victimes travaillaient dans l'unité de Planification et Contrôle. Les enquêteurs sont désormais certains que l'assassin est un membre du personnel. »

Après avoir regardé jusqu'à la fin je reste haletante, l'angoisse m'écrase le diaphragme, et je téléphone à Paolo. Le samedi il invite sa fiancée à déjeuner, et il doit être en train de faire un grand ménage.

Il répond immédiatement : « Allô.

– Paolo, mon Dieu, tu es au courant pour Galli ?

– Oui, malheureusement, répond-il mortifié, tu avais raison à propos de Ferrari, le vrai tueur en série continue de frapper.

– Alors tu l'admets ! Si Ferrari ne supportait pas quelqu'un, il se bornait à l'ignorer. Tandis que le tueur en série veut effacer de cette terre ceux qui ne lui plaisent pas, il a un degré de cruauté totalement inhumain, exactement comme Vernini ! »

Dès que j'ai prononcé le nom du directeur je me fige, comme foudroyée. Une image mentale très nette m'apparaît, j'en distingue tous les détails : je vois Vernini étrangler les trois, habile et rapide, puis disposer les cadavres mains jointes sur la poitrine, parce que tout ce qu'il fait doit être parfait dans le moindre détail, y compris tuer.

Presque en transe, je murmure sans m'en rendre compte : « Paolo, c'est Vernini le tueur… »

Il éclate de rire. « Ne va pas raconter partout une telle bêtise ! Tu risquerais de finir comme Sereni ! »

Il vient de m'offrir sans le savoir un autre éclair de génie. « Tu sais comment coincer le directeur ? Je vais servir d'appât en me comportant comme Santi et Sereni ! » Je hurle, en proie à une exaltation mêlée d'épouvante.

Paolo prend maintenant un ton plus inquiet qu'amusé : « Au lieu de crier, explique-moi ce que tu entends par "me comporter comme Santi et Sereni", au moins, ça te calmera. »

Tout devient très clair pour moi et je lui expose ma théorie avec une lucidité surprenante : « Bon, tu n'as plus de doute sur le fait que le tueur est l'un de nous, ou plutôt, l'un de vous, puisque nous savons que c'est un homme ?

– Non, je n'ai plus de doute raisonnable.

– Et tu sais comment il choisit ses victimes ?

– Non, dis-le-moi.

– L'assassin tue ceux qu'il méprise, parce qu'ils sont paresseux et incapables comme Santi et Sereni, ou brouillons et lâches comme Galli. Et tu sais pourquoi ?

– Je crois que non.

– Parce qu'il ne peut pas les licencier ! Santi et Sereni ont été engagés il y a vingt ans avec un contrat encore protégé par l'ancienne loi, il était impossible de les mettre dehors. Souviens-toi que le directeur a cherché à faire une cession de branche pour se débarrasser des collègues du centre d'appels qu'il considérait comme des tire-au-flanc. Comment pouvait-il tolérer des gens comme Santi et Sereni, des casse-pieds qui ne savaient que prévoir le plat du jour ? Et, à mon avis, Vernini aurait volontiers licencié Galli… Les dirigeants partent avec deux ans de salaire. Mais il savait que Galli avait un tas d'amis dans l'entreprise, et il ne voulait pas se mettre les autres dirigeants à dos.

– Francesca, d'après toi le directeur est du genre à tuer quelqu'un dans un garage à sept heures du matin parce qu'il n'a pas d'autre moyen de se débarrasser de lui ?

– Mais oui ! Si tu avais entendu avec quelle haine il parlait de Santi, tu comprendrais qu'il ait très bien pu le tuer !

– Attention, il y a un autre détail qui ne colle pas. Pour quelle raison Vernini est-il passé à l'acte maintenant et pas il y a quelques années ? S'il est vraiment un assassin, pourquoi a-t-il attendu tout ce temps pour commencer sa carrière de tueur en série ? »

La logique de Paolo ne parvient pas à me démonter, parce que toutes les pièces du puzzle mortel ont trouvé leur place. « Tu ne te rappelles pas comme il était enragé lorsque les juges ont annulé la cession et que Cruella a organisé la fête dans la salle de conférences ? Ç'a été l'épisode traumatique qui a fait exploser sa folie. Mais tu ne regardes peut-être pas *Esprits Criminels*, la série préférée de ma mère, et tu ne sais pas ce qu'est un épisode traumatique…

– Laisse tomber les séries télé et explique-moi pourquoi le directeur n'a pas tué les collègues du centre d'appels !

– Si le jour de la fête Vernini avait pu transformer la salle de conférences en restaurant, il aurait servi à ses clients la cervelle des cinquante employés du centre d'appels, comme Hannibal le cannibale. Tu te souviens de la scène où Anthony Hopkins cuisine le cerveau de Ray Liotta et le sert à Julianne Moore ? C'était Vernini qui lui avait donné la recette de la cervelle sautée à la poêle !

– Arrête tes âneries, s'il te plaît !

– Et toi, tu poses des questions idiotes. Comment le directeur aurait pu tuer cinquante personnes à la fois ?

– J'apprécie de moins en moins cette conversation, mais je voudrais que tu m'expliques pourquoi Vernini s'est mis à étrangler ses employés !

– Parce qu'il est fou – depuis toujours ! – et que le jugement du tribunal a allumé la mèche qui a fait exploser la bombe ! Oui, moi aussi j'aurais volontiers étranglé Coyote quand elle établissait ses prévisions sur le menu, mais je ne l'ai pas fait ! Tandis que le directeur se considère comme l'ange exterminateur des "ressources non performantes". Il a déjà tué les trois qu'il supportait le moins, et il continuera jusqu'à ce que je l'en empêche !

– En faisant semblant d'être comme Santi et Sereni ?

– Oui, je vais le forcer à me haïr ! Tu verras, je trouverai un moyen. J'arriverai en retard, je rachèterai les plantes de Sereni, je ferai des réussites sur mon ordinateur, je me tromperai dans les calculs du bilan. Alors il essaiera de m'étrangler moi aussi, et tu devras me sauver. Je ne sais pas encore comment, mais tu me sauveras !

– Francesca, tu délires. Le laisser-aller des employés ne me paraît pas un mobile crédible.

– Tu sais qu'il existe des tueurs en série dits "missionnaires" ? Ne t'imagine pas quelqu'un en soutane qui viole les petites vieilles ; les assassins en série ne sont pas tous des sadiques. Le missionnaire tue parce qu'il est amoureux d'une idée folle et qu'il veut nettoyer le monde de ceux qui salissent sa foi. Tu te rappelles Abel et Furlan ? Ils signaient leurs méfaits avec des phrases nazies du genre "Dieu est avec nous" après avoir mis le feu aux discothèques.

– Oui, je me rappelle.

– À propos, tu savais qu'Abel était mathématicien comme toi ?

– Arrête, Francesca, ce n'est pas le moment de plaisanter ! D'abord, je n'ai aucune pulsion meurtrière.

– D'accord, mais ces deux-là, sans découper des prostituées en menus morceaux, ont liquidé vingt-sept personnes ou plus.

– Et Vernini serait donc un missionnaire ?

– C'est ce que je crois. Parce que le missionnaire fait partie de la catégorie des tueurs en série organisés qui réussissent à ne pas se faire prendre. Regarde comme il est fort pour ne laisser aucune trace.

– Et sa femme ne se serait aperçue de rien ?

– Non, je ne pense pas qu'elle soit complice. C'est sûr que pour avoir épousé Vernini elle ne doit pas tourner tout à fait rond, mais il est probable qu'elle ne sache rien des activités extraprofessionnelles de son mari…

– Dans ce cas, pourquoi ne pas faire part de tes idées au procureur, y compris celle de te faire assassiner par le directeur ? Pardon, de te faire *presque* assassiner.

– Paolo, tu ne penses pas que Guidoni a commis des erreurs ? À ton avis, il me croirait, moi ? La dernière des employées ? Il me prendrait pour une mythomane !

– Francesca, je trouve ton idée complètement folle. Tu viens de vivre une période atroce, et ta lucidité s'en ressent. Repose-toi ce week-end et essaie de te distraire… nous en reparlerons lundi, OK ? Et maintenant excuse-moi, je dois encore nettoyer les vitres. Salut. »

Quelques minutes plus tard mon portable sonne.

C'est Guidoni : « Mlle Zanardelli, j'imagine que vous avez appris ce qui s'est passé.

– Oui, monsieur, je viens de voir les informations. »

Il continue découragé : « C'est un désastre, je n'ai jamais eu affaire à un cas semblable, un tueur dont nous ne comprenons rien. J'ai besoin de vous parler, pouvez-vous venir tout de suite ? Je vous envoie une voiture ? »

Surtout pas, je n'ai pas envie que tout Rozzano me voie encore embarquée par la police. « Ne vous donnez pas cette peine, j'arrive dans une heure.

Il soupire : « Merci. À tout à l'heure, je vous attends. »
Mince alors, je ne voudrais pas être à sa place.

Les deux policiers habituels me lancent un regard amusé ; je fais désormais partie de la maison.

Guidoni, visiblement très préoccupé, essaie pourtant de sourire. « Alors, nous y revoilà ! Il semblerait que Ferrari ait été innocent, à moins que l'assassinat de Galli ne soit l'œuvre d'un "copycat". » Pas besoin de m'expliquer ce qu'est un « copycat » : grâce à ma mère je suis devenue une experte en terminologie criminelle. Je défends mon ancien chef : « Imitateur ou pas, je crois sincèrement que vous vous êtes tous trompés sur Ferrari. »

Il le reconnaît : « Malheureusement, quand nous l'avons arrêté, son profil psychologique nous paraissait compatible avec celui d'un tueur organisé. Mais il y a certaines personnes qui ne supportent pas le traumatisme de la prison et perdent la tête… je viens d'appeler sa veuve et demain je parlerai également avec elle. Mais l'enquête doit avancer, alors, Mlle Zanardelli, que faisiez-vous hier soir vers huit heures ?

– J'étais chez moi. J'ai dîné et j'ai regardé un film.

– Vous savez que ce n'est pas le meilleur des alibis, n'est-ce pas ? Mais n'ayez crainte, vous n'êtes pas soupçonnée… Cette fois encore nous ne savons pas par où commencer ; le tueur a réussi de nouveau à ne pas laisser d'autre indice que l'empreinte de la même chaussure. Il a naturellement emporté la barre de fer avec laquelle il a assommé Galli. » Il respire avec peine. « Jamais je n'aurais cru que l'assassin pouvait tuer trois personnes en aussi peu de temps. Et pourquoi seulement les employés de la Planification ? Je ne comprends pas le motif pour lequel il vous choisit vous, précisément. »

J'essaie de faire allusion à mes soupçons pour tester sa réaction : « Vous n'avez pas pensé à un tueur en série missionnaire, de ceux qui tuent pour le bien universel ? Dans ce cas, l'assassin pourrait vouloir éliminer les employés les plus inefficaces. Mme Sereni et Santi n'étaient sûrement pas des modèles de productivité, et Galli était un dirigeant désastreux qui ne faisait que des âneries ! »

Le procureur bat des paupières et réplique scandalisé : « Francesca, vous avez vu trop de films ! Ne vous improvisez pas criminologue, je vous prie, et laissez faire ce métier à ceux qui en ont les compétences. »

OK, j'ai compris. Si je lui disais que le tueur en série est Vernini il ne me croirait jamais, je risquerais même d'échouer directement dans un service psychiatrique. Dans le meilleur des cas il me rirait au nez. D'ailleurs, une éventuelle perquisition chez le directeur ne donnerait rien, il n'a certainement pas des rouleaux de corde sous son lit. Je n'insiste pas et je lui demande : « N'avez-vous jamais rien trouvé de bizarre dans les alibis des employés ?

– Mademoiselle, je ne peux pas vous répondre, ce sont des informations confidentielles. Et d'abord, savez-vous combien de vos collègues étaient en voiture, dans le métro ou dans l'autobus quand Galli a été tué ? Pratiquement tous. Que faire, les arrêter parce qu'ils n'ont pas de témoins ? »

Il reprend sur un ton plus calme : « Francesca, j'envisage de vous fournir une escorte, à vous et vos collègues de la Planification, bien qu'il faille attendre quelques jours que ma demande soit approuvée. Vous êtes quatre, et avec toutes ces réductions de budget, trouver le personnel disponible n'est pas une mince affaire. »

Mon Dieu, il ne manquerait plus que je circule avec des policiers à mes trousses ! L'escorte de mon père qui me téléphone toutes les cinq minutes me suffit. D'ailleurs, si j'ai raison et que le tueur est vraiment Vernini, je ne cours aucun danger tant que je me comporte en employée modèle.

Ma voix tremble un peu quand je réponds à Guidoni : « Si vous me faites suivre par un de vos policiers je pars vivre en Australie et j'explique à ma mère que c'est de votre faute. Je vous assure que ce ne sera pas drôle de l'entendre pleurnicher tous les jours devant votre porte. Ma mère est une brave femme, mais quand elle s'y met elle est pire qu'une tique. Si elle se plante sur quelqu'un elle ne le lâche plus. »

Guidoni ne paraît pas particulièrement impressionné par mes menaces, mais il cherche néanmoins à changer de sujet. Je doute qu'il parvienne à nous mettre tous les quatre sous escorte alors que la police a déjà du mal à protéger les repentis de la mafia. Bref, il faudra un sacré bout de temps avant qu'une voiture de police m'attende en bas de chez moi à Rozzano.

De toute façon, aujourd'hui le pauvre procureur a l'air réellement accablé. Ses yeux bouffis et les sept petites tasses de café sur sa table me font comprendre qu'il a passé une nuit blanche à se creuser les méninges au sujet de l'insaisissable tueur en entreprise. Il reprend l'interrogatoire : « Parlez-moi un peu de Galli. Quel genre d'homme était-ce ? »

Je pars comme une fusée : « Un très mauvais chef. Il ne répondait pas à nos mails, ne voulait endosser aucune responsabilité, et surtout il avait du mal à se servir des logiciels de l'entreprise... » Pendant que je raconte, mon cerveau s'est déjà remis à bouillonner frénétiquement sur mon plan anti-Vernini. Je parviendrai à empêcher ce fou assassin de nuire, je le jure, même si je ne suis qu'une pauvre employée.

## Piège mortel

Le tueur est réapparu à la télévision et dans les journaux. Le titre d'un article qui aurait plu à Galli demande: *Pourquoi le tueur des employés de bureau tue-t-il les dirigeants ?* Le journaliste parle d'une « stratégie non hiérarchisée de la terreur, dans laquelle l'assassin veut affirmer sa domination sur tous les membres de l'entreprise. Et si jusqu'à la mort de Savino Santi c'étaient surtout les employés en bas de l'échelle qui avaient à craindre pour leur vie, le tueur semble avoir voulu lancer un avertissement avec l'assassinat de Graziano Galli : les dirigeants seront frappés eux aussi ». Le mobile serait donc « une volonté de pouvoir effrénée, affirmée à travers une terreur exercée sans discrimination ». Intéressant, mais un peu trop général pour permettre de découvrir qui est le coupable et comment il choisira sa prochaine victime.

À la télé on a rouvert les débats en exhumant psychiatres et criminologues, tous frappés d'un mal mystérieux, l'amnésie collective. Plus personne ne se souvient d'avoir lynché Ferrari – de son vivant et après sa mort – il y a seulement quelques semaines. Le criminologue qui croyait à son innocence a essayé de dire deux ou trois fois : « J'ai toujours soutenu que Ferrari n'était pas le tueur », mais les autres ont fait la sourde oreille. En revanche, sur le plateau, les draps ont disparu, remplacés par une espèce de barre de fer comme celle qui a assommé Galli.

Je n'ai plus envie de regarder ces émissions, et chez mes parents la télévision est toujours éteinte. L'assassinat de Galli les a totalement anéantis et maman dort tout le temps. Comme le médecin a recommandé à papa de ne pas exagérer avec le Valium, il garde le flacon dans une petite armoire fermée à clé et rationne ma mère, qui ne se réveille que pour réclamer un autre comprimé. Mais à mon avis papa en prend aussi, il est étonnamment calme et se borne à me conseiller de ne pas sortir le soir, comme si l'assassin était un lycanthrope qui frappe les nuits de pleine lune.

Quant à moi, je ne suis pas inquiète, au contraire, je me sens parfaitement tranquille. J'ai mis au point un plan infaillible pour démasquer Vernini, même s'il a l'air sorti d'un polar de série B, d'après le scénario d'une gamine de douze ans qui fait ses débuts dans le cinéma.

Le plan est le suivant, encore plus efficace que celui auquel j'avais d'abord pensé et où je devais me montrer aussi tire-au-flanc que Sereni : je vais m'inscrire au syndicat ! Je serai plus cruelle que Cruella, je convoquerai des assemblées et j'écrirai des motions écœurantes jusqu'à ce que Vernini soit pris d'une envie irrésistible de me tuer. Et au moment où il essaiera de le faire, Paolo sera là, près de moi, prêt à sauver sa collègue et coincer l'authentique et unique assassin des employés. J'espère seulement que mon courage inspirera Paolo et qu'il acceptera de jouer son rôle. Je dois agir vite, avant que Vernini ne se débarrasse de quelqu'un d'autre !

Après la mort de Galli, à la Planification nous ne sommes restés qu'une semaine chez nous, parce que les experts de la scientifique ont trouvé un moyen rapide de vérifier nos bureaux. Avec un mort par mois, ils ont eu l'occasion de s'exercer.

Aujourd'hui, en retournant travailler, je découvre une nouveauté : deux policiers devant l'entrée, qui demandent à tout le monde de présenter badge et carte d'identité. Ils vérifient qu'il n'entre que des employés et pas le tueur en série en personne, sans doute avec fausse barbe et fausse moustache, déguisé en membre anonyme du personnel.

Je franchis le poste de contrôle et je monte les quatre étages à pied, en essayant de prendre la température ambiante. J'ai l'impression de traverser un pays enchanté où on n'entend pas le moindre bruit. Tous se déplacent à pas feutrés comme pour ne pas trop se faire remarquer. Je jette un coup d'œil dans les deux bureaux avant le mien, les portes sont grandes ouvertes et les dirigeants travaillent sur leur ordinateur dans un silence absolu. La peur a dû pénétrer jusqu'à la dernière cellule des trois cents condamnés à mort, avec un effet que Vernini avait peut-être prévu, bien que la paix actuelle semble mieux adaptée à un cimetière qu'à une entreprise lombarde en activité.

Heureusement il y a Colombo, qui ne craint ni Dieu ni diable, et quand j'entre il est en train de dire : « Sale fin, quel crétin… je vous l'avais dit que Galli risquait sa peau en continuant comme ça ! En tout cas, c'est bien fait, il n'aurait pas dû cochonner mon bilan ! »

Même Gavazzeni s'indigne : « Ne recommence pas, s'il te plaît, tu n'as jamais dit que l'assassin allait tuer Galli, et tes salades ne le feront pas arrêter ! »

L'autre plastronne comme un paon et affiche une audace incroyable : « Je n'ai pas peur de défier le tueur, quel qu'il soit. Vous savez ce que je lui dis ? Viens me chercher si tu es un homme ! »

Bon sang. Si Colombo ne se calme pas il va ficher mon plan par terre ! Comme toujours, le directeur a tout entendu et il arrive plus rapide que l'éclair pour l'affronter directement. « Colombo, vous n'êtes pas dans un théâtre, si vous tenez à jouer vos petites scènes faites-le chez vous devant votre femme ! »

Tandis que Colombo rougit et cherche la réponse indignée qui s'impose, Vernini le foudroie en annonçant : « Dans dix minutes je vais vous présenter votre nouveau chef, en espérant que vous le respecterez tous. S'il y a des problèmes concernant le bilan, vous devrez vous adresser directement à lui, compris ? Et vous, Colombo, collaborez au lieu de faire des drames. Ou plutôt du cabaret, dans votre cas ! »

Notre acteur se tait, humilié. S'il n'arrête pas de faire des scènes ce sera lui la prochaine victime du directeur. Je dois absolument déclencher le piège avant que Colombo se jette tout seul dans la gueule du loup !

J'attends que Vernini sorte pour lui serrer chaleureusement la main : « Ne l'écoute pas ! Tu as raison de vouloir défier le tueur, mais ça ne suffit pas. Il faut recommencer à nous battre pour davantage de justice dans l'entreprise ! Si les chefs ont tort, nous devons le leur dire ! À quoi servent les hiérarchies si elles ne reflètent pas notre véritable valeur ? Pourquoi nous demander d'exécuter les ordres de quelqu'un que nous ne connaissons pas et qui est peut-être aussi crétin que Galli ? »

Colombo boit du petit-lait, par quel virus ai-je été contaminée pour être devenue comme lui, et même pire ? Il s'approche, aveuglé par ma nouvelle lumière spirituelle, et me prend la main. « Zanardelli, nous serons deux à lutter pour que l'entreprise reconnaisse enfin nos capacités et ne nous contraigne pas à obéir à des gens comme le Flan, et nous serons invincibles ! »

Ses mots me transportent, et je m'écrie avec toute l'emphase d'un spectacle de patronage : « Oui, mais cette fois laisse-moi porter la croix. Depuis des années tu risques tout pour défendre tes principes ! À présent c'est mon tour, je veux m'inscrire au syndicat, parce que le syndicat ne nous laisse jamais seuls ! »

Pendant que je déclame ces stupidités à haute voix, voilà que Vernini revient accompagné de notre nouveau chef. Un grand gars en veston de sport, sans cravate, dans les quarante ans, plein d'entrain et d'envie d'agir. Ce doit être un suicidaire potentiel pour accepter de prendre la place d'une récente victime d'assassinat et diriger un service en train d'être décimé par un tueur en série.

Je suis sûre que Vernini a entendu ma sortie imbécile sur le syndicat, mais il fait comme si de rien n'était et nous présente le kamikaze : « J'espère que l'ordre et la sérénité pourront revenir à Planification et Contrôle. J'ai toute confiance dans votre nouveau chef M. Massimo Rivarbella, parce que malgré son jeune âge il a beaucoup d'expérience. Le siège central l'a choisi pour vous apporter un peu de tranquillité après le stress de ces derniers mois. »

Rivarbella a vraiment l'air d'un type courageux. Il fait un grand sourire et nous serre la main, ou plutôt il nous la broie. « Nous devons apprendre à travailler ensemble. Et pour le faire il faut que nous nous connaissions mieux. Ma porte est toujours ouverte ! Ne craignez pas d'entrer quand vous voulez. »

Rien à voir avec Galli, souhaitons qu'il soit réellement différent du Flan. Le directeur le prend par les épaules et jubile, extasié : « Je ne veux plus vous entendre vous disputer huit heures par jour, nous avons enfin tourné la page ! »

En regardant le visage radieux de Vernini j'ai une autre idée merveilleuse sur le moyen d'attiser sa future envie de m'étrangler. Je prends la parole : « Cher M. Rivarbella, comme vous le savez, le nom de notre unité est devenu célèbre dans toute l'Italie pour son taux élevé de victimes d'assassinat. Mais dans la maison nous lui avons donné un autre nom : "Réfutation et Massacre" ! Ce surnom, c'est au Flan qu'il le doit, c'est-à-dire à feu M. Galli. On ne doit pas dire du mal des morts, je sais, mais dans ce cas, ça s'impose ! »

Je respire à fond comme avant un concours d'apnée, et je lâche d'un coup : « Galli ne faisait pas la différence entre un bilan et un Martien, il ne connaissait même rien à la comptabilité, parce qu'il s'en fichait ! Son unique objectif était de ne pas marcher sur les pieds de ses amis dans l'entreprise, quitte à massacrer nos comptes. Il a fait de notre bureau une véritable boucherie ! »

Le directeur a un regard qui voudrait me foudroyer. Mais je ne me laisse pas intimider et je poursuis rapidement : « Autrefois nous avions un chef que nous estimions tous. Comme vous le savez, il s'est suicidé à cause d'accusations horribles et injustes. À présent nous voulons être sûrs que vous n'êtes pas un autre Flan. Je serai inflexible si je découvre que vous ne savez pas faire votre travail et j'en parlerai avec les membres du syndicat, vous avez ma parole d'honneur ! »

Vernini me regarde avec une fixité hagarde comme s'il avait vu un fantôme se promener en secouant ses chaînes dans un château écossais, je ne suis plus sa chère Zanardelli, mais un monstre qu'il ne reconnaît pas.

Quand il retrouve la parole il déclare avec dégoût : « Zanardelli, vous n'êtes qu'une employée, apprenez à rester à votre place si vous voulez continuer à travailler ici. » Et il sort de la pièce avec une grimace de douleur.

Colombo veut être mon parrain au rituel de prise de carte et il m'accompagne cérémonieusement voir Cruella. Quand nous entrons dans son bureau il lui annonce tout de suite la bonne nouvelle. « Nous avons une nouvelle camarade ! Sors les cartes. »

Cruella écarquille les yeux. « Tu veux t'inscrire au syndicat ? »

Je crie : « Oui ! Je suis fatiguée de subir en silence ! Nous risquons de nous faire tuer du seul fait de venir travailler, sans oublier que dans cette entreprise une femme est exploitée jusqu'à sa mort avant d'arriver à devenir cadre. Depuis des années je demande ma promotion à Vernini, mais il me la refuse. Et tu sais pourquoi ? Je suis une femme et je ne suis pas diplômée ! »

Cruella acquiesce d'un air compréhensif, la moitié des adhérents au syndicat sont des employés qui cherchent à grimper dans une catégorie supérieure. Autrement dit, quand vous prenez votre carte, personne ne vous demande si vous espérez un monde meilleur. Il suffit de déclarer que vos chefs ont été injustes et que vous méritez davantage, etc., etc.

Mais elle n'a pas encore confiance en moi. « Il me semblait que tu t'entendais bien avec Vernini... on t'a vue souvent dans son bureau. »

Elle doit avoir ses informateurs, mais j'insiste : « Je suis allée lui demander la promotion qui me revient, mais il a toujours fait comme si de rien n'était. Il préfère payer des animateurs pour des rencontres idiotes au lieu de nous accorder une promotion ou une augmentation de salaire ! »

J'ai mis dans le mille, elle est toute contente. « Tu as raison, il pourrait dépenser mieux l'argent de l'entreprise. Si ce ver de terre est forcé de sortir un euro qui va finir dans les poches des employés il dit que nous sommes au bord de la faillite, mais ensuite il enferme trois cents personnes dans la salle de conférences pour qu'elles écoutent des chansonnettes. Et tu sais qui les paie ces chansonnettes ? Nous, avec notre travail, c'est notre argent, pas le sien, nous le lui faisons gagner à la sueur de notre front ! C'est une véritable injustice ! »

Je préfère ne pas approfondir le sujet parce que je risquerais de me trahir, personne n'a jamais compris ce que Cruella fait tous les jours dans cette maison si ce n'est écrire ses fameux édits et les envoyer par mail.

J'extrais cent euros de mon portefeuille et demande: « C'est suffisant pour m'inscrire ? » J'ai l'impression de donner un pourboire au concierge de l'hôtel pour avoir la chambre avec vue sur la mer.

Elle prend vite les billets et les glisse dans un petit coffre à cadenas. « Pour un premier versement c'est bien, mais tu sais qu'il y a aussi une retenue sur ton salaire ? »

Non, franchement je l'ignorais. Je demande craintivement : « De combien ? » Je ne vais pas changer mon plan pour ne pas payer la retenue, mais je ne suis pas ravie de voir mon maigre salaire de comptable écorné.

Cruella me rassure : « Moins de vingt euros. Mais nous te garantissons aussi l'assistance juridique en cas de besoin ! »

L'idée d'avoir le service juridique du syndicat à ma disposition fait passer les vingt euros. « Je signe où ? » Cruella me tend un formulaire que j'étudie et je signe, pendant que Colombo prononce sa bénédiction solennelle : « Zanardelli, tu fais maintenant partie de la grande famille du syndicat. Sache que tu pourras compter sur nous chaque fois que tu auras un problème. Notre devoir consiste à protéger les adhérents et les aider à atteindre leurs objectifs. »

Me voilà membre de la faction, et je déclame avec emphase : « Je veux tout de suite apporter ma contribution. Organisons une assemblée sur le tueur en série ! Je n'ai pas participé à la première, mais cette fois je serai des vôtres. Nous devons recommencer à lutter, comme nous l'avons fait lors de la cession. Et nous méritons aussi une prime en juillet, la même pour tous, en compensation des risques que nous courons en venant travailler ! »

Je ne sais pas d'où m'est venue l'idée de la prime, mais une lueur s'allume soudain dans les yeux de Cruella. Elle sait parfaitement que le directeur ne nous accordera jamais la prime « tueur en série », mais elle sait aussi que si nous lui réclamons une folie de ce genre il s'étranglera de rage.

En proie à l'exaltation elle hurle : « Oui ! Oui ! Nous lui réclamerons la prime, à ce ver ! » Puis elle baisse la voix et laisse échapper : « Tant qu'on ne tue que vous, ceux de Planification et Contrôle… »

Je me retourne brusquement vers Colombo qui lui aussi paraît surpris. Je devine seulement maintenant que les trois cents employés espèrent que nous sommes les seuls dans la ligne de mire de l'assassin.

Je dois briser cette illusion. « C'est un hasard si jusqu'ici le tueur n'a frappé que notre service. Vous êtes en danger vous aussi, et il est de mon devoir de le faire comprendre. Tu as déjà beaucoup donné au moment de la cession du centre d'appels, mais à présent, si ça ne t'ennuie pas, je voudrais écrire moi-même le texte de la convocation à l'assemblée. Nous ne devons pas sous-estimer la situation ! »

Cruella se serait attendue à tout sauf à se faire dépasser. « D'accord, écris-le, mais ensuite nous y jetterons un coup d'œil ensemble.

– Parfait, nous en parlerons dès qu'il sera prêt ! »

Je sors en vitesse sans attendre mon nouveau camarade. Il est midi et demi et nous déjeunons Paolo et moi dans notre trattoria égyptienne. Je dois l'informer que l'hameçon syndical est en place et que le plan fonctionne selon les prévisions.

Il m'attend comme toujours devant les portes tournantes. Dès que nous sommes dehors j'attaque. « Tout marche comme prévu, je me suis inscrite au syndicat et je serai à la tête d'une assemblée pour réclamer une prime de risque en juillet à cause des assassinats. »

Paolo semble ahuri. « Une prime de risque à cause des assassinats ? »

Je l'ignore et je continue : « Colombo a failli tout foutre en l'air, il s'est remis à se battre contre Vernini, qui nous a présenté notre nouveau chef ce matin, un certain Rivarbella. Alors j'ai dit à ce type que je l'aurais à l'œil pour m'assurer que ce n'est pas un autre Flan. Le directeur a viré au violet !

– Francesca, tu m'inquiètes. Sérieusement.

– Tu as raison de t'inquiéter. Si j'arrive à tenir le rythme, dans quelques jours tu devras commencer à me suivre. Tu crois pouvoir te procurer un pistolet ?

– Comment donc, et peut-être aussi une kalachnikov et un char d'assaut, comme ça je pourrais mieux te surveiller de ma tourelle ?

– Je ne plaisante pas. Vernini essaiera de me tuer, j'en suis certaine. Personne ne le soupçonne, il se croit intouchable, il pense que nous ne l'attraperons jamais. Et je te garantis que je vais lui donner une envie folle de m'étrangler.

– Je n'en doute pas.

– Mais je dois être sûre que tu es prêt à m'aider !

– Ce ne serait pas préférable de laisser faire la justice ?

– Je t'ai déjà expliqué que Guidoni ne croirait jamais à une histoire de ce genre. Le seul moyen de le convaincre c'est de le mettre devant les faits.

– Et ces faits, ce serait toi une corde autour du cou, mais pas encore morte, et moi qui te sauve ? Franchement, ton plan est l'idée la plus insensée que j'aie jamais entendue.

– S'il te plaît, fais ce que je te demande. Quand je sentirai que Vernini est au bord de la crise je ne resterai jamais seule au bureau et je me ferai toujours accompagner aux toilettes. Nous ferons en sorte que Vernini essaie de m'étrangler quand tu seras là. Le soir, tu devras m'attendre en voiture à distance du bureau, me suivre jusqu'à mon parking et vérifier que je sors de ma 600 sans qu'il essaie de m'étrangler. Ensuite tu t'assureras que je rentre chez moi. Tu ne devras jamais me perdre de vue. Et enfin, quand j'entrerai chez moi, veille à ce que personne ne me suive. D'accord ? »

Paolo soupire. « Je le ferai, pendant seulement deux semaines… »

Je poursuis sans me démonter : « Vernini pourrait même m'attendre dans le hall du bâtiment. Donc tu devras compter jusqu'à deux cents, c'est le nombre de secondes que je mets pour monter les sept étages en ascenseur et entrer dans mon appartement, j'ai chronométré hier soir. Si je ne te téléphone pas dans les deux cents secondes tu viens me chercher. Appelle aussi la police, mais une voiture de chez eux pourrait mettre un quart d'heure à arriver. Trop long… » Je lui remets un trousseau de clés. « Voilà, la petite ouvre la porte de l'immeuble et la grande celle de chez moi.

– Bon, et qu'est-ce que je dois faire ensuite ?

– Si le directeur est là, tu interviens. Tu devrais te procurer un pistolet !

– Si je réussissais à entrer en contact avec la mafia albanaise je pourrais en acheter un au marché noir sans avoir besoin de permis de port d'arme. Mais les mafieux albanais ne sont pas dans l'annuaire du téléphone, tu comprends ? À moins que tu connaisses quelqu'un qui vend des bazookas sur eBay ?

– Arrête. Comment pourrais-tu me défendre de Vernini à mains nues ? Tu as un physique de matheux, et avec tes lunettes tu ne ferais pas peur à une mouche…

– C'est une des conversations les plus absurdes de ma vie, mais je te promets d'y réfléchir.

– Heureusement, Vernini ne torture pas ses victimes comme le font les tueurs sadiques…

– Comment peux-tu exclure qu'il te coupe en petits morceaux tout en te récitant la vieille loi contre les licenciements ?

– Paolo, je sais ce que je dis. S'il te plaît, prends-moi au sérieux !

– D'accord, je te suivrai jusque chez toi. Mais tu n'as pas peur que Vernini entre de nuit quand tu te seras enfermée ?

– Impossible, papa a barricadé l'appartement. Porte blindée, verrous de sécurité, on ne peut m'avoir qu'à l'arme atomique.

– Et le matin ?

– Tu seras là à m'attendre à la porte de l'immeuble ! Je t'appelle sur ton portable avant de sortir de chez moi et tu comptes jusqu'à deux cents. Si je ne suis pas arrivée, tu viens me chercher. C'est simple, non ?

– Simplissime… et pendant combien de temps penses-tu bénéficier du service de surveillance offert par ton malheureux collègue ? Je t'ai déjà dit que je n'ai pas l'intention de me prêter à cette folie plus de deux semaines…

– Ne t'inquiète pas, je ne crois pas que Vernini tarde à tomber dans le piège, tu verras ce dont je suis capable.

– Pour le moment, Francesca, tu es seulement capable de délirer. Et si tu racontes à tout le monde ton plan diabolique, quelqu'un risque d'appeler le 118. Pour qu'on vienne te chercher. Tu sais, une hospitalisation d'office. On t'emmène à l'hôpital et on te garde quinze jours. Mais pas en chirurgie générale, en psychiatrie.

– Mon Dieu, si ça arrivait vraiment je ne pourrais pas coincer Vernini, il tuerait quelqu'un d'autre !

– J'ai dans l'idée que c'est moi qui appellerai le 118… »

J'ai la sensation de vivre reliée à un électrocardiographe. J'entends le bruit de mon cœur monter et descendre sur la feuille où s'inscrivent les ondes de son rythme. Mon tracé doit être plus agité qu'un océan en pleine tempête.

Mon cœur a des ratés – il fait de temps en temps un “Poum !” bizarre, puis il marque une seconde d'arrêt. Ce sont peut-être les extrasystoles dont ma mère est convaincue de souffrir elle aussi.

J'espère seulement ne pas mourir avant d'avoir déclenché le piège pour Vernini. Et il vaut mieux que personne ne me surprenne pendant que je me livre aux formules magiques que j'ai inventées ces derniers jours pour maîtriser ma peur.

Quand il est l'heure de quitter le bureau je compte mentalement jusqu'à dix avant de décoller les fesses de mon siège, puis je me lève d'un bond et je file. J'ai acquis la conviction rassurante et folle que si je me lève à neuf ou à onze, Vernini parviendra à me tuer dans les toilettes.

Le matin, je n'ouvre pas ma porte avant que l'aiguille des secondes soit alignée sur celle des minutes. Je mets alors les clés dans les serrures et je me précipite dehors, convaincue que si je sortais avant ou après la conjonction magique entre les aiguilles, le directeur m'assommerait dans le hall. Je rejoindrais dans l'au-delà les bienheureux, dont je comprends finalement pourquoi on les appelle ainsi, vu que rien ne me paraît pire que la vie que je mène.

La dernière folie propitiatoire prévoit de jouer à pile ou face – j'ai toujours une pièce dans ma poche – pour décider que faire, même quand je suis devant des choix parfaitement anodins. Si pendant la pause-déjeuner à la trattoria égyptienne je dois choisir entre spaghettis à la tomate ou risotto à la milanaise, je sors ma pièce. Si c'est face, je prends les spaghettis, si c'est pile, le risotto.

La première fois que j'ai lancé ma pièce sur la table Paolo est resté perplexe, mais n'a rien dit. La deuxième, agacé, il m'a demandé ce que je faisais : « À quoi rime cette pièce que tu n'arrêtes pas de lancer ? »

Alors je lui ai tout avoué, y compris l'histoire des aiguilles le matin. On ne peut pas mentir à Paolo. J'étais déjà prête à me faire réprimander, mais il s'est attendri de façon inattendue. « Francesca, on appelle ça des troubles obsessionnels compulsifs. Tu t'inventes des rituels pour essayer de neutraliser tes peurs. Demain je t'apporterai un livre sur la question, tu comprendras mieux ce que je veux dire. »

Paolo est une encyclopédie vivante, et le lendemain il s'est présenté avec un petit bouquin sur les phobies que j'ai immédiatement mis dans mon sac.

Le soir, quand je suis rentrée chez moi, j'ai commencé à le lire. Il était bien écrit, facile à comprendre, et je me suis persuadée que l'auteur l'avait conçu en pensant à moi. Il semblait me connaître parfaitement, et j'ai cherché son adresse sur Internet. Je voulais lui raconter que je joue à pile ou face et que je regarde les aiguilles, et lui demander de me guérir. Mais ensuite j'ai compris qu'il penserait que je suis bien plus qu'une obsédée compulsive qui a peur des pigeons et ne peut pas traverser la piazza Duomo.

Si mes rites peuvent servir à passer ces jours terribles, je ne les refuserai pas. Je les cultiverai. Je pourrais en inventer d'autres, comme par exemple tourner trois fois sur une seule jambe, d'abord à droite puis à gauche, pour ensuite attendre la conjonction magique entre les aiguilles et ne sortir qu'à ce moment-là, enfin rassurée. Ou bien, pour choisir quel plat commander à la trattoria, je pourrais lancer cinq fois ma pièce au lieu d'une. Et au lieu de m'apporter des livres de psychologues, Paolo pourrait me prêter ceux des statisticiens. Ce serait de toute façon un pas en avant, attendu que la statistique lui plaît davantage que la psychologie, et ça nous fournira peut-être un nouveau sujet de conversation, après le Moyen Âge et le tueur en série.

Maman et papa sont réduits à l'état de zombies. Je les ai trouvés deux ou trois fois au lit, incapables de se lever, avec une pile d'assiettes sales dans l'évier. Je n'ai pas envie de parler du piège à mon père, parce qu'il serait capable de faire n'importe quoi pour m'empêcher de l'exécuter. En plus, j'ai besoin de tranquillité pour me concentrer sur la stratégie qui conduira Vernini à se tendre comme une corde de violon jusqu'à ce qu'il ressente de nouveau le besoin d'étrangler une de ses ressources humaines.

C'est ainsi qu'il y a deux jours l'agence Voyages autour du monde d'Assago a appelé mes parents pour leur annoncer qu'ils avaient gagné une croisière en Méditerranée: « Félicitations, vous avez de la chance ! » Ils avaient été tirés au sort dans l'annuaire du téléphone et les billets arriveraient par coursier dans une heure ou deux.

Les expédier en voyage m'a coûté une fortune, mais au moins je serai libérée deux semaines de ma mère qui alterne pleurs et petits sommes drogués, sûre comme elle est que je ne vivrai pas jusqu'à la fin du mois, hypothèse plus que probable si Paolo ne se conduit pas en garde du corps professionnel.

J'ai attendu pour appeler mes parents que l'agence m'avise que les billets avaient été livrés. Ma mère était catatonique. « Francesca, nous avons gagné une croisière, mais je ne veux pas partir... je ne me sens pas très bien, et puis je ne veux pas te laisser seule. »

Elle marmottait plus qu'elle ne parlait. Je dois dire à papa d'y aller doucement avec le Valium. Ce sont deux larves, et bientôt ils ne seront même plus en état de décongeler les surgelés.

Mais je ne voulais pas perdre de temps avec ma mère et je me suis fait passer papa, qui a aussitôt retrouvé sa lucidité et m'a demandé à brûle-pourpoint: « C'est toi ?

– Bien sûr, et si vous ne partez pas je perds quatre mille euros.

– Pourquoi as-tu fait ça ?

– Vous êtes dans un état lamentable. Maman doit changer d'air et toi tu as besoin de te faire servir, après des mois où tu as joué le domestique. Vous serez bien, tu verras.

– Francesca, je préférerais rester, ce n'est pas le bon moment pour partir.

– Tu crois que l'assassin tue un employé par semaine ? Il faudra encore un peu de temps avant qu'il recommence.

– Je ne veux pas que tu restes seule…

– Fais-moi confiance, tu me retrouveras à ton retour ! » J'ai croisé les doigts en le disant.

Il a chuchoté : « Qui s'occupera de toi en notre absence ? Francesca, tu sais que tu pourrais être la prochaine ? »

Je le savais si bien que je l'ai rassuré tout de suite : « Papa, tu verras, il ne m'arrivera rien. D'ailleurs j'ai convaincu un collègue de me suivre tous les jours en voiture de chez moi au bureau et retour. C'est mieux qu'une protection policière !

– Comment veux-tu que je m'amuse en croisière alors qu'il pourrait t'arriver n'importe quoi ? »

Pour le convaincre j'ai dû lui promettre de l'inonder de SMS : « Papa, je t'écrirai tous les jours, je t'enverrai des mails. Et tu peux m'appeler quand tu veux. Exactement comme lorsque tu es ici ! Qu'est-ce que ça change par rapport à maintenant ? Rien, seulement le fait que nous ne nous verrons pas pendant quinze jours. »

Il a soupiré : « D'accord, j'emmène ta mère. Ces temps-ci elle dort toute la journée… »

Quand nous nous sommes dit au revoir j'étais au bord des larmes. Je me demande s'ils me reverront vraiment dans deux semaines.

Je les ai accompagnés ce matin au train pour Gênes – je voulais être sûre qu'ils partaient pour de bon – et aussitôt après j'ai couru à mon bureau écrire la convocation à l'assemblée.

Je l'envoie à Cruella, que je retrouve ensuite dans son bureau. Elle est déconcertée et me demande : « Tu es sûre qu'intituler le communiqué “Quand le tueur en série va-t-il frapper encore ?” n'est pas trop fort ? Je suis d'accord sur la prime de juillet, mais le syndicat ne peut pas semer la panique parmi les employés. »

Je cherche à la tirer de mon côté : « Il faut que le tueur sache que nous ne baissons pas la garde, et nos collègues se sentiront mieux quand ils comprendront que le syndicat prend les choses en main. Tu te rends compte que nous avons de nouveau peur d'aller seules aux toilettes ? »

Cruella cède : « Entendu, je montrerai ton projet de convocation aux autres et nous l'enverrons à tout le monde. À plus tard. »

Je vais tranquillement prendre un café, et quand je retourne dans le bureau Colombo m'accueille avec une accolade virile et fraternelle. « Je l'ai lu, je l'ai lu ! Tu as été formidable ! »

Il ne sait pas qu'il fait lui aussi partie du plan. « Écoute, qu'est-ce que tu dirais de convoquer Rivarbella ? J'aimerais savoir s'il sait au moins se servir d'un ordinateur. Dis-lui de venir dans cinq minutes, pour une réunion ! »

Colombo est enchanté par ma perfidie. « Excellente idée ! » me répond-il tout content, puis il prend le téléphone. « Bonjour M. Rivarbella. Voyez-vous un inconvénient à venir nous voir ? Immédiatement, si possible. » Il écoute la réponse et réplique sur un ton autoritaire : « Comment se fait-il que vous ayez une autre obligation ? Votre unique obligation est de travailler. Nous vous attendons ici ! » Il raccroche et se met à rire comme un fou. « Je ne me suis jamais autant amusé ! Zanardelli, tu as des idées épatantes. »

Il est encore en train de ricaner quand Rivarbella déboule dans notre bureau : « Qu'y a-t-il de si urgent ? » demande-t-il avec un sourire glacial qui doit lui coûter autant que de ne pas flanquer une claque à Colombo.

Je prends vite la parole avant que le second rôle ne me vole la vedette : « Nous nous sommes demandé s'il ne serait pas utile de vérifier vos compétences dans l'utilisation d'un ordinateur. Auriez-vous l'amabilité de nous en parler ? Ou préférez-vous que nous vous posions quelques questions ? »

Avec un sourire encourageant je lui indique le siège devant ma table et lui fais signe de s'asseoir.

Rivarbella reste debout et fait tout ce qu'il peut pour éviter l'affrontement : « Il va de soi que dans ce bureau nous savons tous nous servir de nos outils de travail, je ne vois donc pas la nécessité d'en parler ! »

Colombo ne renonce pas non plus à lui donner une leçon : « Je regrette, mais je ne suis pas d'accord. Votre malheureux prédécesseur faisait appel à un espion », et il lance un regard à Parodi et Gavazzeni, tellement embarrassés qu'ils ont l'air de vouloir se cacher sous la moquette, « pour modifier les données que j'avais entrées dans mon ordinateur. Compte tenu de notre expérience, je ne dirais pas qu'il va de soi que vous savez vous servir d'un ordinateur. »

C'est à moi de parler, et je l'invite de nouveau d'un geste décidé de la main : « Allez-y, installez-vous ! On n'est pas mieux assis pour bavarder ? » Et vlan ! Je lui adresse un autre grand sourire rassurant.

Il comprend qu'il vaut mieux qu'il s'en aille. « J'ai une autre obligation. Excusez-moi, remettons ça à plus tard. » Il sort au pas de course et entre dans le bureau de Vernini.

Colombo vient vers moi les bras ouverts, débordant de romantisme. « Tu m'as fait rêver ! » Puis il pose les mains sur mes épaules et demande : « Qu'est-ce qu'on fait maintenant ? »

Je préfère ne pas décevoir sa confiance dans ma bassesse nouvelle et je lui sers un joyeux baratin : « Amenons le plus de monde possible à l'assemblée, l'entreprise doit comprendre que s'il faut que nous risquions notre peau, nous devons être mieux payés ! »

J'évite de justesse que Colombo me donne un gros baiser, tandis que je ressens la méfiance de Parodi, que je provoque un peu : « Si tout le monde était comme Parodi, qui n'a jamais mis les pieds dans une assemblée, les entreprises seraient des camps de concentration ! C'est à cause de gens comme lui qu'on nous exploite. »

Le pauvre ne s'attendait pas à une telle mesquinerie et il me regarde bouche bée. Je m'étonne moi-même de ma méchanceté. J'ai peut-être mis à la retraite la brave fille qui donne toujours raison à tout le monde.

C'est une route sans retour. Un accouchement bref et douloureux vaut mieux que de longs tiraillements épuisants, non ? À ce rythme, l'expulsion de l'assassin du ventre de l'entreprise ne va plus tarder. Seule condition, l'accouchement doit survenir avant que mes parents reviennent de cette fichue croisière. J'ai quatorze jours devant moi. Date limite : 12 avril. Je dois aller les chercher à la gare à dix-huit heures.

Cruella vient d'envoyer à tous ma convocation à l'assemblée. Je vais voir Paolo et je lui chuchote : « Je parie cinq euros que Vernini me grondera une dernière fois avant de racheter deux mètres de corde. »

Je ne réussis qu'à l'effrayer encore plus : « Francesca, tu n'es pas un cheval sur lequel parier avec les bookmakers. Tu devrais peut-être voir un psychiatre, et je devrais te suivre en voiture rien que pour vérifier que tu ne manques pas tes séances. »

Je n'ai pas le temps de lui répondre parce que Vernini apparaît soudain dans le bureau et me dit presque distraitement : « Zanardelli, vous faites un saut à mon bureau ? »

Alors, comme si je m'en foutais, et en faisant à Paolo un clin d'œil qui signifie « tu me dois cinq euros ! », je réponds : « Pourquoi pas ? » Gaie comme un pinson je prends l'ascenseur avec le directeur et je le suis dans son bureau.

Vernini ferme la porte d'un coup sec. Il se jette dans son fauteuil, l'air tendu et pensif, sans m'inviter à m'asseoir. Il veut que je reste debout.

Mais je me laisse tomber sur le siège devant sa table. « Je suis épuisée aujourd'hui ! » et je le souligne par un bâillement que je ne cache pas trop.

Le directeur fait une grimace, mais il n'est pas du genre à se perdre en préambules, il va droit au but : « L'unique excuse pour votre déplorable comportement est le stress dû à la mort de vos compagnons de bureau. À moins qu'il y ait autre chose ? »

Je réponds joyeusement : « Quel comportement ? Vous ne voulez pas parler du syndicat, n'est-ce pas ? Comment pouvez-vous qualifier de "déplorable" mon choix de m'inscrire au syndicat ? C'est mon droit inviolable ! Et l'assemblée aura lieu bientôt, je suis très émue. »

Vernini est de plus en plus inexpressif. « Si vous assistez à l'assemblée, je vous garantis qu'à la prochaine réorganisation vous disparaîtrez à jamais des organigrammes de l'entreprise. Je vous mettrai dans une cave, et si je vous vois parler avec quelqu'un je lui dirai qu'il finira comme vous. »

J'arbore une tête à claques. « Ça s'appelle du harcèlement ! », j'ai même un petit rire, un peu trop aigu. Mon cœur bat la chamade, il pourrait fendre ma cage thoracique et gicler sur la table du directeur. Mieux vaut clore l'entrevue plutôt que de m'écrouler. Je pourrais avoir une crise de panique, il comprendrait comment je me sens en réalité et il ne mordrait plus à l'hameçon. Bon sang, ce n'est pas facile de provoquer un tueur en série, et je devrais peut-être avoir du Valium dans mon sac. Et s'il en restait chez papa ? Il faudra que j'aille vérifier…

Vernini perturbe le fil de mes pensées, il siffle méchamment : « La prochaine fois que vous et Colombo essayez de convoquer Rivarbella à une réunion non autorisée dans votre bureau… »

Je l'interromps d'une voix devenue croassante : « Vous faites quoi ? Vous nous licenciez ? »

Puis, avant de défaillir devant lui, je me lève d'un bond et je disparais. Je ne respire plus, je halète convulsivement. Je manque d'air ! Mais je ne peux pas me laisser arrêter par la peur, pas maintenant, je suis déjà allée trop loin. Je reviens à ma table d'un pas de général et j'ordonne à Colombo : « Appelle Rivarbella, j'ai besoin de lui parler », et je m'assois à ma table l'air farouche.

Colombo ne se fait pas prier. Il prend le téléphone et fait le numéro de Rivarbella. « Bonjour, Mlle Zanardelli veut vous voir dans son bureau, tout de suite ! » Il raccroche et me regarde comme pour me demander : « J'ai été bien ? »

Il a été très bien.

## Le syndicat en lutte contre le stress

Paolo se refuse à venir à l'assemblée, je l'en ai prié, mais il a sorti le prétexte d'un « délai non prorogeable ». C'est sans doute vrai, mais sans lui j'ai peur que le trac m'empêche d'ouvrir la bouche.

Colombo veut me faire parler la première, parce qu'il espère que je transformerai les trois cents employés en une masse hurlante prête à réclamer la prime et, carrément, un référendum contre « un climat négatif dans l'entreprise, qui favorise la présence du tueur », une trouvaille de Cruella. Comme si c'était un sujet sur lequel demander de voter pour ou contre.

L'assemblée commence dans une heure et Colombo me regarde avec vénération. « Alors, quelles surprises tu nous réserves aujourd'hui ? Tu es encore opposée à l'idée de référendum ? »

Pour moi, la prime est suffisante. Je réponds au vil cloporte qui rampe à mes pieds : « Tu crois que si nous votions massivement contre le climat dans l'entreprise le tueur cesserait de nous tuer ? Nous pourrions aussi porter plainte contre ceux qui voteront contre, l'assassin sera sûrement l'un deux.

– Qu'est-ce qui t'arrive ? Tu ne serais pas redevenue la Zanardelli d'avant, par hasard ? Qui ne pensait que maison, papa, bureau ? » répond Colombo soupçonneux.

Je souhaite un instant que le directeur l'étrangle avant de s'en prendre à moi, mais je retrouve ma lucidité : « Écoute, et si au lieu du référendum nous proposions une motion à envoyer aux journalistes ? Vernini serait obligé d'en tenir compte. »

Mon idée l'atteint en plein cœur et il sursaute. « Ça alors, c'est génial ! Tu vas l'écrire ? Ensuite ils viendront peut-être nous interviewer. »

Je ne peux plus faire marche arrière. « D'accord, attends dix minutes, j'écris quelques lignes.

– OK. » Il s'éloigne en silence, non sans me lancer un regard complice et plein de fierté.

Et maintenant qu'est-ce que j'écris ? Comme je n'ai pas la plume magique de Cruella, je cherche dans ses anciens mails une motion à piller.

J'en trouve une qui pourrait faire l'affaire, je me concentre pour la lire et je me lance : « Le syndicat demande à être reçu par le siège central pour faire toute la lumière sur l'attitude de M. Vernini, qui se refuse à prendre en considération comme il se doit le danger que courent quotidiennement les travailleurs de notre entreprise, en raison de la présence d'un tueur en série. Cela va à l'encontre tant des normes indiquées par le Contrat national du travail de notre secteur économique que de la disposition 320 en matière de Règlement interne sur la sécurité du personnel dirigeant et non-dirigeant approuvée le 13.07.2005. Suite aux derniers événements graves qui ont frappé le siège de Milan, ce Règlement devrait être étendu à la protection contre le risque d'homicide, outre celui déjà inclus d'accident du travail.

« Le syndicat réclame par ailleurs qu'il soit reconnu aux travailleurs atteints de troubles post-traumatiques dus au stress, provoqués précisément par la présence d'un assassin sur les lieux, le droit de s'absenter de leur poste de travail pour suivre des traitements médicaux et psychologiques. L'entreprise est donc priée de suspendre les mesures disciplinaires vis-à-vis des travailleurs qui s'absenteront les prochains jours pour recevoir les traitements nécessaires, y compris dans des cures thermales et des centres de bien-être, afin de vaincre et surmonter le stress dont ils souffrent.

« Le syndicat demande de surcroît d'étendre à tous les travailleurs du siège de Milan, indépendamment de leur qualification, une prime brute et égale pour tous de trois mille euros pour le stress subi ces derniers mois. On notera le manque très grave d'engagement de la part de M. Vernini dans la recherche du tueur, désormais libre de frapper à sa guise nos collègues de Planification et Contrôle. Le syndicat craint en effet une escalade qui conduise à des épisodes semblables dans d'autres services de l'entreprise. Aucun des travailleurs ne peut réellement se considérer comme hors de danger.

« Une copie de cette motion sera adressée à la presse locale et régionale avec prière de la publier. »

Je l'ai écrite d'un jet et je la relis avec davantage de calme, elle est délirante ! Les journalistes feront passer une telle connerie rien que pour rigoler un peu dans notre dos. Des boues thermales aux frais de l'entreprise ! Mais Vernini écumera de rage quand il la verra, et ses pulsions assassines atteindront sûrement des sommets.

Je fais un geste pour attirer l'attention de Colombo et je lui chuchote : « Je l'ai écrite, je te l'envoie par mail ? »

Il acquiesce avec enthousiasme et je clique sur « envoi ». Je l'observe pendant qu'il lit, il est attentif et satisfait... et soudain il pousse un cri comme s'il avait un orgasme : « Ah, l'idée des cures thermales est fantastique ! Vernini aura une attaque ! »

Il arrive à la fin du mail et s'approche furtivement : « Écoute, j'ai compris que tu as inventé l'histoire des cures thermales pour provoquer Vernini – je te connais suffisamment pour savoir quand tu plaisantes ! – mais à mon avis ça marche. Je veux le voir agoniser en lisant cette vacherie. Mais ne le dis pas à Cruella, laissons-la y croire. »

Ainsi le syndicat n'est pas aussi uni qu'il en a l'air ! Mais ce n'est pas le moment de lui poser trop de questions. « Très bien, ça restera entre nous. La fin justifie les moyens, tu l'envoies toi à Cruella, comme ça elle pensera que tu es d'accord. Elle nous laissera la présenter tu crois ? »

Colombo me décoche un sourire sucré et me fait un clin d'œil comme un amoureux. « Ne t'inquiète pas, je sais comment la prendre. »

Je lorgne la pendule, dans cinq minutes une marée de gens aura les yeux fixés sur moi en train de déclamer ma motion. Comment réussir à ne pas m'évanouir devant tout le monde ?

Colombo se lève et annonce : « Allons, viens, c'est l'heure d'y aller ! »

Il se plante devant moi d'un air décidé, il veut m'escorter à la salle de conférences comme les gardiens de prison au Texas quand ils escortent le condamné pour son injection létale.

Mais je n'arrive pas à décoller mes fesses de mon siège ; j'ai lu quelque part que les condamnés à mort deviennent apathiques et indifférents juste avant leur exécution, et c'est exactement ce que je ressens. Le fait de m'être condamnée moi-même, avec le seul espoir que Paolo réussisse à me sortir la tête du nœud coulant une seconde avant que Vernini ne serre la corde, n'est pas une grande consolation.

La voix de Colombo me parvient de loin, comme si j'étais déjà dans l'au-delà : « Viens, tout le monde t'attend. » Il se rend compte que je suis un peu retournée et me chuchote à l'oreille : « On se sent comme ça la première fois qu'on parle dans une assemblée. Ne t'inquiète pas, c'est moi qui vais te présenter. »

Sa promesse me tire du coma. Je le regarde terrorisée. « Et qu'est-ce que tu diras ? »

Il devient presque paternel : « Fais-moi confiance », et il m'arrache à mon siège et me prend le bras. Nous avançons ensemble dans le couloir, et sans me lâcher il fait un détour rapide pour prendre un feuillet dans la photocopieuse. « Je t'ai imprimé la motion, pour que tu puisses la lire devant tout le monde ! »

Puis nous prenons l'ascenseur. Colombo appuie sur le bouton et me tape sur l'épaule en camarade. « Qui aurait dit que Zanardelli deviendrait un tribun de la plèbe ! »

Cette tape a un effet revitalisant inattendu, elle me réveille de ma torpeur et fait revenir mon envie de dire quelque chose d'horrible sur les plébéiens tels que lui. Je m'apprête à lui river son clou quand soudain un nœud dans ma gorge me coupe le souffle, je ne peux ni déglutir ni respirer ! La terreur m'envahit, c'est comme si j'étais enfermée dans mon corps, anéantie par une peur encore jamais ressentie.

Je saisis d'instinct le bras de Colombo comme pour lui demander de l'aide, toujours sans respirer. Il se tourne vers moi et me regarde tendrement : « On dirait que tu aimes les compliments toi aussi. »

Il a manifestement pris mon geste de panique pour un signe de reconnaissance, et avec une douceur inhabituelle il me pousse pour que je sorte de l'ascenseur avant lui – quel gentleman ! – mais je continue à étouffer et je ne sais pas combien de temps je pourrai tenir dans cet état !

Soudain, dès que je suis hors de l'ascenseur, ma gorge se libère et je pousse un soupir qui ressemble à un sifflement d'agonisant. Colombo ne s'aperçoit de rien et se dirige d'un pas assuré vers la salle de conférences pendant que je reprends le contrôle de mes fonctions pulmonaires, bien que je redoute qu'une chose de ce genre ne m'arrive de nouveau dans cinq minutes.

Ça ne loupe pas. En voyant Cruella à l'entrée de la salle qui dit à des collègues : « La voilà, elle est arrivée ! », la sensation de suffocation recommence ; il se peut que ce soit ce que ressentent les condamnés à mort.

Je suis entraînée à l'intérieur et installée à une table face à une multitude de sièges occupés. Colombo prend place à ma droite et Cruella à ma gauche, elle a un regard victorieux.

J'ai l'étrange sensation qu'il y a entre moi et la réalité un fossé d'un kilomètre impossible à franchir, au-delà duquel une centaine de paires d'yeux me regardent fixement en silence… mais deux yeux se détachent de la foule des autres iris, ce sont ceux de Federico, assis au premier rang.

Quelle honte, je vais devoir dire toutes ces idioties devant lui, dans la terreur de m'embrouiller. Je le regarde en dessous et… oui, il me regarde aussi !

Alors je relève la tête et je vois qu'il me sourit. Je voudrais pouvoir lui rendre son sourire, mais mes muscles faciaux ne répondent pas et je suis aussi expressive qu'une statue de glace.

Je sens la main de Colombo se poser sur la mienne pour que toute l'assistance comprenne que nous sommes de vieux complices. Non content de ça, il m'attire à lui avec un air protecteur d'une fausseté écœurante. Sur quoi il entame son petit discours : « Chers collègues, je me réjouis que vous soyez venus à cette rencontre, parce qu'aujourd'hui la nouvelle adhérente au syndicat, Francesca Zanardelli, va parler. Vous ne la connaissez peut-être pas tous personnellement, bien que vous sachiez très bien qui elle est : car c'est elle qui a découvert la pauvre Marinella Sereni dans les toilettes. Dans leur bureau elles étaient assises l'une en face de l'autre, et elle va évoquer le moment terrible où elle l'a vue morte. »

Il se tourne vers moi avec un ricanement de hyène. Mais je fais comme si je n'avais rien entendu et je me tais.

Il reprend : « Santi était assis en face d'elle lui aussi, et Galli était son chef. Donc, si quelqu'un peut nous parler du tueur en série c'est bien Francesca Zanardelli. »

Vraiment, il exagère. Je ne peux plus me retenir et je le foudroie : « Pourquoi ne pas dire que c'est moi qui porte malheur ? »

Il essaie de regagner du terrain : « Je cherche seulement à faire comprendre à nos collègues que ta motion sur les cures thermales pour guérir le stress vient aussi d'un besoin personnel, puisque tu es celle d'entre nous qui a été le plus durement frappée par l'épreuve ! »

Ce salaud expose l'histoire des cures thermales avant que j'aie lu la motion. « Excuse-moi, mais tu ne te rappelles pas que nous sommes dans le même bureau ? Si le tueur ne s'attaque qu'à ceux de la Planification, tu pourrais être le prochain ! »

Il devient blanc comme un linge, il étouffe peut-être lui aussi. Il reprend au bout de quelques secondes, enfin plus raisonnable : « Bref, Zanardelli vous expliquera pourquoi le syndicat peut aider les travailleurs dans des moments aussi difficiles. Nous devons rester unis et lutter pour nos droits, le premier étant celui de vivre, mais aussi pour que soient reconnus les dommages dérivant d'une atmosphère de travail aussi hostile, au point de provoquer des troubles post-traumatiques, dans l'obligation où nous sommes d'affronter chaque jour la peur de mourir ! »

Un collègue lève la main : « Mais les troubles post-traumatiques c'est ce qui arrive aux soldats de retour d'Irak, qui vont mal et ne dorment plus, n'est-ce pas ? »

Colombo repart : « Oui, c'est caractéristique des situations de guerre ou de conflit, exactement comme ce que nous vivons nous. »

Le collègue insiste : « Mais alors c'est aussi mon cas ! Depuis l'arrivée du tueur en série, j'ai du mal à m'endormir et le matin je me réveille plus fatigué qu'au moment où je me suis couché. »

Colombo jubile : « Je crois que tu as droit à ces cures ! Mais sans utiliser tes vacances, parce que la direction ne s'engage pas à nous protéger de l'assassin, et elle s'inquiète encore moins de la santé de ses employés ! En Amérique non plus, malheureusement, les soldats qui rentrent d'Irak ne reçoivent pas l'assistance nécessaire... »

Pendant que Colombo tempête sur le sort des anciens combattants je regarde Federico du coin de l'œil ; il a l'air calme et aucunement troublé par les conneries qui pleuvent dru. Au contraire, il m'adresse un autre sourire, comme s'il avait compris que je joue le mauvais rôle. J'espère qu'il ne se mettra pas à rire quand je sortirai l'argument des centres de bien-être.

De son côté, Colombo est déchaîné : « Le syndicat a pensé à vous quand cette motion a été rédigée. Zanardelli va vous l'exposer ! Nous demanderons une prime de trois mille euros brut en dédommagement du stress auquel nous sommes soumis jour après jour. » Il fait une pause théâtrale pour déclarer avec solennité : « TROIS MILLE EUROS BRUT POUR TOUS ! » en se levant pour solliciter les applaudissements, qui crépitent aussitôt.

Il me tend alors la motion, comme si j'étais sa secrétaire, et s'exclame avec une joie vibrante : « Lis ! »

Je prends le texte en main, je regarde Federico une seconde et je commence à lire : « Le syndicat demande à être reçu au siège central pour faire toute la lumière... »

Deux cent soixante-douze travailleurs sur les deux cent soixante-douze présents ont voté en faveur de notre motion thermale, il y a même eu une ovation, pendant que Colombo me levait un bras comme si j'avais gagné le Grand Prix de Monte-Carlo. Je ne sais pas quelle tête faisait Federico parce que j'essayais de me concentrer sur un point lointain bien au-delà de la fenêtre, tant je me sentais gênée d'être là le bras levé comme un as de la Formule 1.

Quand nous avons retrouvé notre bureau, Parodi n'a pas quitté son ordinateur des yeux et Rivarbella nous a évités toute la journée. Colombo, lui, continuait à me tarabuster : « Qu'est-ce qu'on pourrait faire maintenant ? Tu n'as pas d'autres idées ? »

Non, j'avais la tête vide. J'étais complètement assommée et je ruminais en silence quand il est venu à ma table des feuilles à la main. « Je t'ai imprimé la liste des films que j'ai téléchargés sur Internet, tu veux en voir quelques-uns ? Si tu mets une croix à côté du titre, je te les apporte demain sur une clé USB. »

Je n'allais pas m'abaisser à prendre ses films et je l'ai expédié : « Non, merci, le soir je préfère lire. »

Il a posé sa liste sur ma table. « Fais comme tu veux, je suis à ta disposition si tu changes d'avis. »

En ce moment, à trois heures du matin, je regarde encore les mêmes épisodes imbéciles de *Friends* et je regrette de ne pas avoir accepté sa proposition. L'insomnie est devenue un supplice, et les rêves sont encore pires. Je reste des heures collée devant la télé pour ne pas m'endormir, mais ensuite, quels que soient mes efforts pour résister, je m'écroule.

La nuit dernière, la pire de toutes, j'ai rêvé que Vernini m'attachait à ma table avec la corde blanche. Mais il ne voulait pas me tuer, au contraire, ses yeux noirs lançaient des éclairs concupiscents pendant qu'il me ficelait avec le raffinement d'un expert du bondage. Dans mes cauchemars je vois aussi défiler le cadavre de Sereni, le visage ricanant de Santi, le cou gonflé du pauvre Ferrari pendu, Galli mort dans le parc, et j'ouvre les yeux en sursaut avec la sensation de suffoquer.

Je commence alors à écouter les bruits de la nuit, dans la terreur d'entendre quelqu'un qui tente d'ouvrir ma porte blindée, et je regarde encore un film en espérant rester éveillée jusqu'au matin, quand je sortirai de mon fortin pour aller travailler.

Soudain il me vient une idée folle, jeter un coup d'œil du côté de chez Vernini. Je suis passée en voiture je ne sais combien de fois devant chez Maurizio et la salope parce que je voulais le voir ne serait-ce qu'entrer dans l'immeuble ; je suis devenue une experte de la planque. Il faut prendre son temps jusqu'à ce qu'on trouve le stationnement qui convient, ni trop près ni trop loin, et attendre.

Je m'habille et je sors en bravant l'obscurité. J'ai une peur terrible de descendre seule prendre ma voiture, mais je pense que le directeur ne tue personne la nuit. Il est chez lui avec sa femme et joue le mari parfait. Il ne s'esquive pas quelques heures avant l'aube un manteau sur son pyjama pour étrangler ses employés.

Je monte en voiture et je me dirige vers piazzale Cadorna. Vernini habite via Vincenzo Monti, près de chez Maurizio, je connais très bien le quartier.

J'arrive devant chez lui, je me gare et je coupe le contact, sans descendre. L'immeuble est dans le style art nouveau que j'aime beaucoup, la façade peinte en jaune. Dans un tel bâtiment je n'aurais même pas les moyens d'acheter un studio de dix mètres carrés, en supposant qu'il en existe.

Je regarde si des fenêtres sont allumées, mais tout est obscur. Je me demande de quoi Vernini parle avec sa femme, vu qu'ils passent leur vie à travailler. Elle lui raconte peut-être qu'elle a gagné le énième procès contre des employés victimes de harcèlement, tandis qu'il lui lit les motions de Cruella en espérant trouver un argument pour la mettre dehors. Je suis convaincue que Mme Vernini ne sait pas que son mari étrangle ses employés, il lui paraît peut-être seulement un peu plus nerveux que d'habitude.

Au bout d'une heure dans le froid je rentre chez moi avec une grande envie de pleurer. Je n'essaie même pas de me recoucher et j'allume mon ordinateur pour voir s'il y a un mail de papa. Maman lui dicte tous les jours un «journal de bord pour Francesca» – il l'a appelé comme ça – plein de mièvreries à propos de cette maudite croisière, qui semble l'avoir fait régresser au stade du bonheur insouciant d'une petite fille à ses premières vacances.

Je trouve un mail avec un nouvel épisode consacré à leurs voisins de table, qui ont deux enfants, dont une fille de mon âge. « Elle est fiancée elle aussi à un brave garçon. Et toi, quand nous présenteras-tu Federico ? » Papa finit avec deux lignes de lui : «Je t'aime même si tu ne nous amènes jamais Federico. Tu es libre de faire ce que tu veux ! Au revoir, papa. »

Je voudrais leur répondre qu'ils ne connaîtront jamais Federico ; je mourrai vieille fille, et bientôt, parce que depuis deux jours le directeur ne me dit plus bonjour et n'entre plus dans notre bureau. Il me considère désormais comme irrécupérable, et il essaiera de m'étrangler avant que je réclame un hammam à côté de la salle de conférences ou une masseuse à la pause-déjeuner.

Je résiste à la tentation de laisser un message d'adieu à mon père et je lui réponds : «Surtout ne t'inquiète pas, je vais très bien. Si je t'écris à cette heure c'est seulement parce que je voulais faire un peu de gymnastique chez moi avant d'aller travailler. » C'est peut-être la dernière fois que je lui écris…

Ces jours-ci Paolo m'attend devant chez moi le matin, et le soir il est devant le bureau prêt à démarrer. C'est presque en train de devenir une routine, du moins pour lui, comme si me suivre en voiture était la chose la plus naturelle du monde. Mais je le connais, s'il a décidé de le faire il ne perdra pas de temps à en discuter encore. Il n'y a qu'un problème. Demain c'est le 12 et mes parents rentrent chez eux. Je dois inventer tout de suite de quoi rendre Vernini fou.

Je suis assise à ma table et je réfléchis à un plan d'attaque quand j'aperçois Laura qui sort du bureau impérial pour descendre prendre un café au bunker du troisième. Ce sont les seules pauses qu'elle se permet dans la journée, les seuls moments où elle abandonne son poste de garde. Vernini est peut-être enfermé dans son bureau où il tient une réunion.

Une ampoule s'allume sous mon crâne et je dis à Colombo : « Suis-moi dans le bureau du directeur avec ton portable. Je m'assois à la table de Laura, je dis quelques conneries et tu me filmes. Ensuite nous postons la vidéo sur YouTube. Tu as déjà l'application pour publier les vidéos ? »

Colombo est en extase : « Oui, bien sûr ! On sera en ligne en deux clics !

– Alors suis-moi ! »

Il sort son iPhone et le pointe sur moi comme une arme : « Vas-y, Zanardelli, tu es géniale ! »

Nous sortons, nous suivons le couloir et nous nous assurons qu'il n'y a personne à proximité. Tout paraît tranquille.

J'appuie doucement sur la poignée et j'ouvre la porte sans faire de bruit. Nous entrons lentement, avec la circonspection de deux petits voleurs.

La table de Laura est libre et je m'assois à sa place. Je fais signe à Colombo de me filmer. Il se plante face à moi et met la caméra en route.

Je parle trop fort, presque sans comprendre ce que je dis. Il ne me vient en tête que les phrases de ces émissions repoussantes avec la reconstitution de la scène du délit. « Bonjour, je salue tous ceux qui nous regardent. Je vous parle depuis l'Entreprise Homicides, comme on nous appelle dorénavant en Italie, où je travaille depuis dix ans dans l'unité de la mort, Planification et Contrôle. Nous risquons tous les jours notre vie pour ramener un salaire de misère… »

Je n'arrive pas à finir ma phrase parce que la porte du bureau de Vernini s'ouvre d'un coup et qu'il apparaît avec son mètre quatre-vingt-dix. C'est un dragon aux narines fumantes qui hurle : « Zanardelli, que diable faites-vous ici ? Retournez immédiatement à votre poste ! »

Colombo a la présence d'esprit de tourner l'iPhone pour que le directeur soit aussi dans le cadre, mais il me voit du coin de l'œil gesticuler comme quelqu'un qui se noie parce que je veux qu'il me filme de nouveau. Il se retourne alors vers moi qui recommence à hurler : « Nous sommes soumis à des menaces permanentes. Notre vie est en danger. » Et j'ajoute : « AIDEZ-NOUS ! »

Tandis que je vocifère, Vernini se lance à corps perdu sur Colombo pour lui arracher son portable.

Je gueule : « Colombo, charge-le sur YouTube avant qu'il l'emporte ! »

Il essaie de manipuler l'iPhone mais Vernini parvient à le lui arracher des mains en braillant : « Des clowns, vous êtes des clowns pitoyables ! »

Puis il rentre dans son bureau et s'enferme à clé.

Colombo a l'air d'un petit garçon à qui on a enlevé son jouet préféré. On dirait qu'il va pleurer, il se tourne vers moi et crie : « Il m'a volé mon iPhone !

– Rassure-toi, il effacera la vidéo mais il te le rendra ! »

Mais Colombo est très inquiet : « Et s'il regarde toutes mes vidéos ? »

Je m'aperçois qu'il rougit.

« Excuse-moi, mais tu as quelles vidéos sur ton portable ?

– Devine, Zanardelli ! Ton papa t'a déjà dit comment naissent les bébés ou tu veux que je te l'explique ? »

Je ne peux rien répliquer parce que Vernini entrouvre sa porte : « Sortez d'ici ou j'appelle la police ! »

Colombo le supplie : « Et mon iPhone ? Rendez-le-moi… »

Vernini répond très sérieux : « Vous le récupérerez, bien sûr, mais avant, je veux faire une copie de certaines vidéos qu'il me semble avoir entrevues… La dame est votre épouse ? »

Colombo me lance : « Salope, tu m'as détruit ! »

Je m'enfuis du sanctuaire du directeur, suivie de Colombo qui continue à m'injurier.

Mais je ne me sens pas offensée ; même si personne ne voit jamais la vidéo, j'ai la certitude que le directeur voudra me tuer, avant que je lui joue un autre mauvais tour. Et si je me suis trompée, si l'assassin n'est pas Vernini, Colombo s'en chargera. Et sans corde blanche. À mains nues.

Dans l'après-midi le directeur est entré dans notre bureau et a posé l'iPhone sur la table de Colombo en ricanant. « Jolie, la dame… quoique un peu trop jeune pour être votre épouse ! Qu'en dites-vous de voir vos vidéos publiées sur YouTube ? Il y a quelques scènes très intéressantes où on vous voit assez bien aussi… »

Colombo a eu un petit sourire embarrassé. « Cher M. Vernini, je vous serais très reconnaissant d'oublier ce que vous avez vu… »

Vernini a élevé la voix : « Je n'oublie rien ! », et il est sorti en trombe pour éviter de nouvelles supplications de la part du comptable pornographe amateur.

Colombo est resté muet jusqu'à ce que Vernini soit retourné dans son bureau, puis il a fait un bond de Tarzan vers ma table : « Ne me demande plus rien, Zanardelli, c'est fini, tu portes malheur, c'est tout ! Je m'en tape du syndicat et du tueur en série, parce qu'il y a une seule chose qui compte vraiment pour moi, mes propres affaires ! » Il s'est rassis à sa place et s'est concentré sur son écran sans le quitter des yeux, comme si je n'existais pas.

À six heures je me suis glissée hors du bureau, Paolo m'attendait déjà en voiture. Et maintenant je conduis les yeux fixés sur le rétroviseur pour voir s'il me suit. Je désire réellement que Vernini cherche à me tuer ce soir, sinon je devrai envisager l'hypothèse que je me suis trompée. Ce serait un double but marqué contre mon camp. Le directeur se vengera en m'envoyant pour de bon dans une soupente où je ferai les comptes sur un boulier, et Colombo parviendra à me provoquer un ulcère duodénal perforé, de ceux qui ne vous laissent pas le temps d'arriver aux urgences.

J'entends klaxonner, en me demandant si c'est pour moi. Le manque de sommeil m'abrutit et j'ai d'immenses cernes, qui grandiront encore si rien ne se passe.

À un certain moment je crois apercevoir le directeur dans une voiture noire derrière la mienne. Mais c'est peu éclairé et je ne suis pas sûre que ce soit lui. Je cherche mon portable pour appeler Paolo et lui dire que c'est peut-être le grand soir, mais mes mains tremblent tellement que je n'arrive pas à trouver son numéro dans ma liste. Mon cœur bat comme un tambour, une sueur froide imprègne mon chemisier.

J'arrive devant chez moi. Je pourrais ne pas m'arrêter et fuir, mais je pense aux dernières nuits passées à écouter les fenêtres grincer sous le vent et je décide de m'en tenir à mon plan.

Je me gare et je descends de voiture.

Je remets mon portable dans mon sac sans appeler Paolo. S'il me voyait téléphoner, Vernini pourrait avoir des soupçons. S'il m'a réellement filée, il me suivra à l'intérieur pour m'étrangler là où personne ne nous verra, une affaire intime entre nous deux.

Je glisse la clé dans la porte de l'immeuble et je la tourne très lentement, mais pas l'ombre de Vernini. Je pousse lentement la porte et – au secours! – une main m'attrape le bras. Je me retourne, c'est Gino Pisani, le chauffeur de Vernini! Il porte une espèce de blouson militaire, plein de poches, qui lui donne l'air d'un pêcheur du dimanche ivrogne. Il a aussi un petit chapeau rabattu sur les yeux, et son visage mou et rougeaud fait une drôle de grimace cruelle, comme s'il jouait le rôle du méchant.

Je le regarde abasourdie, et soudain une pensée se détache de mon cortex cérébral: j'avais tout faux. Le tueur est ce malheureux Gino!

L'idée que ce soit lui qui m'étrangle et non le directeur est une insulte à toutes mes suppositions intelligentes. Mais les regrets inutiles d'une condamnée à mort sont interrompus par le tueur en entreprise qui me pousse rapidement dans le hall, pendant que quelqu'un d'autre franchit la porte d'entrée avant qu'elle se referme. Je me retourne en espérant voir Paolo prêt à me sauver, mais non, c'est le directeur, manteau en poil de chameau et gants en pécari, résolument hors de saison étant donné que nous sommes en avril. Il tient un attaché-case.

Seigneur! Je n'avais pas prévu qu'ils seraient deux, comment va faire Paolo pour les arrêter? On va finalement y passer tous les deux!

Vernini ne fait pas semblant d'être venu pour une visite de courtoisie. « Taisez-vous ou vous vous en repentirez! » m'ordonne-t-il pendant que Pisani me serre le bras dans un étau.

Gino me fait signe d'entrer dans l'ascenseur. Le directeur nous suit. Il a la même expression concentrée que lorsqu'il parle de faire circuler le sang dans les artères de l'entreprise, et quand nous arrivons à mon palier il m'ordonne d'une voix ferme: « Les clés, vite. »

Je me mets à fouiller dans mon sac. Mes mains tremblent, je n'arrive pas à les trouver. Je farfouille entre les stylos et les bouts de papier froissés, mais Vernini chuchote rageusement : « C'est pour aujourd'hui ou pour demain ? Vous voulez appeler un de vos délégués syndicaux pour vous faire aider ? En unissant vos forces vous pourriez peut-être réussir à rassembler quelques neurones ! »

Je n'ai pas d'énergie pour rétorquer, mon cerveau est en panne. J'observe Vernini avec la fixité d'un œil de poisson mort, privée de toute activité cérébrale. Même mes mouvements ont dû ralentir parce que Vernini me dit : « Vous cherchez vos clés oui ou non ? »

Ces mots ont pour effet de me débloquer. Mon cœur et ma tête repartent, mais à un rythme trop accéléré. Le cœur cogne très fort et résonne dans mes tempes, et je comprends que je serai bientôt seule chez moi face à eux deux. Et quand ma porte se sera refermée sur nous je pourrai seulement espérer que Paolo arrive après les deux cents secondes convenues et me trouve encore vivante.

Vernini aboie maintenant : « Vous entendez ce que je vous dis ?

– Oui, oui ! » Je suis atterrée, j'ai réussi à attraper la breloque de mon porte-clés. Mais je n'ai pas le courage de le sortir pour le donner à mes futurs assassins. Et si je faisais semblant d'avoir perdu mes clés ?

Un geste brusque du directeur résout tous mes dilemmes. « Donnez-moi votre sac ! »

Autant ouvrir moi-même : « Non, un instant, je les ai trouvées ! »

Je tourne les clés aussi lentement que je peux et nous entrons dans le fortin. J'allume dans l'entrée. Pendant qu'ils regardent autour d'eux pour voir comment est fait l'appartement je remets les clés dans mon sac. Comme ça je n'aurai pas à fermer la porte, qui peut alors s'ouvrir de l'extérieur, seule faille dans le dispositif de sécurité mis sur pied par papa.

Le directeur s'en aperçoit : « Qu'est-ce que vous faites ? Ressortez-les ! »

Je recommence à explorer mon sac et il murmure : « Laissez tomber, de toute façon ce ne sera pas long ! » et il me pousse vers la salle à manger.

Je cherche désespérément quelque chose à dire pour gagner un temps précieux, mais j'ai la tête vide. Et si je courais à la cuisine prendre le couteau à pain ? Mais je ne pense pas réussir à m'approcher du tiroir à couverts, Pisani m'empoignerait avant que j'aie fait un pas.

Il a allumé dans la salle à manger et s'est approché de la table. Je regarde les pieds de mes assassins, le modèle de leurs chaussures est identique, avec semelles de cuir. Elles paraissent neuves, ils les jettent probablement chaque fois qu'ils tuent quelqu'un. Mais ce n'est pas le moment de voler leur travail aux experts, qui auront de quoi faire ici si Paolo ne se dépêche pas de me sauver.

J'arrive à balbutier : « Vous allez me tuer ?

– Pourquoi ? Vous ne l'avez pas encore compris ? » répond brutalement Vernini tandis que Gino sort un petit flacon d'une de ses poches. Il le pose sur la table, c'est à coup sûr l'éther qu'ils ont utilisé sur Santi, Coyote et Galli.

En le voyant déchirer un peu de coton qui dépasse d'une poche je bredouille : « C'est lui qui va m'étrangler ? »

Le directeur paraît satisfait. « Gino est excellent, il a la main délicate ! » Il rit de sa propre blague, un rire de hyène. « D'ordinaire je l'envoie seul faire certains petits travaux, mais cette fois je suis venu aussi. Je voulais voir votre tête, Zanardelli, quand vous comprendriez que je ne vous donnerais pas la prime pour les cures thermales ! »

Pour gagner du temps je continue de le faire parler. « Vous n'avez pas peur d'être découverts ?

– Si je réussis à tuer une vingtaine de crétins de votre espèce avant, je prendrai ma retraite content, ricane Vernini tandis que Pisani a déjà imbibé le coton d'éther.

– Vous voulez dire en prison. » Je regarde fixement le petit flacon.

J'ai touché un point sensible, le directeur s'emporte : « Il n'y a que les imbéciles comme Ferrari qui vont en prison ! »

Non ! Même si c'est la dernière minute qui me reste à vivre je ne lui permettrai pas de traiter mon ancien chef d'imbécile : « Laissez ce pauvre homme reposer en paix ! Il était innocent et il s'est tué par votre faute ! Vous l'aurez sur la conscience lui aussi. »

Vernini se met en colère : « Ferrari ne savait pas se contrôler. Je lui avais dit de faire attention avec Santi, mais il s'est laissé avoir ! Ce parasite de Santi n'attendait que ça, il cherchait un prétexte pour nous faire un procès et Ferrari le lui a servi sur un plateau d'argent. »

J'insiste : « Si vous n'aviez pas tué Santi, Guidoni n'aurait pas arrêté Ferrari. »

Vernini n'est plus seulement en colère, il semble aussi horriblement écœuré. « Santi m'avait proposé de retirer sa plainte si je le promouvais cadre. J'ai l'air de quelqu'un qui cède au chantage d'un employé ? »

Je ne peux pas croire qu'il ait pris Santi au sérieux. « Aucun magistrat n'aurait jamais pris la phrase de Ferrari pour une véritable menace de mort. »

La rancœur déforme sa voix. Il crie : « Ne me parlez pas de juges et de tribunaux ! J'ai été contraint de réengager des crétins qui répondaient au téléphone. Comme si c'était un véritable travail ! »

J'avais raison ! Le jugement est bien l'« épisode traumatique » qui lui a fait péter les plombs. Mais je dois continuer à le faire parler. Mieux vaut qu'il s'épanche, qu'il m'insulte, mais qu'il perde quelques minutes avant de donner l'ordre à Pisani de m'exécuter. « Et Coyote et Galli, alors ?

– Parce qu'ils le méritaient ! Je n'avais pas engagé Sereni pour qu'elle devine le menu du jour au bistrot voisin. Et Galli n'avait pas le droit de demander aux autres de modifier le bilan en cachette. »

Tout est clair à présent. « Si vous aviez pu les licencier, ils seraient encore vivants ? »

Il secoue la tête comme si une ombre de repentir descendait dans son cœur de pierre, mais il n'est pas attristé, seulement résigné. « Oui, les tuer était le seul moyen de m'en débarrasser. Vous autres employés vous êtes intouchables à cause de cette stupide loi contre les licenciements. Le seul que j'aurais pu mettre dehors était Galli, parce que c'était un dirigeant. Mais il avait trop d'amis influents et m'aurait fait un procès. J'aurais dépensé davantage en avocats qu'en le gardant enfermé dans un bureau à ne rien faire. »

Je veux absolument tout savoir. « Pourquoi avoir fait tuer Sereni dans les toilettes ? Au fond, c'était dangereux, quelqu'un aurait pu voir Pisani. »

Le directeur éclate d'un rire sarcastique. « J'en avais assez de tous ces employés qui passaient des heures à prendre un café, à se promener heureux et contents dans les couloirs. Il a fallu en tuer un pour remettre de l'ordre ! » Puis il me regarde avec une répugnance infinie : « Vous n'auriez pas dû vous conduire de cette façon avec M. Rivarbella. Je vous avais trouvé un bon chef, et vous le traitiez comme votre secrétaire. »

Je voudrais lui expliquer qu'il s'est trompé sur moi – je ne suis pas comme Sereni ! – mais ça ne le ferait pas partir en me présentant des excuses.

Je le provoque : « Donc vous trouviez aussi que Galli était un très mauvais chef ? Mais je vous pose sans doute une question inutile puisque vous l'avez fait étrangler ! »

Il répond avec agacement: « Zanardelli, vous devez apprendre à rester à votre place, vous ne pouvez pas me demander ce que je pense d'un de vos supérieurs hiérarchiques !

– M. le directeur, si vous l'avez fait tuer c'est que vous en pensiez beaucoup de mal !

– Je vous répète que vous n'avez pas le droit de juger un de vos supérieurs, laissez-moi ce rôle. Vous ne savez que penser à la prime de stress et au hammam du lundi matin ! »

Je suis effectivement à court d'arguments à propos des cures thermales, et de plus en plus nerveuse parce que Paolo ne se montre pas. Il a sûrement appelé la police quand il m'a vue entrer avec Pisani et Vernini, mais je ne pensais pas qu'il aurait la lâcheté d'attendre les policiers pour monter. Les deux cents secondes convenues sont largement dépassées. Qu'est-ce qui a pu lui arriver ?

Pour relancer la conversation je l'attaque sur Colombo : « Vous ferez aussi étrangler Colombo après avoir trouvé des vidéos porno sur son portable, ou vous voulez seulement le faire chanter ? Vous lui demanderez d'espionner et de vous raconter ce qu'il manigance avec Cruella ? »

Il paraît scandalisé par la bassesse de mes dernières insinuations, il n'est pas homme à organiser des conspirations avec des employés qu'il méprise. Il se tourne vers Pisani et lui demande glacial : « Gino, s'il vous plaît, faites-la taire ! Je m'en vais. Si j'entends cette femme dire un mot de plus je lui tranche la langue. Et je n'ai pas envie de me salir ! »

Il ouvre son attaché-case et en sort un rouleau de corde blanche qu'il remet à Gino. L'esclave zélé répond : « Ne vous inquiétez pas monsieur, je m'occupe de tout ! »

Vernini se dirige vers la porte, il n'a visiblement pas envie d'assister à l'exécution. Mais il s'arrête une seconde la main sur la poignée comme s'il se ravisait. Pour me gracier ?

Non, il n'a pas changé d'avis et il se borne à dire à Pisani sur un ton neutre et professionnel: « Excusez-moi, Gino, j'oubliais de vous demander de passer me chercher à sept heures et demie. »

Puis il m'adresse un petit sourire. « Je ne pense pas que M. Rivarbella se tracassera en ne vous voyant pas arriver au bureau ! »

Je le regarde s'apprêter à sortir, terrorisée, et j'essaie une dernière fois de le retenir: « Votre femme sait ce que vous faites ? »

Il réplique avec violence: « Ne parlez même pas de ma femme ! »

J'ai trouvé son point faible, il vaut mieux insister: « C'est une avocate célèbre, mais elle vit avec un assassin. Comment a-t-elle fait pour ne pas s'en apercevoir ? »

Vernini devient solennel. « Zanardelli, je ne suis pas un assassin et je ne prends aucun plaisir à voir souffrir les gens, autrement je ne vous ferais pas anesthésier avant de vous étrangler. Mais les personnes comme vous sont nuisibles, et tout le monde comprendra tôt ou tard que je fais seulement œuvre utile. »

Je ne me rends pas. « Alors votre femme sait ce que vous faites ?

– Non elle ne le sait pas ! Mais elle serait contente si je lui disais que j'étrangle des membres du syndicat ! »

Celle-là, si je survis, je la raconterai à Cruella.

Je n'ai plus d'idées et je bafouille: « Quand je serai morte, vous me remettrez en ordre moi aussi ? »

Vernini ébauche un sourire mi-vaniteux mi-indulgent. « Je libère le système des bons à rien comme vous. Tuer est le seul moyen d'évacuer du monde du travail ceux qui ne servent plus à rien. C'est pourquoi je dis toujours à Gino de laisser tout en ordre, nous ne faisons que le ménage ! » Puis il lui ordonne avec irritation:

« Dépêchez-vous, s'il vous plaît, cette idiote nous fait perdre notre temps ! »

Paolo ne viendra plus à présent, et je me vois déjà morte, les mains jointes sur la poitrine, en me demandant où est passé ce lâche.

Dans un geste de désespoir insensé je tombe à genoux et supplie Vernini : « Je vous jure que je déchirerai ma carte du syndicat et que je ne parlerai jamais plus avec un syndicaliste. Et je n'essaierai jamais plus de faire une vidéo dans votre bureau, je le promets, mais je vous en prie, je vous en prie, ne me tuez pas ! »

Vernini a un ricanement cruel et dit à Pisani : « Faisons vite avec cette crétine. Et ne vous laissez pas apitoyer par ses larmes de crocodile. Elle aurait pu réfléchir avant d'organiser des assemblées sur les hammams ! »

Toujours à genoux, j'exprime mes dernières volontés : « Vous pouvez demander à Gino de m'étrangler dans ma chambre ? Je voudrais mourir dans mon lit, et pour lui ce sera plus facile de ranger. »

Vernini me le concède. « C'est bon, Gino, étranglez-la dans sa chambre si elle y tient tellement. » Puis il me dit au revoir avec un sourire faussement cordial : « Je crois que nous ne nous reverrons plus jamais, ma chère syndicaliste ! » Enfin il ouvre la porte et sort sans un mot pour son sous-fifre.

Nous restons seuls Pisani et moi. Je sais que ça ne servirait à rien de le supplier et je me relève ; j'essaierai d'affronter la mort avec un peu plus de dignité. Résignée, je me dirige vers ma chambre en maudissant Paolo.

Quand nous y entrons, Pisani allume la lumière et indique mon lit. « Étendez-vous, mademoiselle ! »

Je m'étends. Pendant qu'il imbibe de nouveau le coton d'éther je prononce mes dernières paroles : « Vous haïssez vous aussi les gens que vous étranglez ? »

Gino répond sans aucune expression : « Rien de personnel, je fais seulement ce que me dit… »

Une espèce de tuyau noir le frappe à la tête. Il tombe comme un arbre abattu.

Je reste muette sur mon lit. J'ai du mal à comprendre ce qui se passe. Un homme s'incline sur le tueur inconscient.

Je ne le reconnais que lorsqu'il lève la tête et prend son portable dans sa poche, c'est Federico.

Je suis sans doute déjà morte sans m'en apercevoir. Je lui demande : « Qu'est-ce que tu fais là ?

– Mon travail », répond-il tranquillement. Puis il s'assoit à côté de moi sur le lit et compose un numéro de téléphone.

« Je suis avec Zanardelli, elle est hors de danger, dit-il à son interlocuteur. J'ai assommé Pisani. Vous avez arrêté Vernini ? »

Il est interrompu par l'inspecteur Lattanzi, qui arrive en courant, suivi d'une demi-douzaine de ses collègues pistolet au poing : « Tout va bien, Palizzi ? Nous avons pris Vernini, mais où est l'autre ? »

Federico montre Pisani à terre. « Ici, je lui ai donné un coup de matraque, appelez une ambulance. Et appelez-en une autre pour Francesca. Il vaut mieux qu'un médecin l'examine, elle est sûrement sous le choc. » Puis il me chuchote à l'oreille : « N'aie pas peur, tout est fini. »

Je sens sa main forte et sèche serrer la mienne qui est froide et moite. J'ai à peine le temps de me dire : « Quelle honte, il doit avoir l'impression de toucher une anguille », et je sombre dans l'inconscience.

## Héros de l'entreprise

J'ai dû garder mon portable éteint pendant je ne sais combien de jours parce que j'étais bombardée d'appels de journalistes. Ils voulaient que je sois l'invitée d'honneur sur les plateaux de télévision, sans qu'ils aient à utiliser de doublure pour la scène de la tentative de strangulation. Ils m'ont même proposé quelques couvertures de magazines, mais j'espère que tout le monde va oublier bientôt « l'employée presque exécutée par le tueur », y compris les criminologues qui devront écrire leur livre sur Vernini sans avoir le plaisir de m'interviewer.

Le procureur Guidoni m'a tout expliqué. L'agent Federico Palizzi, diplômé en informatique et collaborateur de la police des communications, avait été infiltré peu avant la mort de Santi. Vernini savait très bien qu'un policier était arrivé chez nous, et il avait proposé lui-même à Federico la couverture d'informaticien consultant, en lui conseillant de ne venir que deux ou trois jours par semaine pour ne pas trop se faire remarquer.

Le directeur aurait peut-être été content de tuer aussi Santi dans les toilettes, mais il y avait désormais trop de caméras de surveillance, et la présence d'un policier sur les lieux l'avait certainement rendu plus prudent.

Après le suicide de Ferrari, le procureur avait confié une nouvelle mission à Federico, celle de chercher des preuves que c'était lui l'assassin. Tout en conservant sa couverture, Federico avait analysé l'ordinateur de Ferrari dans l'espoir de trouver des mails dans lesquels mon ancien chef aurait menacé ses collaborateurs.

Mais quand un autre tueur en série avait surgi en assassinant Galli, Guidoni avait mis « Réfutation et Massacre » sous surveillance, et avait demandé à Federico de passer toute la journée chez nous. Il s'était vite aperçu que Paolo me suivait en voiture, matin et soir, si bien que la moitié de la police nous suivait de Milan à Rozzano en espérant épingler Paolo en train de serrer la corde autour de mon cou innocent.

Tous étaient à présent convaincus que c'était lui le tueur – mon pauvre compagnon de pause-déjeuner ! – et Guidoni espérait boucler l'affaire le plus tôt possible.

Ils se concentraient tous sur ce malheureux Paolo, et personne n'avait donc fait attention au duo Vernini-Pisani qui s'introduisait derrière moi dans mon immeuble. Et quand mon sauveur avait voulu entrer en utilisant le double de mes clés, il avait été arrêté et emmené menotté dans une voiture de police.

Paolo avait supplié la police de se précipiter chez moi où le véritable assassin allait me tuer, mais l'agitation était telle que personne ne l'avait écouté. C'est seulement quand Federico avait passé la tête dans la voiture en se présentant comme policier que Paolo avait pu lui raconter mon piège satanique pour faire tomber Vernini, piège qui allait se transformer en guet-apens suicide. Federico avait alors volé à mon secours, en demandant à Lattanzi d'arrêter Pisani et Vernini s'ils sortaient.

Je suis restée seule moins de cinq minutes avec mes presque assassins, mais elles m'ont paru plus longues qu'une vie passée en enfer à cuire sur le gril d'un diable.

Le directeur et Pisani sont en prison depuis un mois, mais ils ne parlent pas, et les journalistes déçus par leur silence ajoutent qu'« ils refusent de collaborer et restent muets durant les interrogatoires. Ils n'ont même pas suivi le procédé habituel qui consiste à s'accuser mutuellement dans l'espoir de faire retomber la responsabilité sur l'autre ».

Guidoni a convoqué la presse pour lire un communiqué : « Le Parquet se déclare navré de la mort de M. Ferrari, qui n'a pas eu la force d'attendre que soient rassemblées les preuves de son innocence pleine et entière. » Les journalistes se sont bornés à le publier en oubliant d'ajouter leurs excuses, comme s'ils n'avaient pas participé à la chasse au monstre avec le soutien mesquin de ses voisins indiscrets.

Il y a seulement quelques jours, Vernini a finalement fait une déclaration de moins de vingt mots : « Pisani n'est pas coupable, il n'a fait qu'exécuter mes ordres. Et ma femme ignorait tout. » Mais elle ne sauvera pas le chauffeur factotum de la prison à vie, vu que c'était lui qui étranglait les employés. Gino sera en bonne compagnie. Vernini, commanditaire de trois homicides, plus un – le mien – heureusement resté au stade de tentative, écopera de la perpétuité.

Mes parents, au contraire, sont sortis pour toujours des catacombes où ils s'étaient enfermés avec le congélateur. Ils cherchent sur Internet les offres de croisières de dernière minute dans les Caraïbes, et dans deux semaines ils repartiront. Ma mère a arrêté de délirer sur mon mariage prochain et se contente d'avoir une fille vivante, même vieille fille. Je ne parviens pas à lui faire entrer dans la tête le mot « célibataire ».

J'ai été transférée à Gestion des risques, j'avais besoin de changer d'air. Quand le nouveau directeur est arrivé je lui ai tout de suite demandé de me déplacer de Planification et il me l'a accordé « avec effet immédiat », comme me l'a rapporté Laura, qui n'a plus peur de parler avec les humains que nous sommes quand elle descend boire un café. Hier matin elle bavardait même dans le petit bunker avec Cruella, tout en conservant peut-être un brin de son ancienne rigidité vis-à-vis d'elle.

La seule chose qui m'ennuie c'est de ne plus voir Federico. Je me suis évanouie quand il a étendu cette ordure de Pisani, et quand je me suis réveillée dans l'ambulance il n'était plus là. Disparu, volatilisé, en tout cas il n'a même pas fait un saut au bureau.

Pour le reste, mes journées n'ont pas changé, mais elles passent plus légèrement. À midi et demi je vais toujours à la trattoria égyptienne avec Paolo, qui se plaint à présent que je ris trop, y compris de mes propres plaisanteries. Mais quand je pense aux nuits où je restais éveillée à attendre Vernini, il m'en faut très peu pour être de bonne humeur. Maurizio lui-même m'est sorti de la tête. Il ne reste plus rien de lui, ma mémoire l'a éliminé.

Je me suis carrément inscrite à un cours de bharatanatyam, une danse indienne où on est obligé de sourire en dansant; les tambours me font me sentir plus proche du rythme de la vie réelle, plus rapide et plus irrésistible que celui auquel j'étais habituée. Et quand je rentre chez moi le soir j'étudie la macroéconomie, parce que je suis retournée à l'université. Je ne veux pas devenir cadre comme Santi, mais j'espère trouver un travail plus enthousiasmant que celui de simple employée.

Seuls les rêves me torturent encore. Je fais toujours le même cauchemar: Vernini sort soudain d'un bois humide et obscur, les mains gantées de pécari noir. Il rit méchamment, parce que les arbres ont à la place des branches de longues griffes d'acier qui s'agitent. Le directeur est leur maître et leur ordonne de me tuer. Je me réveille alors avec la sensation d'étouffer, les branches métalliques tournent autour de mon cou et s'entortillent jusqu'à m'étrangler.

Mais ce soir je ne veux pas rêver de Vernini. Ou plutôt je ne veux plus jamais le faire.

Je m'endors et dans le bois de mes cauchemars un miracle se produit, je trouve Federico et Paolo qui m'attendent, le dos appuyé contre un arbre. Ils sont contents de me voir et veulent se promener avec moi. Nous sortons du bois et nous marchons ensemble entre deux rangées de vignes, au soleil. L'obscurité a disparu, remplacée par le ciel turquoise des contes de fées.

Il est midi trente. Je sors du bureau avec Paolo qui part aussitôt à cent à l'heure. Je me traîne derrière lui, et une main se pose sur mon bras en le serrant légèrement comme pour me retenir.

Je fais un bond et me retourne terrorisée, je redoute que Pisani se soit évadé pour accomplir sa mission inachevée. C'est Federico. Il a l'air embarrassé. « Excuse-moi, Francesca, je ne voulais pas t'effrayer. Je peux déjeuner avec vous ? »

Je sens ma langue se coller à mon palais comme si on l'avait séchée au sèche-cheveux.

C'est Paolo qui répond. « Bien sûr, quel plaisir de te revoir, mon cher ancien collègue ! »

Nous marchons ensemble vers la trattoria, comme dans mon rêve, mais je ne parviens pas à décoller ma langue, je suis dans l'état cataleptique où j'étais le jour de l'assemblée. Nous nous installons, on nous apporte le menu et, histoire de dire quelque chose, je lance : « Qu'est-ce qu'il y a de bon aujourd'hui ? Le vendredi, d'habitude, ce sont les trofie au pesto ! »

Paolo me regarde avec un petit sourire. « C'est toi qui as pris la succession du pari-menu ? »

Je deviens écarlate, parmi les stupidités que je pouvais dire j'ai choisi la pire. Je me borne à suivre leur conversation, décidée à ne plus ouvrir la bouche, même pas pour parler du temps. Toujours muette comme une carpe je réussis à avaler des tortellinis à la crème et un peu de macédoine. Mais ensuite, alors que Paolo parle d'un refuge en montagne où il vient d'aller avec sa fiancée – quand il va en vacances il doit marcher au moins vingt kilomètres par jour – Federico me pose une question.

J'ai l'impression que sa voix vient d'une autre planète, à quelques milliards d'années-lumière.

Je ne saisis d'abord que « Val Brembana ».

Je le regarde avec une expression tellement vide qu'il répète sa question : « Tu es déjà allée au refuge du col San Marco dans le Val Brembana ? »

Je halète une ou deux secondes à court d'air, puis, je ne sais comment, je parviens à prononcer : « Non. »

Federico me sourit. « Et si nous y allions tous ensemble dimanche prochain ? »

Alors, dans un dernier souffle, ou plutôt un râle, j'ai craché un « oui » pathétique.

Cet ouvrage a été achevé d'imprimer en mai 2016
dans les ateliers de Normandie Roto Impression s.a.s.
61250 Lonrai
N° d'impression : 1601498
Dépôt légal : juin 2016

*Imprimé en France*